我的塑料花男友

月斜影清 著

㊦ 册

青岛出版社
QINGDAO PUBLISHING HOUSE

第十一章

这两个男人到底谁在害我？

年子百无聊赖地放下手机，看到客厅里的挂钟刚好指向八点半。四菜一汤已经彻底凉透了。

她决定回去了，拿了包包，穿戴整齐，刚走到门口就听到开门声。

她迎上去，大喜："卫微言，你可终于回来了……"

卫微言盯着她，似笑非笑地道："你这是准备走了吗？"

她急忙放下包包，笑嘻嘻地说："我以为你不回来了，所以正打算走了。对了，你吃饭了吗？我去给你热一下吧。"

"正饿得慌。"

她把几样菜拿进厨房，在微波炉里热了一下，端出来又是热气腾腾的了。

她很是得意："你快尝尝，我这山寨版大餐味道其实也蛮不错的……"

他拿起筷子，先夹了一大块火爆辽参，吃完大赞："哈，色泽虽然不怎么好看，但是味道还真不错……"

年子小心翼翼地问："真的吗？你真觉得好吃吗？"

"至少是有盐有味啊。"

年子："……"

他一口气吃了两大碗饭，把几个菜差不多吃完了，末了还喝了一大碗鸡汤，慢悠悠地说："早知道鸡汤这么好喝，我就少吃点儿菜了……哈哈，这鸡汤才是真的好喝，太香了……"

收拾了碗筷，一切弄得干干净净后，年子又给他端上一杯热茶。

年子正要转身，他一把拉住了她的手，下一刻，她已经坐在了他的怀里。他环抱着她，语气亲昵极了："难怪好多男人想娶个老婆，原来有老婆真的是蛮好的……年子，以后你就住这里，别回去了……"

年子当然不是傻子。他的话语很委婉，肢体语言却那么热烈又狂放。

也许他是察觉了她的瑟缩，他的大手轻轻拂过她的发梢，声音有点儿沙哑："年子，我们结婚好不好？"

她抬起头，有点儿诧异，喃喃地问："结婚？真的吗？"

他呵呵地笑起来："你可是早就向我求过婚了啊……"

年子："……"

他干脆坐起来，抱着她的肩头："年子，你说我们结婚好不好？对了，结婚都要准备些啥？彩礼？房子？车子？首饰？还有什么？"

也许是太过突然了，年子一下回不过神来，只是傻傻地坐着，脑子里乱糟糟的，有个声音一直在重复：天哪，有朝一日，卫微言居然会主动向我求婚？

她仰起头，看着他的眼睛。他也看着她的眼睛。

这一次，她居然在他的眼中清晰地看到了自己的影子。

多好！他的眼睛里竟然只有自己的影子。

她惴惴地问："卫微言，你告诉我，你真的不是骗我的吗？"

他的嘴唇替他回答了一切。有一瞬间，她是无法呼吸的，心脏却在狂跳：对、对、对，这才是恋爱。真的，这才是恋爱。

年子发现自己最近的日子特别悠闲，种种花，除除草，逗逗鹦鹉，看看金毛大王靠着取暖器懒洋洋地躺着……不得不承认：不工作却有钱花的日子，真的是太爽了！

什么奋力拼搏，什么理想志趣，什么崇高愿景……通通不如下雪的冬日在温暖的屋子里睡大觉好。

这城市，下了二十年来的第一场大雪。地面上、树梢上、房前屋后，竟然都累积了厚厚的一层大雪。年子不敢出门，就坐在书房的窗户边，把空调开得足足的。

金毛大王和年大将军也都待在阳台上，一并好奇地看着窗外纷纷扬扬的大雪。

年子微微咬着嘴唇，想着想着，脸庞就开始发烫。

她好想、好想收拾衣服搬去卫微言那里。那晚他那样疯狂地吻她，还是破天荒第一次呢。

年子摸摸自己的嘴唇，总觉得余温犹在，好不真实。

手机响了，年子探头看了看，立即裹上羽绒服出门拿外卖。这么冷的天，来一杯滚烫的奶茶真是再惬意不过了。她从外卖小哥手里接过外卖袋，感觉到奶茶还是热热的，很高兴，立即揭开盖子喝了一口。一转眼，她便看到一抹雪白的人影站在小院刚刚合上的木门前，就像是从天而降的一抹幽灵。

她惊得手一滑，奶茶差点儿掉了，急忙稳稳地端住："林教头，你大雪天跑来吓人干吗？"

他凝视着她。

年子惴惴地假笑着："林教头，你这么阴魂不散地盯着我，真的让我很害怕。实不相瞒，我每天晚上都要照照镜子，镜子说'你很漂亮'，橱窗的玻璃也说'你很漂亮'。结果，我拿起手机，前置摄像头说'丑八怪，你有什么事'……"

"这已经是老掉牙的笑话了。"

她长叹了一声："的确是老掉牙了，可是我照了一万次镜子，也不明白你为什么会锲而不舍地纠缠我啊？"

"你问过卫微言这个问题吗？"

年子不慌不忙地说："不用问。因为是我缠着他，而且锲而不舍！"

云未寒笑起来。纷纷扬扬的雪花落在他的肩头，落在他雪白的羊绒围巾上面，令他看起来像一个踏雪而来的王子。他的眼神也很平和，充满了善意，尤其一抹雪花落在他那长长的睫毛上面，竟让他有一种出尘之风姿。

"年姑娘，我今天来主要是告诉你：以后你不必担忧自己的安全，也不必再向任何人寻求庇护，你本身就是安全的！"

年子怔了怔，好一会儿才缓缓地说："是啊，我越是恐惧，越是需要同伴；越是恐惧，越是需要有人在我身边。目前为止，我只相信卫微言，至少他不会害我！"

其实，是云未寒变相地助推她更快速地靠近了卫微言。

个体都是软弱的，谁也不是无所畏惧的英雄，只不过有的人拉帮结派，有的人投靠他人，有的人只能靠自己，有的人谁也靠不了，于是只好去求神拜佛。

云未寒的笑容非常奇怪，隐隐竟似有一丝懊悔之意。

他百密终有一疏。

"年姑娘有一句话说得对，就算以前的事情与我无关，但是我也必须负责。我在不知情之间，给了某些人扯大旗作虎皮的机会，加剧了我和年姑娘之间的误会。"

"果然是这样，你看，林教头，你一个眼色，我就会被各方人马追杀；换言之，你一句话，他们就会马上停止追杀我，是不是？"年子真的好奇了，"林教头，你到底是何方神圣？为什么这么牛？"

"因为有钱。"

"光有钱就能这样？"

"有钱还不能这样，那怎么才能这样？"

年子哑口无言。

不知怎的，一股寒意从头到脚，又从脚到头。从小到大，她也是衣食无忧的中产阶级，可是真的站在大富豪们面前，她和蝼蚁又有什么差别？

她完全不堪一击。

"年姑娘你必须记住一件事情：任何时候我都没有想要害你的性命！"

年子沉默不语。

"无论如何，之前是我的失误。可能我很长时间在国外，总是忽略了一些别的可能发生的事情，以致让某些心怀叵测的人自以为有机可乘。对此，我必须向年姑娘道歉……"

年子弱弱地道："算了，只要以后没有人再来找我的麻烦，我也就既往不咎了。"

"年姑娘放心，这种事情再不会发生了。"

年子居然松了一口气。她觉得云未寒这话是真的。

“实不相瞒，我之前一直提心吊胆，甚至在你出现之前，我都一直隐隐不安。我甚至不敢随意外出，若非必要，基本上不出门，都待在家里，偶尔出去也警惕得跟一个通缉犯似的藏头露尾……”

他清晰地看到她眼下隐隐的黑色眼圈、苍白的脸，有明显吃睡不宁的征兆。一双眼睛却明亮得出奇，简直像是雪地里一颗会自动发光的宝石。

她浑身上下最美的就是这一双眼睛，清澈、明亮，也是他生平所见的最好看的眼睛。这令她的一张脸特别生动，特别青春，好像浑身上下有无穷无尽的生命力，随时都那么飞扬跳脱。自从看到她的第一眼起，他就很羡慕：这世界上怎么会有人具有这么强烈的生命力？！

那不是美丽，是张力，是许多人求之不得的张力。她就像一朵永不凋零的花。

也许是察觉到他的目光，她有些不安，又后退了一步：“林教头，既然误会已经解除了，那……以后我也不怪你了，你也别再来找我了。就这样吧，以后大家最好相忘于江湖。”

他只是凝视着她，半晌才说道：“年姑娘，你能答应我一件事情吗？”

“这……不能！”

他却自顾自地说下去：“我并非要让你答应什么不合情理的事情，只是希望你不要仓促地做决定，尤其不要轻易相信某人，也不要轻易和某人结婚。”

云未寒的背影已经和雪景融为一体，渐行渐远，终至不见。

年子傻傻地站在门口，心想：他不就是在说卫微言吗？还某人！

你要我疑神疑鬼，我偏不！

年子觉得手心冰凉，一看，是那杯奶茶已经彻底凉透了。她顺手把奶茶扔进垃圾桶，回到卧室坐下，看到电脑下端闪烁不停的信息提示，全是小编们发来的。

“年小明，你可以马上着手准备新稿子了，我们急需啊……”

“年小明，下周三我们组织了一个作者聚会，也算是团年，你也来吧，现场还有丰富的礼品哟……”

“年小明，我们的重要作者年底每人有一份贺年礼，是一部最新款的手机，你给个地址吧，我寄给你……”

敢情她的封杀令就这么被解除了？

年子看看自己好长一段时间没有进账的户头，简直提不起任何“清高地拒绝”的勇气，马上回答：“好呀，好呀。谢谢，谢谢。”

她又跳起来，一鼓作气地写了一万字，扔下鼠标，竟然十分雀跃——有工作，有收入，真是太爽了！

网红火锅店里座无虚席。年子靠窗占了个二人座，暗暗庆幸自己四点半就来了，要不然，排号都得在几十号之后了。

火锅都沸腾了好几次，柏芸芸才急匆匆地赶来。

“年子，为什么请我吃火锅？你的封杀令被解除了？”

年子摸了摸自己的脖子：“要了一个多月，这可怜的脖子已经没有那么僵硬了，可一开始写稿子，这粗脖子又得完蛋了。更可恨的是，编辑告诉我，经济不景气，稿费普降，我再怎么拼命写，收入可能也只有以前的一半或者一半都不到了……”

柏芸芸又吃了一块炸酥肉，愤愤地说：“我发现只要挣钱的活，没有一样是轻松的。”

“可不是吗……”

话音未落，一个十来岁的熊孩子忽然跑过来，伸长脖子大声地喊：“喂，你们要吃完了吗？”

柏芸芸笑道：“还早着呢。”

熊孩子催促：“快点儿不行吗？”

“怎么？你们在等位？”

“是啊，等了好久，快饿死我了。”

柏芸芸逗他：“要不，你先吃点儿我们的酥肉和红糖糍粑？”

熊孩子毫不客气地抓了一把酥肉，几口吃完，含混不清地说：“你们马上就走不行吗？”

“可是，这里按照号码喊号，就算我们马上走了，也不见得轮到你们啊，而且我们也刚来不久。小朋友，你再去休息区坐坐喝点儿东西吧。对了，你家大人呢？”

熊孩子没回答，悻悻地东张西望，又走了。

二人不以为意，继续吃喝。

过了一会儿，那熊孩子旋风一般又冲过来，大喊道："你们怎么还没吃完？"

柏芸芸有点儿不高兴了："小家伙，你怎么一直盯着我们？"

熊孩子大怒，呸地一口就吐在锅里："我叫你们吃，我叫你们不走……"

二人面面相觑。

熊孩子呸呸又吐了两口，还跺脚："你们怎么还不滚？等得饿死我了……"

柏芸芸急了，噌地站起来道："小鬼，你这是干什么？"

熊孩子却大叫："有人打我，爸爸，有人打我……"

一个壮汉几步就走过来，黑着脸，虎视眈眈地盯着柏芸芸。熊孩子恶狠狠地指着柏芸芸的脸："爸，就是这个臭三八打我……"

柏芸芸说道："你这小鬼，明明是你朝我们的火锅里吐口水……"

壮汉冷冷地说："你们大人跟一个孩子计较什么？动手就是你们不对了……"

年子环顾四周，明白了，这对熊父子分明是不想排号，又看到满屋子的客人就她们这一桌只有两位女子，他们有恃无恐，故意用这么恶心的方式赶人。

年子不愿多事，站起身拉了拉柏芸芸，低声道："走吧。"

柏芸芸看看还剩下一大半的菜品，又看看火锅，可能是想起那么多口水，也吃不下去了，只好自认倒霉。

擦身而过时，那熊孩子忽然伸出脚，柏芸芸穿着高跟鞋，一个趔趄扑了下去，饶是年子眼明手快一把拉住她，她也一只腿半跪下去，疼得惨叫一声。

熊孩子乐得哈哈大笑："滚，快滚——"

他的父亲居然没事人一样，自顾自地在二人刚离开的位置上坐下，大喊道："服务员，快来收拾一下，我们点菜……"

年子彻底被惹毛了。

她还没开口，只见一只大手从旁边伸出来，一把拎住了那熊孩子的脖领子，大喝一声："小鬼，快向这两位美女道歉，否则立即把你扔到锅里去……"

熊孩子被吓傻了。壮汉猛地将菜单拍在火锅桌上，怒吼了一声："你这个傻子，找死啊，快把我儿子放下来……"

可是他被另外两名男子拦住了。

熊孩子被拎得更高了，那人就像拎一只笨鸡似的拎着熊孩子："快道歉，不然真的把你扔进锅里去……"

熊孩子梗着脖子杀猪般大叫："救命啊，救命啊……爸爸，救命啊……"

壮汉十分高大威猛，原本恐吓两个年轻姑娘是没问题的，可是看看拦住自己的两个年轻人，一转眼又看到对方桌子旁还有三四名年轻小伙子，这下气焰立即弱下来了，只是大喊："大人欺负小孩算什么？快把我儿子放下来……"

"道歉！"

熊孩子眼看自己的头脸就要被凑到沸腾的火锅上空了，吓得杀猪般大叫："道歉，我道歉……我道歉还不行吗？"

那个人重重地把熊孩子蹾在地上，熊孩子脚尖沾地，风一般跑到他爸爸面前，抱着爸爸的胳膊就大哭："他们打我，他们打我，大人打小孩儿……"

壮汉悻悻地说："我们走，不吃这家垃圾火锅了。"

"哥们儿，不是火锅垃圾，是你们自己垃圾啊！"

壮汉也不敢斗嘴，拉着熊孩子匆匆地离去。

年子搀扶着柏芸芸，这才仔仔细细地打量那位仗义出手的好汉，但觉此人好生面熟。

那小伙子也一副笑嘻嘻的样子，是看熟人的眼神。

还是柏芸芸先叫出来："赵理想？！"

"二位美女终于想起我了！"

这人居然是赵理想！她们为留守儿童募集资金和礼物时所认识的那个志愿者！

年子客客气气地说："今天幸好遇见了你们，谢谢了。"

柏芸芸也连声道谢。

赵理想很热情："你们之前也没吃好，要不坐下再一起吃一点儿吧。"

二人看看对方那么多人，很显然是同事或者朋友聚会，不便打扰，正要婉拒，同桌一个胖子也开口了："嘿，相请不如偶遇，这么巧遇到熟人也是难得，二位美女就给个面子，一起吃顿火锅吧。"

二人推辞不了，只好坐下。

赵理想搓着手说："我和同事在这里聚餐，刚进门就看到你们，可是又不敢确认，直到你们和熊孩子扯起来……可真是太巧了。"

胖子："可不是吗？小赵一进门就悄悄地告诉我们，说好像看到熟人了，但是又不敢贸然相认，怕认错了被当成搭讪的登徒子……"

众人说说笑笑，很快便熟稔起来。二人这才知道，原来赵理想是一个标准的码农，好像是得了个什么奖励或者升级了之类的，所以请同部门要好的同事聚餐。

这群年轻人都很热情，一眼看去，就是那种心思单纯的技术类工科男。

胖子姓方，大家都叫他方胖子。和所有胖子一样，他特别能活跃气氛。他好像对柏芸芸特感兴趣，一直大献殷勤地逗柏芸芸开心，还连声道："二位小姐姐都这么漂亮，身边若是有认识的好姐妹，也给我们这一伙儿光棍儿兄弟介绍介绍呗……"

柏芸芸好奇地问："你们这些高收入程序员还愁没女友？"

"你看看我们的发际线也不像能得到女孩子青睐的样子吧？"

赵理想："别听方胖子胡扯，来，吃东西，吃东西……"

熟人相见，分外高兴，赵理想说："对了，你们还记得出版社送去的一大批书籍吗？后来他们打电话反馈，说学生们非常喜欢，希望以后还能有类似的活动，所以我后来又设法找人赞助，送了一批适合小学生学习的关于计算机的书过去……"

年子摇了摇头："说来惭愧，后来我因为一些杂事缠身，很久没有关注这个事情了。"

自从和乔雨桐等人掐上以后，加上被变相封杀失去了收入来源，年子的确很久没关注这个事情了。"穷则独善其身，达则兼济天下"，这话不是没有道理的。

赵理想兴致勃勃地说："其实我们后来讨论了一下，与其建立什么课外阅读室或者兴趣班之类的来提高孩子们的分数，不如给他们送现在最流行的网络同步直播课程……"

年子很意外："你说就像成都某中学和贫困地区对口援助的那种网络同步直播课程？"

"对！但只是类似。我觉得对山区的留守儿童来说，直播不现实，他们跟不上，慌慌张张的，大部分孩子会失去兴趣。别说孩子，就连老师都会因为眼界受限而跟不上，久而久之会沮丧，会对这个事情有抵触情绪……"

这是事实。大城市的中小学里，大部分老师是重点师范院校的本科或者硕士及以上层次的毕业者；而偏僻山区，好多老师的学历要差得多，有些甚至只是代课老师。老师的学识和眼界已经差了一截，何况是学生？

那些顶尖的教学方法和知识，偏远地区的老师都不见得跟得上。

赵理想接着道："我上次看到成都某中学的那个新闻报道之后，和我的同事讨论过，直播其实不如录播。因为偏远山区的学生基础差，直播简直是龟兔赛跑，他们根本赶不上。与其如此，不如换一下方式，比如把某教学质量特别好的中小学的课程全程录下来，交给各偏远山区的学校，让老师和同学一起学习，而且可以反复学习、反复研究，直到把不懂的地方弄懂为止，这样效果会不会要好得多？"

方胖子也笑嘻嘻地说："全国大多数地方的教学大纲其实差不多，高考试卷几年之内变化也不大。如果把顶尖重点中小学的教学过程全程录下来，交给其他地方的学校免费学习，这就是一个教育资源的免费共享，这样做，比其他方式有用多了……"

年子和柏芸芸交换了一下眼色，二人心中都是大大喝彩：对啊，这是好办法啊。

柏芸芸："可是这种录播程序之类的东西复杂不？贵不贵？"

方胖子："我们都是码农，举手之劳，愿意免费援助。"

年子："问题是，有顶尖的重点中小学愿意让你免费全程录播教学过程并免费到处发放吗？"

方胖子哈哈大笑："好了，这个天被聊死了。"

众人都笑起来。年子也笑起来。

教育的公平，才是这个社会最大的公平。许多普通人家的孩子往往因为各种问题接触不到第一流的教育资源，尤其是偏远山区，整个师资力量严重不足，再加上家庭（父母）教育的缺失，才有了现在的“寒门再难出贵子”的现象。

可是互联网最大的优势就在于：可以把以前遥不可及的信息以几乎无时差的方式普及开来。想想看，如果偏远山区的落后中小学都采用大都市第一流中小学的录播教程（互联网授课）进行学习，那么以后的中考、高考会变成什么样子？

这肯定比单送礼物、书本或者什么东西的强多了。这才是教育资源真正的普及和公平。如果说以前做不到这点，但以现在的互联网技术和普及程度，纵使不是分分钟的事情，至少根本没什么难度可言。

唯一的难点在于：哪个学校会让你全程录播教学过程并全面免费普及？

年子对这个点子很感兴趣，赵理想和他的同事也讨论得热火朝天，很显然，他们早就多次反复议论过这个问题了。在他们看来，技术问题只是小菜一碟，难只难在怎么让各方都点头同意做这个事情。

方胖子已经三十出头了，是几个人的小头目，拍着胸脯说：“小赵，你们那几个县城若是能得到这个资源，我负责去说服总部，免费替你们解决所需要的一切设备和技术，由我们部门亲自带队去免费操刀，算是哥儿几个对社会的回报。”

年轻的小伙子都有一腔热血。

赵理想看向年子：“说实在的，我就是联系不到愿意做这事的第一流的学校……年小明，你有办法吗？”

年子惭愧：“我也没有，不过我可以试着去问一问。”

她忽然又道：“其实，这事根本不用那么麻烦……”

赵理想：“你想到办法了？”

“如果由教育部门下令来做这事，比如各省指定几所顶尖的学校，把所有课程录播下来，然后下发到各大偏远山区，所需要的设备等也由他们统一安装，或者招募社会赞助，如此就不会遇到什么阻力了……”

众人你看我，我看你。方胖子哈哈大笑：“美女，你这又是把天给聊死了。”

年子也笑。

因有共同话题，众人聊得很是开心，不知不觉已经十点多了。

方胖子自告奋勇地要送柏芸芸回去，赵理想也客客气气地说送送年子，但是年子婉言谢绝了，因为年子是自己开车来的。

那天晚上，年子一直在想这个问题。她直觉只要云未寒愿意出手，他是可以解决这个问题的。但是，她又不想因为这事主动联系云未寒。

几天后年子渐渐地便淡忘了此事，直到柏芸芸发来消息。

“年子，今晚一起吃饭哈。”

“加薪了？”

“不是，我希望你帮我参考一下……”

“参考什么？”

“你还记得方胖子吧？他这几天天天约我……他虽然胖了点儿，但人挺好的。你觉得我可不可以跟方胖子交往？”

年子立即回答：“你觉得一个天天和赵理想他们讨论捐赠、关心社会公正性的人会差到哪里去？”

“你的意思是？”

“约！一定要约。”

年子一锤定音，柏芸芸很是高兴，就像吃了一颗定心丸。

“对了，我就不去做电灯泡了，你和方胖子吃就是了。”

“不行啊，年子，你一定得来。我还是希望你能帮我再把把关，毕竟你也知道我的眼光不咋样，这次你把关之后，我才会放心地和他交往……”

“好吧，说好就这一次啊，下一次我坚决不去了。”

女性朋友相处之道，便是最好远离朋友的男朋友。

柏芸芸大叫：“我难道还不放心你吗？年子，我一万个放心！所以我才只叫你，而没有叫我其他任何所谓的闺密或者女同事帮我把关！”

方胖子请二人在一家很不错的西餐厅吃饭。

西餐厅在一家高档购物中心的五楼。年子提前赶到和柏芸芸会合，一看就笑了。柏芸芸今天精心打扮过，头发挑染了一点儿酒红色，又化了淡妆，看起来特别漂亮。

她大赞：“芸芸，你这段时间气色真是太好了，比任何时候都漂亮。”

柏芸芸眨眨眼，悄悄地说：“我两个月前去开了眼角，做了内双。年子，你居然没有看出来？”

年子吓了一跳：“我是真没看出来。这个双眼皮做得真是太自然了，我还以为是你变瘦了，内双更明显而已。”

柏芸芸长得本来就不错，再微微调整一下，整个人更是顾盼生姿，明眸善睐，也难怪方胖子对她一见钟情。

两人进到餐厅，才发现方胖子也不是一个人来的——赵理想赫然在座。方胖子笑嘻嘻地说：“大家都是熟人，若不是小赵，我也没法认识芸芸，所以也请小赵一起吃个饭，算是感谢……”

赵理想开玩笑道：“在这么贵的地方请客，这是谢媒宴吗？”

柏芸芸一下红了脸。方胖子大笑：“来、来、来，各位，想吃什么别客气……”

方胖子是本市人，家里有四五套房子，本人月薪三万，有一辆三十多万元的车子。而且他性子直爽，妙趣横生，怎么看都是一个优质单身汉。柏芸芸对他颇为满意，席间二人相谈甚欢。

反倒是年子和赵理想这两个大灯泡没什么话说，偶尔插几句嘴。尤其是年子，该笑的时候笑一下，其他时候简直不吭声。

那二人黏黏糊糊的，也不管别的，竟然越说越投机，隐隐是热恋（新鲜）的状态了。

饭后方胖子邀请二人和他们一起去看电影，年子坚决拒绝了。赵理想也开玩笑地说：“若是两个人也就罢了，我一个人去做灯泡好难受，算了，我也回去加班干活。”

方胖子：“那正好，你负责送年子回去。”

年子急忙道：“不用，我打车就行了。”

“我已经叫了车，顺道送你一程。”

年子推辞不过，和赵理想一起上了一辆网约车。

一路上赵理想谈起老家的情况，也顺道提了提自己。据他介绍，他家在一个小镇上，父母做点儿小生意维持生活，还有一个已婚的弟弟。他在这座城市上大学，毕业后在这里工作，以后也打算在这里定居，只是还没有买房子和车子。

年子只是听着，嗯嗯地点头，其他的也不知道该说什么。

他极其热情："年小明，下次你再去连山桥那边的话，提前告诉我一声，我跟你们一起去，你也可以顺便去我们老家玩一下，我们那里有个不太著名的风景区，还可以……"

年子客气地道谢。

直到车子开到转角处，她连声道："到了、到了，停这里就行了。赵理想，谢谢你，非常感谢……"

"顺道而已，年子，那我们下次见吧。"

网约车开走后，年子终于松了一口气。

她走了几步，消息来了："小姐，你现在在哪里？"

"马上要到家了。"

"你此刻的位置？"

她蓦然回头，只见身后一个灰色人影笑嘻嘻地说："小姐，敢问刚才送你回家的那位哥们儿是谁？"

她哑然失笑："卫微言，你今晚不加班吗？"

"我要是再天天加班，也许头上就长草了。"

年子眨眼："老天，你这是在吃醋吗？"

卫微言板着脸："我在喝酱油！"

年子哈哈大笑，一把挽住他的胳膊："你这吃醋的样子，真的让我有点儿受宠若惊啊。"

卫微言悠悠地说："其实我早就知道，就算有人追你，你也不会正眼瞧他们的。"

年子不服气了："凭什么呀？"

"因为你一直疯狂地迷恋我呀。这点儿自信，我还是有的。"

年子走了几步，长叹了一声。

卫微言问："怎么了？"

年子皱着眉毛道："唉，我怎么老觉得自己被你吃得死死的？我感觉我这一辈子都翻不了盘了。"

"你还想翻盘？别做梦了。"

年子挽着他的胳膊，呵呵地笑起来。

他柔声问："饿了吗？要不要再去吃点儿东西？"

年子诧异地问："你怎么知道我饿了？"

卫微言脸上写满了"你的性子我还不了解吗"。和陌生人一起吃饭，年子总是不好放开吃，这顿晚饭只看着柏芸芸和方胖子眉来眼去，也的确没吃多少东西。

"我们去吃串串？"

年子欢呼。

这座城市的深夜还有几分热闹景象的往往只剩下串串店了。两人进去的时候，还有三四桌客人。

年子拿了麻辣牛肉、鲜椒牛肉以及冻豆腐、海白菜等放到锅里，看着一大锅红油热腾腾地开始滚沸，浓郁的香味也随之弥散开来，她又扯开嗓子喊："老板，老板，再来一壶醪糟煮啤酒。"

很快，煮啤酒就上来了。年子喝了一大口，大赞："这个和串串简直是绝配。"

卫微言也喝了一口，慢悠悠地说："这家的枸杞子放多了，不怎样，我知道有一家味道好得多。下次我们吃那家。"

年子满脸不可思议地盯着他："我从未想过，你居然也这么有烟火气。"

卫微言："……"

自从认识他，每一次吃饭的地点都是她精挑细选的"富有情调"的场所，她生怕怠慢或者唐突了他——潜意识里，老觉得他是和那些"高大上"的词语联系在一起的。可现在，她觉得他灰色的大衣和这苍蝇馆子也是如此融洽。

卫微言笑嘻嘻地说："那是你自己的误解，我也没法。其实我吃过至少上百家苍蝇馆子。"

年子："……"

终于，二人都吃不动了。小伙计过来麻利地数完签，大声道："一共一百九十八元，给你们优惠点儿，一百九十元就行了。"

说完，小伙计看着卫微言。卫微言笑嘻嘻一指年子："她付钱。"

年子付完了钱，想了想，这画风不对啊，怎么每一次都是自己付钱呢？可是她还来不及造反，又想起来，这哥们儿的卡在自己的钱包里。没法，她只好认栽。

那天晚上月亮很大，两人从串串店里吃饱喝足地出来，身上、心上都是暖洋洋的，尤其还有挽着的那个人。

年子从未在这样的寒冬时节和一个男人手挽着手在大街上漫步。

可是她心里暖洋洋的，就像是一幅摊开的愿景：和初恋的那个人，白头到老，而不是渐行渐远。

这是运气。

快到家门口了，卫微言停下了脚步。

年子问："你不进去吗？"

卫微言似笑非笑地道："我进去可以留下来过夜吗？"

年子红着脸，低着头，声音也蚊子似的："其实……是可以的……"

微风吹过，他把这声音听得一清二楚，再看看昏暗的灯光下，姑娘红彤彤的脸上满满的胶原蛋白，忽然就心猿意马地长叹一声："唉，我看还是不行啊，今晚运气不好啊……"

年子随着他的目光看过去，哑然失笑。透过小院的大门，她老远就看到客厅里透出来的灯光：父母回来了。

卫微言真的不敢留下来过夜了。她也不敢留他，毕竟从小所受的教育就是如此，完全没法做到当着家长的面，带男友在家里同居的地步。

他轻叹了一声："年子，我们还是快点儿结婚吧。"

她嘟嘟囔囔地说："你看着办吧。"

"你答应了？"

年子红着脸，心想：我早已一万个同意了好吗？

卫微言变戏法一般从大衣口袋里掏出一个玩意儿："你看看，喜不喜欢？"

借着路灯，年子看得清清楚楚：那是一朵小小的红玫瑰，被封印在一块透明的水晶里，可外表看起来简直就是一朵永生的玫瑰。

她万分惊喜地道："好漂亮，你从哪里找来的？"

"买的。"

年子紧紧地捏着那玫瑰，乐不可支地说："卫微言，这可是你第一次送我礼物啊！"

“不是吧？我有这么差劲吗？”

“不对，你还送了我两块大宝石。”

“可不是吗？我早就下过聘的。”

年子忽然踮起脚，飞快地在他的唇上亲了一下。

卫微言大乐：“蜻蜓点水，这也太敷衍了，重来。”

年子悄悄地瞄一眼小院门口，红着脸不作声了。

卫微言大手一带，下一刻，她的嘴唇已经被封住了。

他也是蜻蜓点水的动作，她却忽然有点儿眩晕。

卫微言已经松开手，老神在在地说：“虽然下了聘，支付了定金，但是为了稳妥起见，我还是得尽快找个黄道吉日，我们还是赶紧结婚为好。至少我们先去领个结婚证，毕竟有了证才名正言顺嘛……”

就在这时候，客厅的门吱呀一声开了。金毛大王汪地叫了一声。年子急忙后退一步，干咳一声，规规矩矩地站在一边。卫微言却大大方方地拉着她的手，几步走过去，极其客气地说：“叔叔、阿姨，你们都在家啊。”

年爸爸好生热情：“小卫，快进来坐坐，喝一杯热茶……”

“谢谢叔叔，不过我明天早上七点钟就要上班，等改天时间充裕再来登门拜访。”

年爸爸笑眯眯地说：“年轻人专注事业是好事，那，小卫，我也不留你了，时间不早了，你路上小心点儿。”

卫微言却没有立即转身，更客气了：“叔叔，我很快会登门拜访的，因为我想跟你们商量一下我和年子的婚事。”

年爸爸有点儿意外，但是并不惊愕，顿了顿，连声道：“好啊、好啊，我们每个周末都有空。”

卫微言这才放开年子的手，笑道：“我回去了。”

年子低声道：“你路上注意安全。”

进了家门，充足的暖气扑面而来，年子脱下羽绒服，转头就看到父母若有所思的表情。她有点儿心虚：“那啥，爸、妈，你们觉得卫微言怎么样？”

老两口对视一眼，还是年爸爸先开口，他和颜悦色地说：“不是我们觉得卫微言怎么样，是你真的认定他了吗？”

年子点了点头。

李秀蓝笑道："既然你都认定了，我们还有什么好说的呢？"

年爸爸："小卫这孩子其实很本分，这次你就不要再节外生枝了。"

年子想起上次婚期之前，群发亲友"造谣"卫微言"车祸去世"的事情，脸上顿时火辣辣的，急忙跑进自己的房间关上门。

夜深了，可年子躺在床上一点儿睡意也没有。她一直拿着那朵水晶玫瑰细看，明亮的灯光下，她觉得里面的玫瑰简直鲜艳得不像是真的，而像是玉石精雕细琢成的，越看越漂亮。她再仔细一看，上面居然还有四个字：爱不凋零。

年子吓了一跳，这……这简直不像是卫微言的做派啊。这哥们儿为了求婚，还真的是下血本了？她忽然很得意，蒙着头，像小孩子一般躲在被子里咯咯地笑起来，很快便酣然入睡。

尽管求婚时间还没确定，但年子已经心猿意马了。她悄悄地百度了好多"婚前准备工作"的消息，又抓不住要点，于千头万绪之中，只想着：结婚那天我得美美的。于是她打算去买点儿好的面膜、护肤品之类的东西。

周五的下午，年子约柏芸芸："芸芸，今晚你和方胖子约吗？"

"今晚方胖子加班，明天再约。"

"那可真是太好了。我们一起吃饭、逛商场买点儿东西吧。"

柏芸芸欣然同意。

两人约定的见面地点是一家高档购物商场的口红专柜。年子早到了二十几分钟，等柏芸芸的时候，便顺道在各柜台前闲逛了一会儿，连着看了两个柜台，买了几盒面膜，估摸着柏芸芸要来了，就几步走回约定的那个口红柜台。

"年姑娘……"

她诧异地看着那个白色人影。这人怎么跟个鬼一样？这都能遇上？

年子环顾四周，发现他是一个人来的。

"天哪，林教头，你一个人逛商场？"

"你不也一个人吗？"

"可是我约了人啊……"

“约了谁？”

年子不答反问：“你的女伴呢？”

“什么女伴？”

“我就不信，你一个大男人会独自闲逛？”

年子再次四处张望，可这种高档商场并不是人山人海，事实上是有点儿冷清的。有几位时髦的中老年女士路过，可都不像是他的女伴啊。她再看看周围琳琅满目的化妆品专柜——一楼都是各大顶级品牌的专柜，很少见到男人的身影。她怀疑他可能是给某个女伴买礼物，但是看来看去，他又是两手空空。

年子忽然感觉有点儿惊悚：“林教头，你打算买口红还是粉底？睫毛膏还是眼影？”

“……”

“你该不会是女装大佬吧？”

云未寒笑起来。他一身白色羊绒大衣，站在柜台前，令这一屋子的一线大牌都有点儿黯然失色。

柜姐可能是察觉到自己家的光线忽然暗淡了，有点儿不悦，觉得这两个人一直在这里闲聊也不是办法。她想礼貌地问一句：“二位要买什么我给你们介绍一下（不买就赶紧滚蛋）……”

可是忽然看清云未寒的脸后，柜姐便一句话也说不出来了，就那么傻傻地盯着他看。

年子早已习惯了这一幕，低声道：“林教头，你再不走的话，有人要找你要签名了。”

云未寒似笑非笑地说：“年姑娘约了小伙伴？”

“是的，她马上要到了。”

年子不想跟他耗着，几步走到电梯口，想直接去约定的餐馆，结果云未寒跟了上去。

电梯口僻静多了，云未寒盯着她手里的购物袋，淡淡地说：“年姑娘怎么想起买这么多面膜？”

年子若无其事地道：“人丑就要多打扮（花钱）。”

“女人忽然想到要打扮自己了，那就意味着想结婚了吧？”

不知怎的，年子再次对上他的眼神时很是不安。

他的眼神很平淡，可又有淡淡的讥讽和不以为然的意味，好像在说：年子，你可真是不长记性啊。

“年姑娘居然真的想要嫁给卫微言？”

年子不理他的这个“居然”，定了定神道：“林教头，我约的朋友快到了，我先走了。”

“如果年姑娘真的决定结婚的话，我建议你最好慎重一点儿，至少得先弄清楚卫微言到底是什么人，对不对？”

年子反问：“既然你如此了解他，你何不告诉我？”

“看来女人都一样，只要一谈恋爱，就变得很无脑，对任何明显的事实都可以视而不见，就像把头伸进沙堆里的鸵鸟，好坏也分不清楚！罢了、罢了，年姑娘，我言尽于此，听不听是你的事情。”

说完，他竟然看也不看年子一眼，转身就要离开。

年子呆了一下，正想一把扯住他问个究竟，却听到柏芸芸的叫声：“年子、年子，我在这里，这里……”

云未寒并未马上离开，而是顺着声音的方向看了一眼。

跑过来的柏芸芸正好对上他的目光，立即闭嘴，有点儿蒙了。

云未寒笑了笑，转身走了。

柏芸芸一直盯着他的背影，直到对方彻底消失。

“我的天！这个人活脱脱是漫画里走出来的……不对，漫画也画不出这样的角色……”柏芸芸一把拉住年子的手，“年子，快告诉我，他到底是谁？这人该不会是某个路过的明星吧？可我为什么从未见过他？”

“云未寒！”

“不是吧？这么好看的人，怎么可能和乔雨桐之流同流合污？这简直不科学啊！”

因为和乔雨桐的名字连在一起，柏芸芸本能地认为云未寒是个恶棍，至少是和冷富豪那类人一样的土豪，没想到真人和想象中的差距这么大。

上电梯的时候，柏芸芸忽然道：“我怎么觉得云未寒有点儿面熟？”

年子有点儿意外：“你以前也见过他？”

柏芸芸很认真地想了想道：“年子，你不觉得他很像一个人吗？”

“像谁？”

“薇薇。”

薇薇这种网红美女，照片满天飞，圈外人柏芸芸都知道她的大名。

“我觉得云未寒的脸型跟她有点儿相似，尤其是他们的鼻子……”

她不说则已，这么一说，年子回忆起薇薇的面容，竟然也觉得两人有点儿相似，可是要说多相似吧，又谈不上。她一直以为薇薇是云未寒的地下情人或者过期情人之类的，现在却狐疑了：薇薇跟他到底是什么关系？

要说两人是兄妹吧，可云未寒哪里来的兄弟姐妹？云未寒自己也说过，他是他父亲的唯一继承人。

“他们长得那么相似，就算不是兄妹，可能也有点儿亲戚关系。”

年子恍然大悟，敢情云未寒一直这么扶持薇薇，是亲戚关系的缘故？她忽然又想起他那个风流无度死于艾滋的父亲，再联想起薇薇私生女的身份，更是狐疑了。

两人进了餐厅，点菜，上菜……年子一直在发呆。

柏芸芸问：“年子，你怎么看起来心事重重的？”

年子强笑，不知道该怎么回答。本来她是打算一见面就和好朋友分享自己快要结婚的好消息的，可不知怎的，现在有点儿说不出口了。

柏芸芸小心翼翼地问：“那个什么云未寒，是不是会对你不利？”

年子很苦恼：“我是真的有点儿怕他。”

“天哪！那怎么办？他真的是要帮着乔雨桐她们对付你？”

年子摇了摇头。她倒是不怕云未寒要帮着乔雨桐等人，也不怕薇薇到底是不是云未寒的亲妹妹，而是心里也滋生了一颗小小的怀疑毒瘤：云未寒三天两头提醒自己提防卫微言，到底什么意思？

年子心事重重，食不知味。柏芸芸好几次说话，见她心不在焉的，有点儿急了：“年子，你有什么忧虑要说出来啊，我就算帮不上什么忙，也可以找方胖子他们帮着看看，毕竟多个朋友多一份力量……”

年子强笑，定了定神，转移了话题：“你和方胖子如何了？”

提到方胖子，柏芸芸立即有了喜色：“我和他是以结婚为目的交往的，目前来看，还挺好的……”

方胖子大致也是奔着结婚去的，所以对柏芸芸很大方，该送礼物就送礼物，该发红包就发红包，二人相处得非常融洽。柏芸芸低声道：“现在我才真正有点儿谈恋爱和被人追求的感觉了，你知道早前那个渣男……”

早前的那个渣男，凡事都得别人将就他、讨好他，柏芸芸一分钱都不敢花他的，否则她就变成了拜金女。现在好了，她和方胖子正常地谈恋爱，享受他的追求，和任何普通女人的必经之路一样。柏芸芸的笑容里有掩饰不住的幸福感，她说：“方胖子可是第一个送我花的男人。上上周他天天都送，后来我觉得费钱，不实在，就叫他别送了，他才没送的，但隔三岔五还是有小礼物的。”

“这不是挺好的吗？这才是真正谈恋爱的样子啊。”

“对了，前天晚上他的父母还请我吃了一顿饭，给了我一个一万零一元的红包。”

年子好生意外：“这么迅速？”

“他家就在本市。他说他父母得知他有女朋友了，很着急，一定要见一下，所以我也没有推辞……”

三十出头的儿子，好不容易谈了个女朋友，家长喜闻乐见是可以理解的。柏芸芸初次上门，家长给了一万零一元的红包，这绝对是认可她的！

钱不能说明问题，但是钱能说明态度！

年子笑了起来：“这万里挑一的红包，表示他父母对你非常满意啊。”

“是的，他父母都挺豁达的，看着也挺好相处，所以我对他们一家人也是很满意的。”柏芸芸又补了一句，“你也知道，之前的那个，我和他交往那么久，他从来没有说过带我去他家里，现在想来，人家压根儿没有和我结婚的打算，自始至终是我在自作多情啊……”

男生要不要带女朋友见家长，也很能说明一些问题。

柏芸芸眉眼含笑，语气很是真诚：“我的情况你也是知道的，我打算定下来，只要不出什么意外，就跟他结婚了。不过方胖子多次问起我家的情况，我却不太敢跟他说实话。”

柏芸芸只说家里有哪些人，说有个弟弟已经结婚了，但是不敢说自己是个“扶弟魔”。当然，她更不敢贸然带他回家了。

“今天下班的路上，我妈给我打了个电话，说我要是嫁人的话，最好问男方家里要三十万元彩礼，因为我弟弟后来不是又买车了吗？有车贷、有房贷，他们的压力也很大，有了这三十万元，基本上就可以把他们的账给清了……”

年子不可思议地问：“你答应了？”

“我都没敢告诉她我有男朋友了。我妈那样子你也清楚，要知道我有男友了，她肯定咬死三十万元彩礼不松口，说不定还要增加。可一般正常的男人，一听这情况就被吓退了……我真怕带方胖子回去，我妈马上开口问他要钱！”

柏芸芸这不是瞎操心，这很可能会成为事实。再没有人比柏芸芸更了解自己母亲的性子了。柏芸芸的妈所要的三十万元彩礼，那就是货真价实的彩礼，一分钱也不会返还给女儿的。她只是告诉女儿，拿了这三十万元，以后就不问柏芸芸要了，当然也动之以情地说什么“家里的情况你是知道的，你是姐姐你不帮谁帮”……

“柏芸芸，我可告诉你，你绝对不能帮着你妈要三十万元的彩礼啊，毕竟男人又不是扶贫办的，谁愿意白给你这个钱？这又不是买断！难不成你以后不给父母养老？这怎么可能？”

“我懂，我不会那么傻。我每个月给他们的三千元一分不少，但是要一口气拿三十万元，我自己也绝对不会同意的！”

年子松了一口气。

第十二章
可怕的真相

春节的脚步越来越近了。

一盒面膜已经快敷完了，年子对着镜子看“成效”。镜子说：“小姐，你有黑眼圈了。”她苦笑一声，随手扯下面膜扔到旁边的垃圾桶里。

手机消息响个不停。

“小姐，这么晚了你还不睡觉？”

“小姐，你又在加班码字吗？天天熬夜是坏习惯啊，伤肝伤肾，再多的护肤品都弥补不了的。”

她懒洋洋地回了一句：“今年你在哪里过年？”

“家里啊。”

“不陪你父母吗？”

“他们另有安排。”

对方就这么轻描淡写的一句话，再无下文。年子忽然想到一个问题：哥们儿，你都向我求婚了，难道不该带我去见见你的父母，或者约着两家人一起吃个饭吗？

她直接问：“哥们儿，你真的打算结婚吗？”

“难道你没这个打算？”

“难道结婚不需要准备点儿什么吗？”

“领个证还需要准备什么？”

年子：“……”

“先领证，举行婚礼的事情以后再说，这样就没那么紧张了。”

年子不回答了。

她躺在床上，有点儿沮丧。结婚就结婚，领个证才是正经的。若是之前，她觉得这是天经地义的事，可现在，她翻来覆去睡不着了。

不是婚礼的问题，是卫微言这个人的问题。年子再翻他的朋友圈，发现他居然从来没有发过任何一条信息。她再回忆他以前的那个亲友群，更是诡异：从来没有任何人搭理过自己，好像里面是一群假人。

这真是太邪门了。

那天晚上，年子几乎折腾到天亮才迷迷糊糊地睡着。等她一觉醒来，已近中午，窗外有罕见的冬日暖阳。

年子肚子很饿，可是懒洋洋一动也不想动。直到太阳西斜，她才爬起来草草地做了一杯咖啡，吃了一块三明治，穿着毛拖鞋、厚睡衣坐在书房里，盯着电脑屏幕，一个字也码不下去。

直到母亲在门口大喊：“年子、年子，我回来了。今晚你想吃什么？”

年子懒懒地说：“随便。”

李秀蓝走进书房，看着女儿，有点儿意外：“年子，你的脸色不太好啊。”

“唉，连续几天失眠。”

“为什么？”

年子实话实说：“一想到要结婚，我就很紧张。”

李秀蓝笑起来：“婚前恐惧症？可是卫微言确定婚期了吗？”

“还没有。”

“他正式求婚了吗？”

“还没。”

“那你有什么好紧张的？”

年子一想，也是，婚期都没正式确定，有什么好紧张的？

她笑了笑，佯装若无其事地问：“老妈，你不觉得有点儿不对劲吗？”

“哪里不对劲了？”

“我们还没见过卫微言的家人啊。”

“上次聊天的时候，小卫说他父母长居国外，好像是因为工作忙碌，所以很少回来。”

年子有点儿意外：“他居然跟你们讲过？”

“闲谈时聊起的，他说他父亲一辈有好几个兄弟，他是独生子，而且他父母都是医生，在国外开诊所。”

“咦，他居然没有告诉过我关于他父母的事情。”

“可能你不问，人家也没说，但是他都告诉我们了。”

年子松了一口气，忽然呵呵笑起来。她就说嘛，云未寒这厮故意装神弄鬼地挑拨离间。《邻人遗斧》这个故事不是浪得虚名：当一个人心生怀疑的时候，怎么看别人怎么都觉得那个人有鬼。

心魔解除，年子吃好睡好，不用面膜皮肤也嗖嗖地膨胀，满满的胶原蛋白又回来了。

午后小憩，一杯清茶，年子又习惯性地开始了一天的工作。她写了几百字时，手机短信来了，提示上个月的稿费到账了。年子看了看缩水了几乎一半的稿费，长叹一声，顿觉生活不是那么美好了。

她的交稿量比过去多，钱却更少了。可是相比一般朝九晚五的上班族，她又觉得这两三万块钱不多但是也不少。毕竟她真要出去找一份同等薪水的工作，那是难如登天。

年子不敢懈怠，更加努力地码字，但刚拿起鼠标，手机又响了。她觉得自己码字的时候应该关机，不然太打断思路了。

可看到“云未寒”三个字时，她还是鬼使神差地接听了。

“年姑娘，今天下午有空吗？”

她正要说没有，他已经自顾自地说下去了：“如果今天下午有空，你就来玫瑰农场一趟吧。”

“干吗？”

“我有一样东西要给你看。”

年子十分坚决地说：“不看！”

“如果你看了这样东西还坚持要和卫微言结婚的话，那我也无话可说了。可是如果你连看这东西的勇气都没有，愿意一辈子被蒙在鼓里的话，那也由你！”

年子怒了，正要破口大骂，电话那端传来一阵忙音，云未寒竟然直接挂断电话了。

人的心理就是这样：一旦被挑起了好奇心，就怎么都放不下去。年子扔下手机，拿起鼠标，半晌，发现自己一个字都码不下去了。

她满脑子都是同样的问题：云未寒这厮到底要给我看什么东西？他到底拿到了卫微言的什么把柄？

疑云一起，顿时不可遏止，最后她一跃而起，拿了车钥匙就冲了出去。她发动车子时，满脑子都是愤怒情绪：云未寒，你最好拿出点儿像样的证据，否则我今天得杀了你。

一个多小时之后，大片玫瑰花海再次出现在年子眼前。可今天年子根本无心欣赏这一大片艳丽无比的花海，小车直奔那栋神秘的木屋子。

一直开到栅栏边，年子才停下车。她跳下车，也不锁车门，重重推开大栅栏就跑进去。

花海木屋，茶香缭绕。一人独坐，白衣寂寥。

“年姑娘，进来吧。”

语气波澜不惊，他早就料到她会来。

年子觉得自己就像中计的蒋干——明明知道这是陷阱，还是一脚踏了进来。

理智提醒自己：快走，一个字也别听他的。可脚步就像被定住似的，顿了顿，她反而一步一步走了进去。

“喝一杯茶吧。”

年子就像一个木偶，接过茶杯喝了一口茶，然后看到了他面前的一个文件袋。文件袋就那么摆着，他没有任何遮掩和故弄玄虚，就像他平淡的语气：“年姑娘如有兴趣，可以看看这玩意儿，看完就不需要我再枉做小人了。”

年子本能地拿起文件袋打开，一页一页地看下去。看了好一会儿还没看完，她干脆放下文件，傻乎乎地问：“这是什么东西？我怎么看不懂？”

“一点儿都看不懂吗？”

纵不说是完全看不懂，她起码是一知半解，毕竟隔行如隔山，单单那些生僻的专业术语已经令人云里雾里了。

云未寒笑了笑："一个双一流大学毕业的学霸，你告诉我这玩意儿你一点儿都看不懂？"

年子满脸茫然地问："为什么会这样？"

他轻轻放下茶杯，站了起来，走到那面满是玫瑰的屏风前，背对着她。

"我也是一次偶然的机会看到了年姑娘的一份体检报告。我们从中发现了一个秘密，当时我对此很感兴趣，就在一次小型的业界聚会上分享了这份资料……对了，年姑娘，你这种情况，上亿人中也难找到一个，直到现在，我们都不知道是基因突变造成的还是有别的原因。嘀，大自然是很神奇的，许多东西人类不理解，就斥之为谬论，其实是人类自己的见识太过浅薄了……"

换而言之，如此稀罕的科研标本，让业内人士深感兴趣也就不难理解了。这些人中，当然包含卫微言。他们不但发现了她"眼中"的秘密，还对此做过一些极其特殊的研究。

"我的团队对你非常好奇，也定下将你当作研究目标之一。但是那段时间我有事情，去国外待了一年多，回来的时候，才知道你居然和卫微言在一起了……"

年子终于想起来了，自己无意中参加了一个还算高大上的聚会，也就是在那次聚会上偶遇卫微言，对他一见钟情，当天找了机会，厚着脸皮加了他的微信。

她的记忆忽然变得很清晰。那天晚上的卫微言，穿着一件灰色的衬衫，挺拔、沉稳，不言不动地站在原地，有一种出尘的气质，就像是大雪之后一棵瑰丽无比的青松。

她对他绝对是一见钟情。

她也想起来，当晚自己一直着了魔似的追着卫微言，想向他要联系方式，却又不敢。而卫微言对她的态度也很冷淡，他简直连正眼都没有看过她。

年子亲眼所见，好多时髦的美女主动凑上去和他搭讪，但是他都只点点头，基本上不说话，一句话也不想回答。"卫弱智"的绰号，不是白来的。

直到快散场了，年子觉得自己再不去要个联系方式，以后绝对会后悔一辈子。

有个声音反复提醒她：可能这个男人之后，无论你再遇到谁，心都再也跳不动了。

她终于鼓起勇气走上去，小心翼翼地道："嘿，你好，我叫年子……"

可第一句话，他居然没听到。他和她擦肩而过。

她急了，直接扯着他的袖子："你好，我叫年子。"

卫微言的眼神当时就变了。可能是叫年子的人不多，也不太可能重名，他一听就知道她是谁了。

年子就像一个小学生一般战战兢兢地举着手机："我想和你加一下微信，好吗？你放心，我就只加上，不会骚扰你的，一句话也不多说的。"

卫微言当即拿出手机，让她扫码。

加上好友后，年子抬起头，第一次对上了他的目光。就是那一眼，让年子彻底沦陷了，咚咚的心跳声，仿佛压制了满大厅的莺歌燕舞。

这辈子年子从未这样心跳加速过。这以后，或许她也不可能再这样心跳加速了。

当时年子觉得自己好幸运，现在想来，忽然浑身发冷。

"明明是我先选定的研究标本，却阴错阳差地被卫微言捷足先登，而且他居然还打着爱情的旗号欺骗你，年姑娘，你不觉得他很无耻吗？"

年子还是傻乎乎地问："他是脑科医生，研究我的眼睛干吗？"

"年姑娘对自己的结婚对象真的是一无所知啊。你可知道卫微言拥有三个医学博士学位？在回国之前，他一直是眼科医生，后来才主攻脑科，此外，他对药学也有很深的研究……我虽然很讨厌他，但也不得不承认，他在医学方面是个罕见的杰出天才。当然，他也是许多国外的顶级医学研究机构渴望网罗的对象。"

他面上的嘲讽之情更强烈了："以卫微言的身份和性子，凭什么你一追他，他马上就答应了？凭什么你都临时悔婚发消息说他死了，他还是原谅你了，并且还和你在一起？如果他是正常的男人，你觉得这事可能发生吗？"

年子，你以为一切都是巧合吗？

年子，你以为一切都是运气吗？

年子，你以为真的有男人会爱你爱到不计较你的任性妄为吗？

“他想要零距离地详细了解珍稀的研究标本，这没错，但是想要独占这个标本，还美其名曰爱情，那就无耻了，是不是？”

这口口声声的“研究标本”，让年子遍体生寒。她忽然问：“你们为什么可以在我不知情的情况下，轻易地拿到我的所有体检报告？”

云未寒不以为然地说：“科研数据，需要理由吗？”

年子后退一步，坐在了椅子上，眼前乱冒金星，只觉浑身无力。

“对大多数男人来说，婚姻并非必不可少，但是有利可图时，也可以凑合凑合。像卫微言这种人，你觉得他真的是奔着结婚生子过日子去的吗？”

年子反问：“那你呢？你不也曾打着爱情的幌子欺骗我吗？”

“我的目的也和卫微言一样！我的确不希望自己的科研标本就这么没了，毕竟再找一个相同的标本，基本上是难如登天的。”

因为他知道，她一旦和卫微言结婚了，他便失去一切机会了，所以百般阻挠。为此，哪怕他需要跟她结婚也无所谓。就像那些培训网络红人的老板，为了留住红人，最好的办法就是和红人结婚。

年子怒了：“你们凭什么在我毫不知情的情况下研究我？”

“我们对你没有任何人身伤害和精神伤害，只是进行正常的医学观察（实验），这怎么就是犯罪了？”

他的声音听起来冷静又冷酷：“科学家给非洲大草原上的珍稀动物套上芯片观察它们的一生，也是对它们的一种变相保护！”

老子是非洲大草原上的珍稀物种吗？什么变相保护！年子想爆粗口，但是浑身无力。

她撑着头，觉得自己今天是真的傻了。好奇心害死猫，她为什么非要自投罗网来听云未寒说这些乱七八糟的事情？

年子决定赶紧离开这个鬼地方，离开这个鬼一样的男人。

可是她刚一转身，又听到那个满是嘲讽的声音：“接受事实的确很难！尤其对女人来说，要接受一个男人根本不爱自己而只是利用自己，就更难了，对不对？其实这也没关系，年姑娘可以当作一切都没发生过，对一切都不知情。只要你一直死死地缠着卫微言，他按部就班地跟你结婚是没问题的。”

她居然停下来，傻乎乎地点头：“没错！一直是我死缠着他，根本不是他主动追我，所以，这就谈不上什么利用不利用了！”

她甚至敢打赌，如果自己没有主动去追求卫微言，那么可以保证，他根本不会主动出现在自己身边，甚至自己“造谣”他“车祸身亡”悔婚之后，也是自己不死心地继续悄悄（自以为神不知鬼不觉）撩他，经常点各种恶心的外卖去整他，不停地骚扰他……

若非如此，分手之后，二人也不可能复合。自始至终，都是自己倒追他。

云未寒哈哈大笑：“年姑娘啊年姑娘，你可真是太天真、太可爱了。一个跟你的世界格格不入的男人，凭什么无缘无故地被你一撩就上钩，一撩就答应跟你结婚？”

年子：“……”

云未寒毫不客气地说：“薇薇苦等他几年，他都无动于衷，他凭什么就对你青睐有加？他只是找不到下一个更方便的观测标本了！这么珍贵的实验对象，谁舍得轻易放弃？”

年子沉默不语。过了好一会儿，她才问：“卫微言……也像你一样，知道实情之后就刻意不让我看到他的眼神了，是不是？”

“就学术水平本身来说，卫微言远在我之上。没法，有些天才，人力无法追赶。我尚且可以轻易做到不让年姑娘反过来观察我，他要屏蔽自己，当然是易如反掌的事。”

也就是说，他俩到底有没有劈腿，到底劈腿了多少女人，其实她年子是看不到的……实验者不可能反过来让实验对象把自己摸索得一清二楚。

实验室的小白鼠，根本不可能反过来意识到科学家到底要干什么！

可是，这个小白鼠还在试图挣扎。

“云未寒，你告诉我，你们这么做，到底有什么好处？”

“某些科学研究，并不需要马上就得到什么经济效益。”

年子盯着他，从来没觉得他如此讨厌、如此狰狞。

尤其是他那毫不掩饰的“嘲讽”神情，高高在上，看人简直就像是在看一个白痴似的，让人恨不得一拳把他的脑袋砸出一个坑来。

“对某些男人来说，婚姻、爱情都只是一种手段而已。只要能带来好处，他们跟谁结婚都无所谓。否则卫微言为什么放弃貌美又有钱的薇薇而选择你？”

年子：“你就直说我没钱，和你们不是一个阶层的人不就得了？”

“年姑娘果然是聪明人！是聪明人就更应该知道，一个男人，通常情况下是不会找比自己阶层差太多的女人结婚的！除非他确定这个女人有某种用处或者不可替代！通过卫弱智这绰号，你就知道他的性子了。除了事业，他几乎对外界的事一窍不通。这样的人，说穿了是奇葩加懒惰。有女人拼死拼活地缠着他，而且恰好是他用得着的人，他顺水推舟不是很正常吗？”

年子忽然上前一步，指着他的鼻子：“云未寒，你当初不也甜言蜜语地骗着我，对我大献殷勤吗？你还说什么第一次见到我就喜欢我！卫微言至少没撒谎，而你，简直厚颜无耻！”

当初他怎么说的来着？

——年姑娘，我第一次见到你，就想把自己的祖传DNA献给你……

云未寒沉默了一下，然后缓缓地说：“这就是我和他的区别。我后来已经不想欺骗你了，所以坦诚相告，而他一直伪装得很好。这世界就是这样，坦率的人被人唾弃，伪君子却过得如鱼得水！”

年子沉默了一下，又上前一步。

反倒是云未寒有点儿意外了。

她一字一顿地说：“云未寒，你们真的想研究谁就研究谁，而无须征求对方同意吗？”

相比之下，被人欺骗感情真的是不值一提的。对渣男，她可以一脚踢开，可是最本质的问题呢？

云未寒可能没想到年子会追问这个，毕竟许多女人一听自己的感情受骗了，就立即蒙了，不可能再多想其他事情……

“我们普通人就活该做小白鼠？可要是薇薇这样的人，你会让她做小白鼠吗？”

云未寒还是沉默。

年子忽然笑起来。昔日自己其实一直隐隐有几分优越感：出身大城市，父母都是知识分子，工作体面，收入也不错，家里有几套全款买的房子，有车子，有存款，从小衣食无忧，还是双一流大学毕业……怎么说，她也算得上是中产阶级了。尤其对比柏芸芸这些出身苦的孩子，这种优越感就更加强烈了。

可现在她才明白，在云未寒这些人眼里，中产阶级和无产阶级没有任何本质上的区别。

云未寒道："其实，事实跟年姑娘你想象的有点儿不同……科学实验而已，并非什么歧视或者伤害，毕竟这样的标本极其罕见，你举薇薇的例子没什么意义，因为薇薇没有这个功效，大家对她根本不感兴趣……"

你当老子是白痴吗？如果有选择，小白鼠愿意待在实验室任人宰割吗？

年子没有再骂他，因为已经没有任何必要了。

她只是指着他的鼻子，一字一顿地说："云未寒，你也听好了！就算你一直在骗我，在给我挖坑，在假装献殷勤，可是我也要告诉你，自始至终，我都没有半点儿看上过你！从来没有！尽管在你眼中，我是比你的阶层差许多的女人，但是也请你记住，就是这样一个比你差许多的女人，也从来没正眼瞧上过你！"

年子走了。

年子看也没看他，径自走了。

傻乎乎地走出去老远，她才停下脚步，但是并未回头。她站在花海中的小径上，前后左右都是玫瑰。淡淡芬芳，满地红花，她有点儿恍惚，就像好几次若隐若现的梦境。她多么希望这一切全都是梦境啊。可是她用力掐了掐自己的手背，却感觉到一阵冷冰冰的疼意。

一阵风来，花影摇动，她忽然很恐惧，觉得起起伏伏的花海里，全是潜伏着的妖魔鬼怪。

她拔足狂奔，发誓不再踏足此地半步。

在她背后，一双眼睛远远地眺望着她，云未寒脸上的神情很复杂。

他看到那个人影越走越快，越走越小，停下来的时候，就像是花丛中的一个小精灵。

其实她长得很美，尤其是那双眼睛，是真美，比精灵还美。

忽然，这个小精灵飞奔起来，很快就消失在茫茫花海之中。

云未寒很是惆怅，长叹一声，竟然很难受。以后，也许他再也没法在这里见到她了吧？

车子停在小院门口。

年子没下车，一直呆呆地坐着。她趴在方向盘上，浑身无力，又睡不着，脑袋里一锅糨糊，又像要炸裂似的焦虑不安。

她邂逅了一个高高在上的男神，心动不已，便天天对他死缠烂打，他接受了她的追求并且答应和她结婚。真的有这样的好事吗？如果是这样，可能每一个男偶像都得娶成千上万个疯狂的女“粉丝”了。

她曾经“造谣”一个男人“车祸身亡”了，对方居然轻易地原谅了她，不计前嫌地跟她复合，然后对她比以前更好，还向她求婚。正常的男人会这样吗？

还有，忽然有另一个“高富帅”从天而降，对她大献殷勤，极力追求她，天天送花、送礼物，看她像看一个绝世美人……这是真的吗？

如果一件事情好得远远超出她的想象，那么这件事情必然很邪门。

年子想着想着，呵呵笑起来。原来这一切全都是假的！

夜深了，年子坐在门口一动不动。

尽管穿着号称能抵御零下三十摄氏度的羽绒服，她还是觉得很冷。可是，冷着冷着她就麻木了，靠着墙壁，不知不觉睡着了。

迷迷糊糊中，她听到有人叫自己：“年子……年子……”

她揉了揉眼睛。

“年子，你怎么不进去？为什么一直坐在外面？你不冷吗？”

她没说话。他开了门，她跟进去。他可能察觉她的脚步有点儿麻木，索性抱起她，几步走到沙发边。

“快暖和一下，你浑身简直跟冰块儿似的，我先去给你弄点儿吃的……”

年子瘫在沙发上，身上盖了一床薄毯子，还是觉得冷。

卫微言端了一杯热饮从厨房里走出来，语气很是不悦：“年子，你是不是忘记带钥匙了？忘记带钥匙的话，你也给我打个电话呀，怎么像个小孩子似的一直坐在门口？这么冷的天你不怕感冒吗？快喝点儿热东西暖和一下……”

那是一杯浓烈的热可可，她一口气喝下去，浑身总算有了几丝生气。她暖也慢慢暖和起来了，她忽然觉得这房间其实很热。

热量充足了，人就活过来了。不一会儿，她苍白的脸上慢慢有了红晕。

卫微言轻轻搂住她，语气很亲昵："傻瓜，这么晚了，我们去休息好不好？"

她明显感觉到了他拥抱她的双手的热度和力度。她送货上门，他当然迫不及待了。但是她也看到了他眼中的红血丝和极其疲惫的神情，很显然，他已经连续工作了很长时间，急需休息了。

可是，他的工作内容到底是什么，她居然不太清楚。以前她不怎么问，是因为隔行如隔山，现在想来真是不可思议。

他的声音更柔了："年子，我们去休息吧……"他搂住她的手也更炽热了，肢体语言已经那么明显地在欢呼：现在好了，在我自己的家里，无所阻碍，无所顾忌，他们终于可以像任何一对正常的情侣一样做情侣之间该做的事情了。

可年子实在是太冷了，再热的地暖都无法让心变暖。柳下惠就是这么来的吧。她第一次有点儿"坐怀不乱"。

卫微言终于觉得有点儿不对劲了，轻轻拉住她的手，温柔地道："年子，你怎么了？"

她迎着他的目光，不知怎的，居然还是有点儿心跳加速。因为他的眼神看起来居然是真的，就像情侣之间那种天然流露的真实关切。

而且他的眼神很纯洁、很干净，不像云未寒，偶尔会透露一丝狰狞之色。卫微言从未有过任何狰狞的表情。

她慢吞吞地说："卫微言，你今年到底几岁了？"

卫微言转身就往书房走去。

"卫微言？"

"我直接拿身份证给你看。"

过了一会儿，他出来了，抱着一摞东西，当然不是身份证。那是一摞金灿灿的书籍，每一本上面都贴了一层极其精巧的金箔。

她好奇地看着他。

"货真价实的五金！"

四书五金（经）！

这个呆子，他居然真的去准备了“五金”。

卫微言扬扬得意地说：“上次你问我结婚需要准备什么，对吧？我了解了一下，江湖规矩，好像都要‘三金’。我额外赠送了四金（书），小姐，怎么样？我的诚意过关了吗？”

他把身份证和书摆在她面前，哈哈大笑道：“小姐，对这份彩礼，你意下如何？我给你四个选择，A 很满意，B 极度满意，C 超级满意，D 以上皆是。小姐，你的答案是哪一个？”

年子惨然地移开目光，心如刀割。她想起一个段子：你连在区区四个选项中都选不出正确答案，还想在茫茫十几亿人海中选出正确的那一个？

卫微言终于觉得很不对劲了。他弯下腰，摸了摸她的头发：“年子，你怎么了？”

她怔怔地站了起来。

卫微言看到了她身下一直被坐着的文件袋。她进门的时候其实一直拿着这个袋子，只不过当时他只担心她是不是被冻感冒了，没有注意到而已。

他拿起文件袋打开，看了一眼，脸色大变。

年子一看他的神情就明白了：这是真的！他完全知道这件事情，一开始就知道。

所以，他当初答应让她扫码加好友真的是有目的的——我叫年子——若非这一句话，她今生今世都不可能成为他的朋友，更别说是女朋友了。

他的世界距离她其实一直非常非常遥远，远得根本无法彼此坦诚。

年子喃喃地说：“这是云未寒给我的。这些天他老是神出鬼没地骚扰我，说要告诉我一个天大的秘密。唉，我其实真的不该去的……”

好奇心害死猫。云未寒正是充分利用了她的好奇心。毕竟她还年轻，还冲动，有人性的弱点，没可能成熟（精明）到泰山崩于前而岿然不动。

于是，她就上当了。

许多事情，不知道的情况下，睁一只眼闭一只眼也就过去了。如果一个人对每一件事情都要知道得清清楚楚，争辩个是非曲直，那么会发现自己根本熬不过这漫长的一生。每个人都是在妥协和被妥协的斗争中苟延残喘。

年子后悔得吐血。

“年子……”

她盯着他的眼睛，可是什么都看不到，除了自己的影子。

现在她才明白，可能他知晓真相之后，立即采取了某种防护措施，自己当然什么都看不到了！

这多可怕！每天这个人都窥测着她的一举一动，甚至她的吃喝拉撒等活动……她在他面前是透明的，是无所遁形的，而对他，她什么都不知道！

更可怕的是，人家其实一开始就知道她是什么人，对她的一切事情了如指掌，而她还在人家面前一再装傻！

这简直像是动物园的动物和饲养员之间的关系！

“你知道我有透视能力吗？就是可以看到那些‘劈腿’的人的‘劈腿’对象的能力。”

“知道！”

她沉默了一下，才继续道：“对透视能力的事我一开始就知道，但看到‘劈腿’，真的是上亿人中也难找一个吗？”

“是的。我们猜测是基因突变造成的现象。”

年子居然开玩笑地来了一句：“难道不可能是外星人什么的吗？”

“不是！其实几十亿地球人里面存在少数变异的特例也不足为奇。透视能力也不算神奇，有些人的能力比这个更匪夷所思，比如有些人真的可以听到千里之外的声音，有些人可以预知未来，有些人真的清楚地记得自己的前世……当然也不排除有些人是在故弄玄虚，有某种不可告人的企图，故意装神弄鬼地欺骗大众……”

那是年子第一次听他开诚布公地对这方面的知识进行科普。

直到他讲完，两人四目相对，这次是她避开了他的目光。可是她已经看出来了，他很着急，甚至有些不安。

“年子……”

她慢吞吞地说：“你别说了，什么都别说了，至少让我保留一点儿幻想吧，以后我回忆起来，也还可以自欺欺人……”

“年子，这事可能和云未寒告诉你的版本完全不同！”

这很重要吗？这根本不重要！

年子举手，阻止了他所有即将说出口的辩解。

她只是呵呵笑起来，越想越觉得好笑。她笑的是自己的父母。他们一直对卫微言超级满意，尤其是父亲，总认为卫微言特别本分，特别正派，人品超级好。

她本以为他们的眼光很准，结果他们居然也看错了人。

原来，不光自己是大傻瓜，连父母都是。他们一家子人都眼瞎了。

“年子……”

她只是慢慢地拿起手机，找到他的微信号。

“卫微言，我们现在正式分手吧！”

“……”

她很是认真地说：“一直是我死缠烂打地追着你，其实你也没什么错。既然是这样，那么还是由我自己来终止这场闹剧吧。”

当初因为人家实在不爱自己，自己恼羞成怒，就造谣人家车祸身亡，现在想起来，真的好低贱！

这一次她特别冷静，已经深思熟虑过。他爱不爱她，其实一点儿关系也没有了。

她像个小学生一样，给他深深地鞠了一躬：“很抱歉，卫微言，以前我一直缠着你，这是我的不对。不过你放心，我以后绝对不会再来骚扰你了，绝对不会！”

她当着他的面，把他的所有联系方式删除得干干净净。

就像她见他第一面时，小学生一般战战兢兢地加上他一样。她加上他的时候，欣喜若狂；删除他的时候，居然也没有痛彻心扉。

年子平静得出奇，甚至笑了笑：“卫微言，你以后多保重吧，再见了。不，以后我们再也别见了。”

她收起手机，拿起自己的包包，转身就走。

直到她快走到门口了，如梦初醒一般的卫微言才追上去，一把拉住了她的手，急急忙忙地说：“年子，事情跟你想象的根本不同，云未寒完全是在胡说八道……”

她低下头，看着他死死地抓住自己的那只手。

他抓得很紧，好像生怕一松手就再也无从辩解了。当她在他面前陈述真相的时候，他一直听着，也未辩解，直到现在才有所动作。

年子分明感受到他的手都在微微颤抖。这可是昔日天塌下来都懒洋洋的男人……

“年子……”

他的声音很是奇怪，就像他经历了从天而降的一场横祸。

“云未寒居心叵测，你不能相信他，这对我来说太不公平了！事实根本不是你认为的那样！”

她还是盯着他的手，慢慢地将自己的手抽出来。其实这根本不关云未寒的事！

她若无其事地说：“我知道，你们并非存心伤害我，只是科研需要而已。再说，这也并未对我造成任何实质性的损害，所以，我并不怪你！”

“……”

她定定地看着他：“我只是要求彻底结束这种实验！我想，我应该有拒绝的权利！”

卫微言再次去拉她的手，可是她果断地挥开了他。他急了：“年子，就算你要走，也让我送你回去！”

“不要跟着我！卫微言，千万不要再和我纠缠不清了！”

然后，她转身离去，看都没有再看他一眼。

年子走出大门的时候，看到天色刚刚亮了。不知不觉间，现在已经快七点钟了，只因为是冬天，天亮得晚。

可就是这样的晨曦中，大街上已经车水马龙，熙熙攘攘，无数赶早的人已经冒着寒风走在路上，上班的、上学的、卖早点的，以及各种为了生存奔波的人……这世界上，每一个活着的人其实都不容易。

所以，每一个人刚出生，第一件事情就是哇哇大哭。

年子有时候甚至怀疑，人类在出生之前（或者死后）所待的地方，绝对比现在好得多，所以，大家都不愿意来这个世界，要不然干吗哭得那么凶？

出生，也许就是一场发配。

出生，也许就是一场流放。

只是，大家忘记了来时路而已。

年子推开小院的门，听到汪的一声，金毛大王慢悠悠地走过来，极其亲热地看着主人。年大将军也大喊：“参见大王……参见大王……”

年子用冰冷的手摸了摸金毛大王的头，居然从老狗的毛发之间感觉到了一丝温暖。

人类喜爱宠物不是无缘无故的，至少宠物不骗主人，不背叛主人，也不会害主人。

金毛大王汪汪地叫着，叫声有点儿虚弱，年子看看空空的狗碗，原来这老伙计是饿了。年大将军的食槽里也空空如也。

年子拿了一大堆狗粮给金毛大王，又给年大将军添加了足够的食物，看到这两个老伙计狼吞虎咽，她笑了起来。

吃了一会儿，估计填饱肚子了，年大将军又开始作妖了。它不停地从小碗里扒拉出鸟粮，一颗一颗地丢下去。它每丢一颗，金毛大王就吃一颗。渐渐地，金毛大王干脆坐下，昂着头，懒洋洋地张着嘴巴，而年大将军就对着它的嘴巴投食，居然十投九中。

年子蹲在地上看得哈哈大笑。

这哥俩儿，关系居然越来越和谐了！

看了半晌，年子站起来，感觉有点儿头重脚轻的。

回到卧室，她蒙头就睡，居然睡得很熟。睁开眼睛的时候，她只觉得饿得慌，可是又不想起床，一直躺在黑暗中，看窗外朦朦胧胧的天空。

半晌，眼睛慢慢适应了光线，她拿起手机看了看，其实才下午六点多。今天是周四，她不知道父母回不回家。因为以前卫微言常来，父母最近并不经常回来，可能是避免打扰他们的“二人世界”。她慢慢地想起今天发生的事情，有点儿发愁：她该怎么向父母交代呢？又有点儿庆幸：幸好这次没有大嘴巴地到处告知亲友。

起身的时候，碰到了枕边的一个东西，她这才想起来，还没有归还卫微言那两块大宝石。当然，还有他的卡。

恍惚中，她记得自己刚拿到宝石的时候一直想的是：无论如何都不会归还这两块大宝石的。就算两人分手，就算他主动索取，她也不还他。可现在，她觉得留着这个没什么意思。

“年子……年子……”

她听到母亲的声音，立即爬了起来。

“年子，我买了炸鸡和蛋挞，还有车厘子，你要不要先吃点儿？”

年子推门出去，看到母亲正把一大堆东西放在客厅的茶几上。她立即走过去，拿起一块余温尚存的炸鸡大口大口地吃起来。吃了几块炸鸡，又吃了两个蛋挞，她还喝了几口热茶，这下终于缓过劲儿了。

她笑嘻嘻地说：“妈，我吃饱了。”

“那好，今晚我不煮饭了，反正你爸要明晚才回来，我吃剩下的蛋挞足够了。”

李秀蓝长年不怎么吃晚饭。她拿起一个蛋挞，随口问道：“小卫这两天都加班吗？”

年子不知道该怎么回答。李秀蓝终于觉得有点儿不对劲了：“年子，又怎么了？”

年子长叹了一声：“妈，这次我可能又要让你们丢脸了……”

李秀蓝：“……”

年子开始讲述自己和卫微言认识的经过，当然，也包括自己的“透视能力”……从如何第一次砸金先生的场子，到乔雨桐、薇薇，再到云未寒的出现，还有自己被冷富豪追打以及接连两次差点儿遭遇“车祸”……一直说到昨天看到那份“机密文件”，她一点儿也没有隐瞒，彻彻底底地告诉了母亲。

李秀蓝听得目瞪口呆，脸色剧变。

年子把母亲面上的恐惧之情看得一清二楚，感到特别惭愧。以前她一直不敢告诉父母“透视能力”的事，并非别的原因，只是怕他们担忧。可现在，她已经无法隐瞒了。

她低声道：“卫微言其实也不是那么十恶不赦，可是我过不了自己这一关。我只要一想起自己的一举一动都暴露在别人的监控之下，就觉得非常恐怖……”

科学家在非洲热带雨林的许多珍稀动物身上安装了芯片，于是动物的一举一动便全部进入了人类的视野——它们的吃喝拉撒，它们的交配产卵，它们遇到敌人的惊慌失措或者袭击别人时的凶残毒辣……人类通通在纪录片里看得清清楚楚。

我们看纪录片的时候，肯定无所谓，毕竟我们又不是野生动物，所以看得津津有味。

正如云未寒所说，科学家观察这些野生动物，其目的当然不是害它们，很可能是在变相地保护它们。可若是动物某一天忽然发现自己被二十四小时全程无死角地监控，会有什么想法？

若是人某一天忽然发现自己被三百六十度无死角地监控，包括自己什么时候大小便，什么时候蓬头垢面，甚至偶尔随地吐痰，私下里骂人，讲述了谁的八卦，或者做了一点儿不那么厚道的亏心事以及各种小动作、小隐私、小怪癖……通通无所遁形。

许多时候，有人自以为天衣无缝，结果人家一清二楚。

就像野生动物，发个情、下个蛋，人类都一清二楚。

这好恐怖，是不是？

年子就是这种心情。自从她看到那份文件之后，就惶惶不安，以至于回过神的时候老是东张西望，总觉得有人跟踪或者偷窥。她觉得自己简直没法正常生活了。

分手的时候她说：卫微言，你们没有实质性伤害我，所以不用抱歉。其实，不是的！自己已经被无形地伤害了，至少心理上的那种恐惧之情，不知道多久才能消失。

李秀蓝本是一个极其镇定的人，也被这太过匪夷所思的真相打蒙了。半晌，她长吁一口气，忽然一把搂住了女儿："年子，你别怕，还有我们呢！"

年子也反手抱着妈妈，依稀回到了小时候。因着特别受宠，从小到大她一直特别娇气，许多时候明明根本不怕，但是总会抱着妈妈说"我好怕怕"，因为每次只要这么一说，妈妈就会抱住她，连声说："别怕，别怕，有妈妈呢！"

撒娇的人，都是因为知道被爱。不然，谁会无缘无故地变成女汉子？

但是这一次，她不是撒娇，笑嘻嘻地安慰妈妈："妈，我只是告诉你真相而已，其实我根本没怕！这也没什么好怕的。你也别怕……"

是啊，这有什么好怕的呢？大不了就是她和那两个渣男一刀两断而已。

他们又不是要自己的命，有什么好怕的呢？除死无大事。

年子主动给母亲倒了一杯热茶，李秀蓝一口气喝了一大杯，定了定神："我叫你爸明天早点儿回来商量一下……"

“其实也没什么，只是我很惭愧，这一次又让你们失望了……”

年子是真的很惭愧，让父母丢了一次脸不说，居然还来第二次。以后亲戚朋友再问起卫微言，父母如何解释？

李秀蓝长叹了一声：“提前发现是好事。若是一直被蒙在鼓里，那才可怕呢。”

亡羊补牢，尚未晚也，怕只怕，羊都死光了，他们还没发现漏洞在哪里。

午后斜阳，蜡梅芬芳，冬日里难得的一个艳阳天眼看着就要过去了。

一个人在小院门口徘徊了许久。

他靠在青色的石板墙壁上，仰头从树缝里看太阳一点儿一点儿地西斜。

终于，他还是伸出手敲门。

金毛大王懒洋洋地汪了一声，又安然坐下。

开门的是年爸爸。他看到来人，还是客客气气地说：“小卫，请进吧。”

卫微言硬着头皮叫了一声“叔叔”，又看了一眼金毛大王，但见夕阳之下，老狗的一身毛发金黄透亮。金毛大王这名字绝非浪得虚名。

那老狗走过来，和往常一样，极其亲昵地蹲在卫微言的面前对他摇着尾巴。他摸了摸它的头。

年爸爸看看老狗，又看看卫微言，一时没有作声。

李秀蓝也闻讯出来。

卫微言很是不安，对那二人鞠躬：“叔叔、阿姨，我很抱歉……”

年爸爸和颜悦色地道：“小卫，你坐。”

李秀蓝递给他一杯热茶。

一家人的态度都很和蔼，就像什么都没有发生过一样。可是，卫微言看看四周，不见年子。他下意识地盯着书房的窗户，但见窗帘垂下，也不知道里面有没有人。

那对夫妻却打量着他。

这年轻人看起来很憔悴。他们每次见到他，都会暗暗惊叹：怎么会有长得这么好、这么精神的男子？现代的年轻人越来越颓废，越来越阴沉；而卫微言有一种罕见的精气神和蓬勃之气，令人一看就很有好感。

可这一次，他居然很是憔悴。他仿佛一夜未眠，双眼都是血丝。他一直盯着书房的窗户，一声未吭。

“小卫……”

卫微言收回目光，很是诚挚地说：“叔叔，其实事情可能和你们想象的有些不同……”

他的讲述当然比年子靠谱多了——作为一个曾经的畅销科普读物医生，写书虽然只是偶尔为之，但是他在科普方面有天然的优势和天分。他讲得通俗易懂，而不是年子那样不清不楚——昨晚，好几次李秀蓝听不明白，但是又没法一直追问女儿，因为年子自己都说不太清楚。

夫妻俩都听得很认真，末了，互相交换了一下眼色。昨晚李秀蓝彻夜难眠，当即打电话告诉了年爸爸这件事。于是，今天天不亮，他就赶回来了。老夫妻为了这事已经反复讨论了很久，当然也都是惴惴的。他们和年子一样担心，担心年子会不会被当成什么“标本”关起来之类的，甚至年子会不会有生命危险。

现在听得卫微言这么一科普，才终于弄明白了。

卫微言坦言：“事情基本就是这样。一开始我的确是因为年子的特殊身份而跟她来往，我对她也有好奇心，如果有近距离观察的机会，是不会拒绝的……”

云未寒没有撒谎，卫微言拥有的一个博士学位就是眼科方面的，而且卫微言曾经被一家相关的科研机构重金礼聘。所以，当第一次看到年子的体检报告时，他也分外震惊，分外有兴趣。只不过当时他也只是感兴趣而已，却没有想要去做这个事情。毕竟业界的人都知道，要从云未寒手上争夺资源，无异于虎口夺食。

他和云未寒向来井水不犯河水。

直到某一天，有一个女孩儿一把扯住自己，大喊：“我叫年子，能不能让我加你的微信？你放心，我不会骚扰你的……”

所谓机缘巧合，莫过于此。对科学家来说，可以零距离地观察实验对象，当然是求之不得的事。那时候，他当然并不是因为爱她。若不是“年子”这个名字，他还真的绝对不可能添加她这个“好友”。

加了好友后，他最初也不曾主动联系她，甚至渐渐地快忘记这件事了，没想到她主动发来消息。她先是小心翼翼地试探，然后就每天早问候晚请安，之后顺理成章地要求见面、约会，就这么慢慢开始了。

可是，那时候他对她最大的兴趣根本不是在她的透视能力上——因为他从来没有真的打算进军这个领域，而是更加好奇她的"变脸"技巧——她是他所见过的最作、最矫情、最能装的一位异性。可谁知道，她其实是一个彪悍无比之人？

"是的，我跟她相识之初，的确就是这样，甚至很长一段时间也都是这样……"

卫微言特别坦诚。来之前他就明白，与其狡辩，不如坦白。

李秀蓝夫妻再次交换了一下眼色。他们和大多数父母一样，当然也认为自己的女儿漂亮又可爱，聪明又善良，但是他们也有自知之明，自家闺女绝对没有达到倾城倾国，让任何男人一见就疯魔的地步——可无缘无故，居然冒出云未寒、卫微言这样出色的追求者。云未寒第一眼就被年爸爸否决了，便是这个原因。他毕竟是年长者，总觉得这事情太不靠谱了。

卫微言是因为特殊情况，毕竟老两口都知道，一开始是自己的女儿死缠烂打，所以，一直不曾怀疑过他的居心。他们还以为，很可能是在女儿对他死缠烂打的过程中，卫微言终于慧眼识珠，发现了女儿身上的优点。

也因此，得知真相后，他们暗地里比女儿还震惊。夫妻俩居然同时看走了眼。这能怪谁？

半晌，年爸爸长叹一声："唉，算了……这事其实也不完全怪你。小卫，我们自己也有问题。"

卫微言不知道该怎么回答。

李秀蓝忽然问："小卫，你后来和年子复合，是因为她死缠烂打，你懒得麻烦，所以顺水推舟吗？"

"不是！"

他居然面上一红，但还是说得清清楚楚："其实，我第一眼见到她，就觉得她很有趣！她特别聪明，长得也漂亮，要不然，我根本不可能答应和她约会！"

换言之，就算年子是实验对象，他也没必要去追求她！而且，对男人来说，这世界上压根儿没有什么"日久生情"一说。

爱情，是培养不出来的，能培养出来的，只是习惯！

所有的爱情，都始于五官，要不要继续下去，则取决于“三观”！

“她后来忽然跟我分手，我也不知道原因，就急了。其实，我也一直关注着她，再后来，我们就这么复合了。其实，这也不叫复合，从那时候起，我才真正开始和她谈恋爱……”

夫妻二人再次交换了一下眼神。很显然，二人对这个答案都很满意。若是卫微言找了什么别的“高大上”的理由，就太虚伪了。他实话实说，反而更让人觉得情有可原。

卫微言当然没有忽视二人的表情，反而更加难堪了：“但是……但是，我错就错在一直没有告诉年子真相……”

年爸爸问：“为什么你一直不说呢？”

卫微言有点儿难为情：“说真的，这种事情要是一开始说了也就罢了，可到后来我发现，越是拖延，就越是没法开口，也不知道该怎么说了。”

许多事情都是这样，如果一开始两人就坦诚相待，那么也就无所谓了。可是谎言就像滚雪球，一旦滚下去，那就越来越大，无法终止，直到它自己彻底被撑破为止。于是，他只好沉默不言。

年爸爸还是和颜悦色地说：“这事情说开了就好了。小卫，你也别太放在心上了……”

卫微言应了一声，却一直盯着书房的方向。他想，年子一定在房间里。她只是不想再见到自己而已。

“小卫，我们想求你一件事情……”

见年爸爸郑重其事，卫微言有点儿意外，但还是客客气气地说：“请讲。”

“你能不能帮年子想想办法，让他们不要再研究她了？或者，你能不能让她的这个特异功能消失？”

年爸爸又补充道：“年子因这事提心吊胆，我们也惶惶不安……”

李秀蓝也低声道：“会不会像电影里演的那样，他们研究年子不成，干脆把年子杀了？我们……我们……”她没继续说下去，但是态度很明确：我们担心的其实就是这一点。比起会不会在爱情之中受伤，他们其实更担心女儿的安危。

人好好活着才是王道，其他的都是虚的。

卫微言立即摇头："这个问题，你们不用担心。年子的透视能力其实是很微弱的，早期一直处于一种潜伏状态。就算她忽然能看到别人'劈腿'了，那也是云未寒的科研团队使用了特殊方法刺激了她。但是，这种刺激并非永久性的，而是有时效性的。时间到了，她就再也看不到了。而云未寒也只是想通过这种刺激方法来找出她的其他透视能力，不过，目前为止，他并未发现别的东西……"

云未寒早期的"刺激"研究也是秘密进行的，卫微言都不知道。直到年子忽然提出分手，又和乔雨桐等人掐架，他才慢慢发现了这个"秘密"。

卫微言很慎重地说："其实，云未寒的研究早就中断了。有一段时间，他疯狂地追求年子，目的便是恢复这种研究，当然，年子并未上他的当。"

正因为研究中断了，云未寒才恼羞成怒。云未寒很清楚，一旦年子和卫微言结婚，自己更加没有重启的可能了。这个好不容易找到的"实验标本"就彻底没有用处了。

"你们可以放心！就算是云未寒，他的目的也不在于害人！怎么说呢，科学家在某些方面的想法和普通人是不同的，但是可以肯定，云未寒并非穷凶极恶之徒。"

这也是事实。如果云未寒要害人，年子也活不到今天。

年爸爸他们都觉得卫微言说的话是真的，直到此刻，他们还是认为这个年轻人品行端正。年爸爸由衷地说："小卫，谢谢你！非常感谢！"

卫微言欲言又止。

年爸爸拿出一只袋子放到他的面前，袋子里是两块大宝石，还有一张卡。

"这是年子让我们转交给你的。小卫，你看看，有没有别的什么遗漏的。"

卫微言惨然色变，盯着那袋子一言不发。

年爸爸直接把袋子递到他手里，笑了笑："小卫，你是个很不错的年轻人，只不过你的世界距离我们太遥远了！你和年子也的确不适合再走下去了。以后大家各自安好吧，我们也祝你健康平安，前程似锦！"

大家言尽于此，好聚好散。

他们不是从爱情开始，那么，就不要以婚姻来终结。

卫微言盯着窗户的目光慢慢收回来。他终于明白了一个事实：这一家人，已经不再信任他了。

他并未死缠烂打，只是再次向那对夫妻深深鞠了一躬。

金毛大王在旁边汪地叫了一声，这老狗的叫声竟然有几分沧桑和失落感。

直到离开，卫微言也没有看到那扇窗户打开。只有年大将军在背后扑棱着翅膀大喊：“恭送大王……恭送大王……”

他看看自己手里的袋子，送出去的时候是塑料袋装的，还回来的时候，倒变成了一个精美的锦囊。

他抬起头看了看天空，但见之前的漫天夕阳早已灰飞烟灭。天空渐渐变得暗沉沉的，就像这个令人捉摸不定的世界。

许久，年子才慢慢打开门走出来。

小院四周一片死寂。金毛大王就那么懒洋洋地走来走去，好像这冬日的风令它有些畏惧，它只好不停地走来走去，以运动来取暖。

年子听得母亲低低的声音响起：“他已经走了……”年子收回目光，若无其事地笑了笑：“这事情就到此为止吧。爸、妈，你们以后不用担心了。”

年爸爸长叹一声，摇了摇头。李秀蓝也长叹一声。他们在内心深处深觉遗憾又可惜。毕竟大家都是知道的，以后很难再找到这么好的一个女婿人选了。

年子垂着头道：“这次我又让你们丢脸了。唉，亲戚若是问起，真的不知道该怎么解释。”

那次表姐的婚礼上，人人都把卫微言当成年子的准未婚夫了。她第一次任性也就罢了，再来一次，怎么好收场？

年爸爸淡淡地说：“每个人来世上一趟都不容易，何必在意他人的目光，又何必凡事都要向他人解释？这跟他们有什么相干？”

年子长吁一口气，感谢父母，却说不出口。

第十三章

联盟主席

会议室里，熙熙攘攘，众人各抒己见，好不热闹。和往常一样，争论一起，众人要停下来就很不容易了。

今天也不例外。从早上到傍晚，大家口沫横飞，每一个发言的人都滔滔不绝。就连午餐都没吃，众人只是间歇性地各自去茶水区享用丰盛的茶点，填饱肚子，又回来继续高谈阔论（掐架）。

这本是习惯性的场面，今天卫微言却心烦意乱，觉得在座的人前所未有地能装。明明一句话就能说清楚的事情，他们非要长篇大论，争论不休，听得人昏昏欲睡。他干脆靠在椅子上闭目养神，不一会儿就呼呼大睡了。

直到有人大喊："卫先生……卫先生……"

他缓缓地睁开眼睛，往四周看了看。

云未寒似笑非笑地说："卫先生最近是不是心神不宁啊，居然能在这样吵闹的场合呼呼大睡？"

卫微言站起来，淡淡地说："你们继续，我先走了。"

旁边一个蓝眼睛的洋人急了，一把拉住他："小卫……"

这哥们儿便是输给卫微言大宝石的人。

云未寒笑眯眯地说："卫先生急于离开，有其他事情？"

"回去睡觉。"

众人面面相觑。云未寒却哈哈大笑："卫先生难道不想知道我们刚刚那么精彩的争论内容吗？"

卫微言淡淡地说："世界总是由不装 × 的人掌控的。"

云未寒笑了："可发声的总是装 × 的人！"

卫微言："好比两只动物交配，发声的总是不干活的。"

众人哄堂大笑。云未寒也笑起来，却面不改色，好像听不懂这一番讥讽似的。

"还是卫先生幽默啊。所以，每一次你要是不来，大家简直就提不起兴趣了……"

卫微言打了个哈欠："各位继续，我回去睡觉。"

云未寒一把扯住他："死后自会长眠，生前何必昏睡？卫先生还是先留下来看看各位朋友对你的期许吧……"云未寒自顾自地说了下去："对了，卫先生今天一直在睡觉，可能还不知道吧，我们刚刚讨论成立了一个新的眼科研究方面的联盟大会。这个联盟将在瑞士设置科研所，聚集志同道合的朋友一起从事一项伟大又特殊的研究。大家一致推举你做主席，你看如何？"

"没兴趣！"

"卫先生不必过谦，你还记得你五年前的一篇论文吗？现在看来都令人惊艳，所以大家对你期待很高……"

"没兴趣！"

"卫先生，你都还没问清楚内容，何必仓促地下结论？这样吧，我们早已为你准备了详细资料……"

"没兴趣！"

"卫先生，这么草率地下结论，不像是你的作风啊。"

卫微言还没回答，蓝眼睛洋人立即接口："卫，你担任这个主席再合适不过了，毕竟你是我们这个领域难得一见的天才。"

云未寒："难得一见的天才倒不见得，但肯定是天才里最帅的一个……这就很厉害了。"

卫微言还是轻描淡写地说："我对这个不感兴趣，你们还是另选高明好了。"

蓝眼睛洋人急了："卫，你是最合适的人选了，我们都很看好你……"

云未寒摊手，表情夸张地说："你看，我倒是想毛遂自荐，可是我的人气没你高，没辙……"

他环顾四周，意味深长地说："毕竟这个联盟的经费赞助绝大部分出自李汤姆。最后人选由他一锤定音！"

李汤姆，当然就是这个蓝眼睛洋人。

这个蓝眼睛洋人，家里真的有矿，金矿、钻石矿都有。

他向这个联盟分期捐赠了十亿美元。出钱的金主自然有发言权。

李汤姆也站了起来："卫，我们真的都看好你。"

他不但看好卫微言，而且答应捐赠也是因为云未寒说可以推举卫微言做主席，否则他不可能那么痛快地出这个钱。

"谢了，我是真没兴趣。"

卫微言也不管任何人的脸色，慢悠悠地走了出去。路过洗手间的时候，他顺便进去了一下。

出来后他看到一个人站在洗面台前盯着镜子，不知道对方是在看镜子中的自己，还是在看镜子本身。

"卫先生，你真的不认真考虑一下担任这个联盟主席的事情吗？虽然号称联盟，但这可不是那种松散的组织，而是有确定的研究项目的研究所，很有发挥的平台，也很适合你……"

卫微言看着他满脸毫不掩饰的猫戏老鼠的神情，还是无动于衷地摇了摇头："谢了，云先生若是有兴趣，可以考虑自己。"

云未寒很夸张地笑了起来："我当然有兴趣了。可我要是毛遂自荐，李汤姆不见得肯痛痛快快地捐赠。不过，卫先生可能还不知道吧？我们这几年已经从世界各地找到了起码五个具有特殊透视能力的人。把他们聚集在一起研究，这难道不是一项很伟大的事业吗？"

卫微言面色一变："这就是新联盟的主要目的？"

"不一定。当然，如果卫先生对透视能力有兴趣的话，我们也可以将其定为主攻方向之一……"

"云未寒，你到底想干什么？"

云未寒压低了声音道："卫微言，是你不讲江湖规矩啊。明明是我先找到的实验标本，可是就因为我耽误了一段时间，就被你捷足先登了。你不觉得自己这样做很卑鄙吗？”他的声音里满是愤怒之意，“你不但捷足先登，还百般阻挠，这样破坏行规，你以为今后还有你的立足之地吗？”

“她是人，而不是什么实验标本！”

“在科学面前，一切都得让步！”

“滚你的吧。你自己怎么不去做标本？”

“如果我有这个特异功能，我就去了！问题是我没有！”

“云未寒，停止这一切吧，继续下去就没意义了！”

云未寒哈哈大笑：“卫微言，你就别装神弄鬼充高尚无私了！你以为我不知道她已经把你甩了？其实大家对此都心知肚明，何必还装模作样？唯一的区别是，你想独自研究，而我是为了整个研究所的利益而已！”

“云未寒，你应该很清楚，她的研究价值其实并不大，那点儿透视‘劈腿’的能力也是你强加给她的。这个功能，根本不源于她的视力，而源于你玫瑰农场出来的那种爱情多巴胺新药。你可以蒙蔽别人，难道还能蒙蔽我？”

云未寒的脸色微微一变：“卫弱智，你居然一直在暗地里调查我？”

卫微言笑了笑，还是若无其事地说：“年子能看到别人的‘劈腿’对象，其实更大的是气味原理。某人‘劈腿’之后，彼此的气味会在身上挥之不去，当然一般人是感觉不到的，而你的那种爱情多巴胺提取物，其中最大的功能就是辅助辨识此道。也就是说，就算没有透视能力的人，如果在嗅觉或者其他感知能力方面天赋异禀，理论上说，其实也可以办到这一点……当然，年子并不清楚这一点，一直以为那些人真的全部都是自己看到的！！最近随着那种多巴胺提取物的减少，她的透视功能其实已经锐减，这不，她不是很久没看到过哪个大人物‘劈腿’了吗？”

云未寒冷冷地说：“那是因为她根本没出门，也不想去看了！满大街的小人物‘劈腿’，她估计也懒得说。”

“云未寒，停止这一切吧！”

云未寒指着卫微言的鼻子，毫不客气地说：“你就是个贼！一个小偷！你怎么还有脸阻止别人？”

“她不是任何人的私有物，也不是任何人的天然研究对象！而且，她现在已经很明确地表示，她根本不愿意配合研究，也拒绝配合！那么，你何必再强人所难？”

“你可知道，按照行规，为了保护研究对象，我最初没有透露过她的任何私人信息？除了少数几个圈内人，其他人根本不知道她的信息。可是，你……”他的手指几乎再次指到卫微言的鼻子上了，“正是你这个败类坏了行规。你不但跑去和实验对象谈恋爱，居然还企图阻挠别人。”

卫微言冷冷地说：“我从未进行这个实验，何来破坏行规之说？”

“你当初若非从我这里看到资料，你一辈子都不可能认识她！”

“云未寒，我警告你，今后你再也不要盯着她了。就算她已经和我分手了，你也不许再去骚扰她了！”

“你算老几？”

卫微言转身就走。

一直到卫微言的背影彻底消失，一个人影才悄悄地从旁边的巨大蜀绣熊猫屏风后面走出来。她蹑手蹑脚、小心翼翼，就像一只谨慎的猫咪。可是云未寒一看到她，脸色就变了，语气也极其冰冷：“我说过你不许出现在这里！”

她低垂着长长的睫毛，怯生生地说：“他真的和年小明分手了吗？”

云未寒大怒：“关你什么事？要你多管闲事？”

她不敢抬头看他，还是很固执地说：“你让他去瑞士做那个什么主席好不好？让他彻底离开这个地方好不好？求你了……”

云未寒没有再训斥她，反而笑了笑。

“每个人最好只是做好自己的分内工作，和自己不相干的事情，最好不要随便插手！”

她立即躬身，怯怯地说：“我只是不甘心，所以问问……以后，我再也不问了！”

年子整天窝在沙发上打游戏。最近她迷上了“消消乐”。以前她根本不明白为什么有人爱玩这种无聊到极点的游戏，现在才明白，这游戏的精妙之处在于：你一关一关地打分数，积累到一定程度，死掉，然后重新开始。周而复始，不知不觉地让人玩上三五个小时，简直太正常不过了。

你觉得失眠睡不着？那就玩一局吧，从晚上十一点，轻轻松松地玩到凌晨三四点，累极了，倒头就睡。如此周而复始，眼睛盯着那花花绿绿的星星都快瞎掉了。

当然，父母也不管她。

李秀蓝夫妇私下里是议论过她的情况的，二人的一致结论是：每个人都有伤心的时候，难道还不许她任性放纵几天？坏情绪需要时间去宣泄，所以他们选择睁一只眼闭一只眼，反正女儿左右不过是玩个游戏，又不是干什么坏事。于是大道理他们都不跟女儿讲了，随便她怎样。

直到几个编辑发来无数条催稿消息。

“年小明，你知道自己这个月写了几篇稿子吗？”

“年小明，你到底交不交稿子？你都不看看你的稿费吗？你这个月可能连一千块钱都没有啊，你到底要不要活了？”

“年小明，你想想一瓶好点儿的面霜多少钱？一件漂亮的裙子多少钱？一双令你生辉的鞋子要多少钱？难道对你来说，钱已经不重要了吗？”（年子觉得这一条催稿理由，简直是年度最佳了……）

她直接删除了“消消乐”，闭门不出，一口气写了半个月的稿子，付了所有的烂账。完成最后一篇拖欠稿的时候，她走出书房，顿时有头重脚轻之感。

年子拿起手机，看到无数的留言，全是赵理想发来的。赵理想说，他和方胖子已经找一所很著名的重点小学谈了两次，有些眉目了，问年子愿不愿意参与进去。当然，他们希望年子参与并不是要她出钱出力，而是让她写点儿东西，帮着大家呼吁一下。毕竟这时候就需要作家出面了。

年子回了一句，很快，对方就回复了：“年小明，你今天有空吗？要不我们今晚吃饭聊聊？”

因为好久没出门，她的脸色苍白得跟鬼似的。年子好好梳妆打扮，换了一件鲜艳点儿的衣服出门了。赶到指定的饭馆后，年子忽然觉得有点儿不对劲——这是一家人均四百元以上的西餐馆！可按理说，赵理想不是该请她去苍蝇馆子才对吗？

她刚站在门口，赵理想就已经迎了上来，极其热情地说：“年小明，好久不见了……”

年子客客气气地回应。

赵理想已经订好了靠窗的卡座，二人坐下，她翻了翻菜单，便随口道：“这一顿，我请吧。”

赵理想急了：“我第一次请你吃饭，年小明，你可别打我的脸啊。”

年子呵呵笑起来：“你们为了那事跑来跑去，我却纹丝不动，今晚请你吃顿饭也是应该的。”

“按照江湖规矩，谁约谁出钱。年小明，你要请我，也得下次。”

她没再和他争执，毕竟为了几百块饭钱和一个男人争执不下没意思。

赵理想直接点的套餐。开胃酒、前菜、沙拉、牛排、甜点、冰激凌……一轮接一轮，分量很足。年子很饿，一口气吃完了前菜、牛排之类的东西，但是上甜点时，她已经吃不动了。

她注意到，赵理想把自己那一份吃得干干净净的。

赵理想笑嘻嘻的，居然有点儿脸红：“我以前都吃几十元一客的快餐牛排，从来没有吃过这种，怕浪费了……”

年子扑哧一声笑了出来：“我也怕浪费，所以我决定把我的这个甜点打包回去。”

吃多了不可耻，浪费才可耻。

这一顿饭，二人吃得很愉快。赵理想全程谈笑风生，十分幽默，于不经意之间将自己的情况也和盘托出了：他已经于上个月在这座城市按揭买了一套小户型房子。他说自己运气好，以刚需身份第一次就摇到号了。而且，他的公积金还算高，基本上能抵销每个月的按揭，除了存款被清空，他的压力也不算大。

他还谈起自己的大学，当然，和方胖子等人一样，他也毕业于双一流大学，已经工作四五年了，薪水在这座城市也算很不错的那种。他甚至谈到了他的家庭成员，比如，他的父母都才五十多岁，还算年轻，父亲在镇上打零工，母亲帮着弟弟带娃。他弟弟已婚，已有一个儿子，当然，弟弟结婚的彩礼也是他给的。以后他自己娶妻生子买房买车，全部只能自力更生，甚至父母连孩子都没法帮他带，因为弟媳妇又怀二胎了。

年子听得很认真，当然也注意到，这是一个极其节俭的年轻人，他身上的衣服全是很简单朴素的，没有任何奢侈的花销。很显然，他毕业前两年挣的钱都先给家里，帮助弟弟娶妻生子，这两年才轮到自己有个首付款，再熬一熬才能有买车的机会……

这还是双一流大学毕业的青年才这么迅猛，稍差一点儿的人，可能给弟弟出了彩礼，好多年都攒不上自己的首付款了。可他自己相当乐观，觉得家里以后拖累也不大了，自己熬几年，也是会熬过去的。

不怕穷苦的青年人，怕的是青年人苦大仇深，满腹牢骚，一副天下人都亏欠他的嘴脸。而赵理想显然不是这样。他很豁达，对未来也充满信心，以至于年子本来觉得吃了人家七八百块钱很是愧疚，最后也作罢了。

因为他拿着账单时，特别坦然："这几百块钱，平素自己肯定舍不得，但是并不代表花不起。毕竟约姑娘吃饭还要姑娘买单，那么这以后可能再也约不到姑娘了。"

年子被逗乐了："你可以不把我当姑娘看待，毕竟我们是为了讨论问题才凑一块儿吃饭的。"

"再有天大的理由，姑娘也还是姑娘。"

出门的时候，年子发现他居然拎着一个大盒子。他摸了摸头，有点儿不好意思："我本想送你一份小礼物，但想来想去也不知道该送什么，所以从家里带了一些腊肉香肠，都是老家父母喂养的猪，绝对纯天然无污染……"

年子拎了一下盒子，至少二十斤，也不知道他一路怎么扛到这个餐厅的。她乐不可支地说："你送这么大的礼，我可真不敢当，而且，我也拿不动……"

"没事，我送你回去。"

车子停在小院门口，赵理想从后备厢里拿出腊肉盒子，拎到小院里面，金毛大王汪的一声走过来，赵理想笑了笑，吹了声口哨："嘿，这老狗的皮毛好神气。"

他把盒子放好，很是客气地说："年小明，我回去了。"

"你请我吃饭还送礼物，这样吧，下次我请你。"

"好生期待。"

直到他的背影彻底远去，李秀蓝才从屋子里走出来，先好奇地看看那个大盒子，又看看女儿："这位是何方神圣？"

"做活动时认识的一个志愿者。"

李秀蓝已经打开了盒子："志愿者送你这么多腊肉香肠？"

“所以我下次得回请他，免得人家白花钱。”

李秀蓝语重心长地说：“虽然说开始一段新恋情是忘记过去的最好办法，但是恋情不比别的，一定要慎重，不能草率行事。人生有限，自己要是对自己不负责，那么谁也没法对你负责了……”

“老妈，你真的是想多了。我跟他才第一次吃饭，你就担心外孙都可能存在了……”

李秀蓝扑哧一声笑了出来：“哈哈，果然是我想多了。”

在赵理想和方胖子的努力下，本市一所重点小学终于松了口，答应以录播的方式给几所乡村小学免费提供教程，当然，一应设备全是方胖子和赵理想去拉来的赞助。

一切谈妥之后，赵理想又约年子吃饭。这段时间，他几乎每天都要在微信上向年子讲述进度，所以，两人见面的时候，年子已经对整个过程知道得差不多了。

年子选了一家很不错的烤肉店，提前说好了自己请客，赵理想倒也没有拒绝。

雪花牛肉在烤架上嗞嗞作响，二人谈笑风生，气氛极其融洽。

最令年子感叹的是，赵理想他们做这件事情的时候，充分论证了一切细节，也正是这种态度说服了校方，他们终于打破了某种不可明说的氛围，同意了这件事情。但是，因为种种问题，这事情也只能先在小范围内进行，目前为止，只有三所小学获得了这个“捐赠”课程。

万事开头难，只要有了开始，一切就好办了。年子对此也很欣慰。

“我们下个月就要回去彻底落实这件事情，方胖子还去拉了一个车友俱乐部的朋友进行赞助。年小明，要不你和我们一起去看看？”

年子很痛快地答应了。

临别的时候，赵理想忽然从口袋里摸出一个小玩意儿递过去：“年小明，我送你一个小礼物。”

“这是什么？”

“我们自制的一个照明器，相当于手电筒，但比手电筒方便、小巧，可以声控。你去地下室开车，如果太昏暗的话，可以临时用一下。你看，开启开关的时候，它会一瞬间放射出高亮度光芒且伴随着一声大叫，特殊情况下，可以震慑某些心怀不轨之人。”他解释，“这年头，治安事件频发，单身女孩子往往危险，你拿着这玩意儿，聊胜于无……”

“哇，你们自己做的？”

“是的，我业余做的。”

“这么好的东西，你不去申请专利吗？”

“业余做着玩的，专利的价值不太大，而且同类产品相当多。”

年子很喜欢这份小礼物，回到家才想起妈妈的告诫：不要收取非恋爱对象的礼物，可是，她总不好这时候又退回去吧？而且这玩意儿看着也不像是送女朋友的，自己坚辞不受反而显得小气。罢了，下次自己也送一份价值略高的礼物还回去就是了。

还没到七点半，春末天黑得不那么晚，金毛大王和年大将军都还很活跃。

年子正要关上小院的门，眼前忽然一白。

“年姑娘……”

她后退一步，看到那个雪白的人影几乎是飘忽一般站在了门前。真的，他动作实在是太快了，就像一阵风，在她关门之前飘了进来。他左边一丛开得正旺的红蔷薇衬着他的白衬衣，衬得他简直如妖魅一般。

他环顾四周，背负双手，闲庭信步，先后跟金毛大王和年大将军打了个招呼，这才转向年子，笑了笑：“年姑娘是在为乡村小学的事情奔走吧？其实你不用这么麻烦的。我认识一个顶尖重点小学的校长，他答应了这件事情，由我们全程提供录播所需要的一切设备和费用，至少可以在好几个贫困县全面普及教学课程……”

普及几个县肯定比普及三所小学强多了，年子却不为所动，一声没吭。

“至于政策上的一些问题，我们也有专门的团队去沟通，以后甚至可以全面推广。”

他们有专业的团队，无论法律还是公关，甚至和政府接洽方面……当然是非自己和赵理想这种私人行为能比的。

“年姑娘，以后这种事情，你犯不着和赵理想这些人商议，直接问我就行了。恕我直言，他们有一腔热血是好的，但是要做大事，能力和物力不是他们所能达到的……”

年子还是一声没吭。

这男人把这当成了筹码。他以为凭借她的“善良”，他做了这些，慢慢地她就会被他感动，从而原谅他——就像言情剧里的那些“善良女主”——男主甚至可以威胁杀死一只小白兔来令她乖乖就范。

可是，就算你杀死一万只小白兔，我也不会被胁迫——我只会把它们做成冷吃兔、跳水兔、兔脑壳……年子腹诽一万次，还是没吭声，就那么看着他的表演。

他也凝视着她，眼神很奇怪，慢慢地，眼里竟有了一些笑容：“嗬——年姑娘，我还真的没有看错你。许多女人一旦失恋了就要死要活、作天作地，甚至破罐破摔……你可强多了，还是精神抖擞，更胜以往……”

对面的姑娘面若桃花，一双眼睛亮得就像刚刚升起的那轮月亮，绝非想象中的蓬头垢面，从此一蹶不振。

她神采奕奕，活力十足。当然，他也可以理解为，她对卫微言也没那么“要死要活”。

云未寒的笑容更深了：“年姑娘，我会全力帮你完成你的理想，你以后真没必要和那些不相干的人纠缠不清。就像赵理想这些人，最初跟你谈谈理想，谈谈人生，谈着谈着，就原形毕露了……”

单身热血青年忽然遇到了一个年轻美貌、家境也不错，而且志同道合的姑娘，没有任何想法才是不正常的。

“年姑娘，‘凤凰男’的故事，你要了解一下……”

年子伸手，拉开了小院的门，指着门口：“出去！”

云未寒：“……”

他看她的眼神很不善，索性一口气说完：“我是想给你道歉！真的，我那天一时冲动，口不择言，后来我很后悔。究其原因，我也是为了让你不上当受骗。毕竟一辈子被人蒙在鼓里还误以为那是爱情，是很恐怖的事……我绝对不能眼睁睁地看着你掉坑……”

什么叫“说得比唱得好听”？这就是！

“出去！”

云未寒举着双手，后退了一步：“年姑娘，我真的没有任何恶意。从开始就没有，到现在也没有，以后也不会有。我只是妒忌，不希望你嫁给卫微言，甚至你要不要配合做我的实验对象，我也不强求，这也根本不重要了！毕竟我们现在的主攻方向是长生不老，从这里更能赚大钱。对了，我们的第一批产品已经秘密地投放到了市场上，至少有十位富翁接受了我们的产品。以后你可能会看到一百五十岁以上的富翁数量在增加。如果效果明显，推广力度就会更大……”

他指了指自己的脑袋，苦笑了一下：“我脑子里的肿瘤发作更频繁了，要不然，我很可能会长生不老……”

年子吹了一声口哨，懒洋洋的金毛大王猛地扑过来，扬起前脚，咆哮了一声，浑身的金色长毛忽然抖动着，竟如猛狮一般扑向云未寒……

云未寒本能地转身，仓促地退出小院，样子极其狼狈。这很可能是他生平第一次这么狼狈不堪了。

年子在他身后砰的一声关上了小院的门。

年子很快了解到了云未寒团队的运作方式。

因为云未寒给她的邮箱里发了一个 PPT，那是他的团队运作这个项目的详细说明。他们并非先去和中小学谈判，而是和当地教育部门会谈洽商，以“公益捐赠”的形式取得了政策上的支持。

他们获得政策支持后，其他问题就迎刃而解了。根本无须自己苦巴巴地去联系什么顶级名校，而是有好几所名校主动联系了他的团队——无论是直播还是录播，通通好说。

许多人也愿意为这个社会献出应有的爱心，只是有时候根本不知道该怎么做。现在好了，他们解决了“如何做”的问题。

至于技术手段，就更不是问题了。所以他们选择的第一个实验对象，就是某个著名的贫困市，那个市内的所有中小学都成了援助对象。

但他们首选的是中学。基于种种考虑，中学生的分数肯定比小学生重要多了。如果效果好，很快这样的课程就可以普及那个市的所有中小学，然后在省内全面推广。一旦有人带头，全国性效仿这种模式也不是不可能，甚至在他们还没开始推广这件事的时候，本市一些三四流的中学就闻讯主动找上门，希望也能享受这个待遇。毕竟重点中小学的老师基本上毕业于顶级师范类名校，富有教学经验，见多识广——单单师资力量上，其他学校已经比不上了。而且 PPT 上说明，这种捐赠，前三年是全部免费的，三年之后，根据情况酌情付费。当然，付费的程度也必须在当地民众的普遍接受范围之内。

年子看完这个 PPT 也不得不赞一声，专业团队果然非一般人可以比拟。人家如何和政府商谈，如何打通各个关节，如何安排宣传发布会，如何借助媒体炒作，如何应对一些突发事件……通通考虑得清清楚楚。

而自己等人，包括赵理想和方胖子，完全是凭借个人力量，到处拉关系、托人情、刷脸，这才勉勉强强地凑足了三所小学的试点名额——而这三所小学，还得一个一个地来，没法一次性搞定。

可人家一试点就是整个市，相差万里。年子不得不服气。

云未寒还在电子邮件中写了一封短信，说他之所以对这件事情感兴趣，倒不是完全为了讨好她，是因为他发现：这事在世界范围内都算是比较超前的。这个善举要是取得了大成功的话，会让整个民族的素质彻彻底底地得到提高。这可比一般的给钱扶贫靠谱多了。给钱给物只能培养不知感恩的懒汉，而让他们普遍受到良好的教育，自己学会生存技巧，提高素质，那是对整个国家国力的提升。正因此，他觉得这个项目比早前那种单纯捐赠课外图书馆什么的方法靠谱多了，所以才让团队积极运作。

年子很认真地看完了他的每一个字，有点儿迷惑了，不知道云未寒究竟是怎样一个人。他属于晚上杀人放火赚一万两银子，白天修桥铺路捐赠五十两银子的“伪善人”，还是真的如他自己所言，他所有的一切都出自科研，而没有别的恶意？

年子虽然没有回复他，但是把这份 PPT 保存了下来。她觉得很长时间内，这个 PPT 都可以直接套用了。

赵理想约年子吃饭，这次不是“二人世界”，还有方胖子和柏芸芸。

小包间里，大家围着热气腾腾的火锅，方胖子端着啤酒杯，笑嘻嘻地说：“二位女士，你们要吃什么点什么，要喝什么喝什么，万万不要客气，更不要替赵理想省钱，这家伙刚刚拿了三十万元奖金，你们随便吃、随便喝……”

柏芸芸吓了一跳："三十万元？这么多？"

"可不是吗？我们的年终奖今天才彻底发下来。赵理想比我的还多一些，因为以他为首做出来的那个小玩意儿以八位数的价格卖给了一家公司，所以，他额外得到了一笔奖金。今天我们非宰他一顿大的不可……"

那个"小玩意儿"，就是他上次送给年子的那个。

"小赵特别谦虚低调，以前没声张，是还没正式卖出去，现在钱都到账了，他才说……"

柏芸芸："难怪我看到你点菜的时候，点的全部是菜单上最贵的……"

年子想，谁说读书无用的？知识明明就是力量。

赵理想端着酒杯，很是诚恳地说："全靠老大你罩着……"

方胖子是赵理想的校友，赵理想大四起就在那家公司实习，毕业后正式上班，这几年多得方胖子帮助，自然对他十分感激。

方胖子也不客气，酒尽杯干。

他极其热情地招呼着年子："年小明，吃菜、吃菜，万万别客气，这家网红火锅店味道还可以，除了贵一点儿也没别的毛病。芸芸，你也多吃点儿麻辣牛肉，这是他们的招牌菜，来、来、来……"

他给柏芸芸夹了满满一大碗麻辣牛肉，这才转头笑嘻嘻地说："年小明，我就不给你夹了，我怕你嫌弃我的筷子脏……"

年子大笑，也不客气，开始大吃大喝。

赵理想很是高兴，眉宇特别舒展。中途他们又谈到援助小学的问题，方胖子说早已找好了车队装运一切设备材料，极其热情地邀请年子一起去。年子答应了。但是年子没有提到云未寒和他的团队的事情——她不知道该怎么说。

吃喝完毕，柏芸芸提出在商场转一转。她和方胖子一直走在前面，手挽着手，说说笑笑，十分亲昵。

年子和赵理想落在后面，有一搭没一搭地闲聊着。

赵理想说："我今天特别高兴……"

年子以为他是因为拿了巨额奖金，笑道："是啊，祝贺你！"

"不是因为奖金，而是这段时间生活方式的改变……其实，我大三、大四就开始挣钱了，但是一直要给家里钱：修房子、买房子、给兄弟凑彩礼，根本喘不过气来。以前我以为生活就是这样，也谈不上什么乐趣，但是这段时间，我觉得特别有乐趣……”

那时候他的收入也还没达到现在的水平，自己住公司宿舍，一个月只留下两千元基本开销，其余的全部给家里，别说生活质量了，请同事和朋友吃顿饭都要思量再三。

这两年他不怎么给家里钱了，收入也大增，但是节俭已经成了习惯。直到这段时间，他约姑娘吃饭，才开始尝试花一些钱在自己身上，提高生活质量……比如，他曾委婉地向柏芸芸打探年子以前爱去的餐馆——私下里就比照着这个档次订餐厅。

若是他自己，当然舍不得。可他不尝试，就不知道另一种生活到底是什么样子的。几次之后，他忽然发现，这样的生活才是有意思的——生而为人，不是为了吃苦，而是为了好好地生活。他找一个姑娘也并不是多拉一个人陪着他熬，是要一起提高生活质量。

年子听得这话，不知怎的，对他竟然有点儿刮目相看。

“凤凰男”也是分种类的，赵理想分明是“凤凰男”中的上上品。

她半开玩笑地说：“哈，小心，从简入奢易，从奢入俭难……”

赵理想眨了眨眼：“放心，我自控能力还算不错。”

逛了一会儿，年子就借口要回家了。她开了车，柏芸芸破天荒地要求坐她的车。赵理想见状，倒没有再强求送她回家，自己打车走了。

二人一路闲聊，年子笑问：“芸芸，你怎么不坐方胖子的车？”

“年子，我先问你，你现在还和卫微言在一起吗？”

“早分手了。”

这些日子，柏芸芸一直和方胖子腻在一起。谈过恋爱的人都知道，热恋初期，朋友、闺密什么的都靠边儿站，年子识趣，当然也不去打扰他们。所以，和卫微言分手这么长时间了，她都没告诉柏芸芸，也没有找柏芸芸诉过苦。她三五句简略地讲了分手的事情，柏芸芸并不意外，只是叹道：“我看你前段时间那么消沉，就猜到是分手了。唉，分了也好……”

毕竟两人早就分过一次，再分也不令人意外了。

柏芸芸忽然又问：“年子，你觉得赵理想怎么样？”

“……”

“方胖子说，赵理想去年就告诉他很想追你，但是又没有勇气。赵理想前几个月赶着买了房子，便是这个原因，老觉得自己一无所有，没资格追女孩子……”

年子：“……”

柏芸芸直言不讳地道：“当时方胖子告诉他，叫他考虑清楚，最好不要轻易追你，所以他一直忍着从未表白。方胖子说，你条件太好了，又聪明又漂亮又有想法，家境也好，只怕小赵根本追不上，免得伤心……”

年子哈哈大笑：“谢谢你家方胖子，对我评价这么高！”

“可不是吗？小赵告诉方胖子，你是他所见过的最可爱又最不做作的女孩儿，人善良又大方，没有城市女孩儿普遍的那种娇气……”

善良可爱又不做作——年子默了一下，很是震惊：这真的是在评价我吗？对了，当初卫微言是怎么说的来着？

——你简直是我见过的最做作的女生，绝对没有之一！

她愤愤地想：可能卫弱智一辈子所认识的女生就自己一个！

“小赵的家境是真的不好，跟你的差距也是真的大。但是，小赵已经买了房子，能力高收入好，再买车也不是什么难事。最主要的是，小赵人品特好，性格豁达，这一点毋庸置疑……”

柏芸芸转述了方胖子的话：“小赵一直特别勤奋，又特别厚道。团队有什么奖金，他从不争抢，多干活少拿钱是常事。就算这次以他为首的那个小玩意儿卖出了高价，团队给他的奖金本来高得多，但是他主动提出把大头让兄弟们都分了，自己只留下一部分，还轮番请兄弟们吃饭。他并不是不缺钱，事实上，他还是房奴，连车子都还没买。”

“方胖子说一般人是没这个节操的。斗鸡眼似的争夺利益的人很常见，但主动谦让者很少，所以，老员工都愿意提点他、帮助他。”

厚道之人，必然会越走越远。

“你嫁给小赵，也许不会大富大贵，但绝对不会被图财害命。而且他很乐观开朗……”

年子算是听出来了，方胖子这是通过柏芸芸在替赵理想当说客。

柏芸芸自己都坦承了：“这话是方胖子让我说的……不过，年子，我私下里还是认为你先不要接受赵理想，至少得先观察一番。”

“为什么？”

“‘凤凰男’，了解一下。”

她一本正经地说：“一时一刻是看不透一个人的，你怎么也得了解清楚再说。而且，年子你是独生女，家里有几套房子，万一引狼入室，那是很可怕的。虽然我也认为赵理想人品不错，但是知人知面不知心，有些事情是需要时间才能验证的……”

谁说闺密都是塑料情？柏芸芸这才是良心建议。

“像我这种，方胖子一追我，我马上答应了，那是因为我一无所有，方胖子能谋我什么呢？只能我吃他的、喝他的、花他的，所以，我是根本不怕的……”

她能这么说，显然是感情已经很稳定了。年子很为她高兴：“你和方胖子到什么地步了？”

“我上个月就搬去和他一起住了……”

难怪两人一副老夫老妻的样子了。

“你们打算结婚吗？”

“是的，初步打算是今年国庆结婚……”

年子本想说“好快”，可一转念，发现那二人已经交往几个月了，到国庆都快一年了，结婚也不算离谱。

“你还是没有告诉你家里人和他的事？”

柏芸芸苦着脸道：“纸是包不住火的，这次方胖子不是要跟着我们去那所小学吗？我已经跟他说好了，到时候就顺道去一趟我家里。唉，我真怕我妈到时候弄得大家都难看。”

“要不，你提前跟你爸妈打个招呼？”

柏芸芸摇了摇头：“我提前说，我妈可能更要狮子大开口，左邻右舍一对比，只怕得要一个天价彩礼。我想的是，到时候打她个措手不及，让她没有开口的机会。”

年子：“……”

周五晚上，年子收到赵理想的信息，约她周六中午一起吃饭，下午看电影。第二天她还没起床，就听到母亲在门口喊：“年子，今天我和你爸去参加一个亲戚儿子的婚礼，你去不？”

“不！”

“那你就在家里宅着？要不我先把你的午饭和晚饭做好？”

“不用了，我点外卖……不对，有人约我吃饭。”

李秀蓝推门进来：“谁约你？”

“赵理想。”

李秀蓝：“……”

年子小心翼翼地说：“妈，你是不是觉得他完全不能交往？”

“吃个饭，了解一下是可以的。至于交往，你了解清楚再说吧。”

父母一走，年子便如脱去了紧箍咒的孙猴子，又赖在床上，直到饿得受不了了，这才慢吞吞地爬起来。

手机提示有新的电子邮件，她打开，是云未寒发来了一组照片，照片上是卫微言和一个年轻女人相谈甚欢的画面，女子很高挑、很优雅、很知性，典型的高知形象。

那二人在一起的画面并不暧昧，也不出格，但是看得出，谈笑之间，两人很是投机。云未寒说，这是卫微言的同事，暗恋卫微言已久。因为工作关系，他们二人可能结伴去国外发展。云未寒还强调，业界传闻，卫微言是以伴侣身份为她申请到工作机会的。

这封信当然并没有令年子火冒三丈。尤其当她看到那几个“据说”“听说”之类的词语时，就想马上怼云未寒一脸：有种你上“实锤”，都听说、据说个“毛线”啊。还不是你一张嘴在说。

可是她懒得专门去回复他，觉得打他的脸也没什么必要，毕竟自己和卫微言早已分手了，人家单身汉，要和谁交往都是他的自由，与卿何干？

她放下手机，洗漱完毕，好好打扮一番，开车出门了。

可是开到半路，她居然觉得特别沮丧。不得不承认，云未寒这个奸臣真的极大地影响了她的心情。

照片上，卫微言和那知性美人分明是相谈默契——就算两人没有谈恋爱，至少互有好感——而那美人看他的眼神是很明显地带有爱慕的。

年子想起自己过去看他的眼神，一模一样，无法遮掩。

该死的卫微言，这么快就和别的女人搞在一起了，太可恨了。而且自从分手之后，他就再也没有找过自己，果然是自己不先去撩他，他就无动于衷。

年子，你死心吧，也许人家早就想摆脱你了，无非你死缠烂打。这不，现在你干干脆脆地提了分手，正中人家的下怀，他哪里还会在乎你？分手也许是他求之不得的事情。这弱智早就说过，他的态度是：不主动、不拒绝。

年子越想越气，越想越闷。她停好车，再次拿起手机，看到赵理想发来的定位，那是一家很不错的中餐馆。

她直接说：“我们去十九楼会合，我请你吃日料。”

电梯停到十九楼，年子走出去，看到赵理想已经站在那家日料店门口。

赵理想满面笑容地说：“你不想吃中餐吗？那吃日料也行。”

年子立即道：“我请你。”她也不给他说话的机会：“你请我那么多次了，这次我请，要不然以后我再也不跟你一起吃饭了。”

赵理想：“……”

当看到一千六百元一位的定价时，赵理想还是有些吃惊。这几乎是他请她几次的总价。

“年小明，今天怎么都得我请……”

“我难得请你一次，所以吃好一点儿。而且今天是我自己想吃这个，赵理想，你也别跟我客气了。”

年子心情不好，也不怎么说话，东西上来就开始吃。

有些菜大厨会现场制作，笑容满面地介绍菜品，可是年子听得心不在焉。厨师一再强调这种雪花牛肉来自什么地方、有多么珍贵的话还没说完，他就发现年子已经把自己那一份吃得精光了……

厨师的眼神就像看着一个暴殄天物的饕餮——她这样囫囵吞枣，哪里像是品尝美食的样子？！

赵理想却特别高兴。他第一次来这么贵的地方吃东西，本是小心翼翼的，怕出了洋相被人嘲笑。若是年子像其他城市女生那样端着礼仪，扮着高雅，他一定会极其不自在，可是他见年子居然是这种吃法，竟顿生“知己”“同类”之感，大大松了一口气。

这一顿二人狼吞虎咽，如吃火锅一般。可能是大厨也没见过这么“不上道”的人，离开的时候，分明是“这两个土包子”的眼神。

年子压根儿不管这些，可能是吃得太饱了，出门的时候简直走不动了。

赵理想说："我们去看电影吧？我已经买好票了。"

年子点了点头，欣然同意，觉得在电影院睡一觉，时间也就差不多了。

二人走出日料店不过几步，年子抬起头，忽见一个人迎面走来。

她本能地想转身避开他，可是发现那个人已经看到了自己。她呆了一下，原本手足无措，可是一转念，居然鬼使神差地主动挽住了赵理想的手臂。

内心里，她告诉自己：碰到就碰到呗，谁怕谁啊。

赵理想忽然被她主动挽住手臂，吓了一跳，倒有点儿"受宠若惊"。他干咳几声，竟然不知道该如何反应。这本是他自己多次想要"主动"的动作，只是以前老觉得不太敢。他还没正式谈过恋爱，也没有和人正常交往的经历，所以一时间就那么傻傻地站在原地，直到察觉年子拖着自己往前走。

两人距离迎面而来的人越来越近了。

那人不知是真的巧合还是刻意为之，总而言之，他的神情很冷淡。他甚至并没有一路盯着这二人，就像不认识的路人甲，甚至快要擦肩而过的时候，他也没有留步的意思。

年子也没有留步的打算，只是别开目光，希望与对方就这么擦肩而过，当作谁也不认识谁。可是那个灰色的人影偏偏停下脚步，好像才看到她，一副"好巧啊"的样子，并且开口了："年子……"

她便也停下脚步，一副"哦，原来是你，我还没有认出来"的样子。

她还是挽着赵理想，不经意地看了一眼旁边的橱窗。

那人的目光死死地落在她的手上，神情平淡无波。

赵理想以为她是遇到了熟人，立即问："这位是？"

年子接口："一个不常见的远亲，我都差点儿没有认出来，真是好巧啊，居然在这里碰到……嗬，他不开口，我都没认出来，好久没见了……"

卫微言："是啊，几十年不见了！"

赵理想听见这对白，觉得有点儿奇怪，暗忖：什么叫几十年不见了？

年子不想和卫微言纠缠，当然更不想解释什么，直接就要走人。

卫微言面不改色地说："你有个亲戚让我带一样东西给你，今天正好碰到了，就拿给你，免得我专门跑一趟。"

他说罢，随手递过来一个黑乎乎的塑料袋。年子本能地接过袋子，还没来得及反应，他已经大步流星地走了。

“喂……”

年子眼睁睁地看着他走远，简直真的如巧遇一般。她看一眼那个塑料袋，忽然想：得追上去把东西还给他！可是她再抬头的时候，那个身影已经彻底消失在电梯里了。

赵理想很是好奇：“你这个亲戚看起来好奇怪。”

年子指了指自己的脑袋：“他这里有问题。”

“神经病？”

“不，弱智！”

赵理想好生意外：“这人居然是弱智？外表完全看不出来啊……”

年子悠悠地说：“有些人人面兽心，你也看不出来。”

赵理想：“……”

他们看的是一部好莱坞大片，打得十分热闹。电影院里随时轰隆隆的，一流的音响效果，一流的打斗场景，一流的宏大场面……简直是催眠的好元素。

年子呼呼大睡，醒来睁开眼睛，刚好赶上了末尾的彩蛋。她打了个哈欠，看着观众退场退得差不多了，也站起来，和赵理想一起出去。

赵理想问：“你不喜欢这片子吗？”

“喜欢，但我实在是太困了，昨晚赶稿子熬夜了。”

“那我下次陪你重新刷一遍。”

年子不置可否。

赵理想又问：“你晚饭想吃什么？”

年子摇了摇头：“我撑得明天的午饭都不想吃了……可能是吃太多了，不舒服，抱歉，我得先回去了。”

“我送你。”

“还是我先送你回去吧，我开了车。”

“这就不用了，如果你不舒服，那你先回去歇着吧。”

赵理想送她到家门口，下了车，另外叫了网约车。

年子很是过意不去，可也说不出什么客气话。

也许是今天她破天荒地挽了他的手臂，赵理想特别高兴，好像真正的男女朋友那样，临别时伸出手想抱她一下。毕竟姑娘都主动了，自己再不主动就说不过去了。

可是他伸出的手落在了半空中。年子不经意地避开了，疲惫不堪地说："我太困了，肚子也疼，先回去了。"

不等他反应过来，她便一溜烟儿地跑了。那是真的迫不得已，因为她觉得自己快要拉肚子了，腹痛如绞。

推开小院门，看到金毛大王摇着尾巴懒洋洋地迎上来，她顾不得和这忠心耿耿的老朋友打招呼，几步就奔到了厕所里。

她果然拉肚子了，一定是吃了那些半生不熟的肉的关系。

年子小声嘀咕："一千六百块钱一位，吃了拉肚子拉得这么狠。"

从厕所里出来，她终于感觉浑身轻松了几分，瘫在懒人沙发上，浑身无力。她想，以后再不能这么暴饮暴食了，吃下去的一千六百块，就这么全部拉完了，好可惜。

她这才看到随手扔在一边的塑料袋。那是一个垃圾袋一般的黑色塑料袋，当着赵理想的面，她一直不好打开，此时捡起来，撕开打着的死结，两块大宝石滚了出来。

她心里一万句粗口呼啸而过，可是又提不起精神，还是懒洋洋地躺着。

半晌，她拿起手机，直接去翻卫微言的微信大小号，想要加上他，然后破口大骂他一顿。问题是，她找了半天，发现找不到了——拉黑再删除，居然就没法恢复了？她记得他的微信号，便去重新添加他，可是居然添加不上——系统提示，被拉黑再删除的人，根本无法再加上了。

她以前竟然不知道这一点。

她沮丧地扔掉手机，心想：连骂一顿这个弱智居然都这么难。

可是随即提示音来了，她拿起手机，看到一个极其陌生的号码发来了消息。

"小姐，我早就发现那小子有鬼了，你还狡辩。我第一次在你家门口见到他，就觉得他心怀不轨。你们坐网约车，要是正常的普通朋友说再见，都是在车上说，可这小子居然专门下车送你，反复聒噪，看你走了才重新上车。若不是心怀鬼胎，正常人会这样吗？那时候我就觉得不对劲了，果然，如果一件事看起来像坏事，那就真的是坏事。这厮简直太恶心了……”

年子气得目瞪口呆。

她翻了翻这个小号，完全不知道对方是什么时候添加她的，而且之前从无任何聊天记录——

她的通讯录上有几千人，好多是编辑、读者以及同学、朋友，当然还有许多莫名其妙的微商……这么多人，她没可能一一甄别。事实上，好多人从未和她聊过，是“僵尸粉”一般的存在。

但是，她以为不会再有卫微言的小号了，没想到居然还有。这个“马六甲”到底用多少小号加了自己？以前自己怎么没有发现他这么无聊？

她终于反应过来，直接语音怒吼了一句：“卫微言，赶紧滚来把你的破东西拿走！”

“你看不上就扔掉啊。我偏不去拿，你咬我啊？”

如果他在面前，年子真的要咬死他——不对，是让金毛大王咬死他。

可是隔着手机，她只能气得哑口无言。

忽然怒从心中起，年子一把抓住两颗大宝石，先后重重地扔了出去。金毛大王差点儿被砸了，吓得汪地叫了一声。可是下一刻，它立即跑过去，两只前爪抱住了那块巨大的红宝石，饶有兴致地蹲下欣赏。

花架上的年大将军也随即大喊：“参见大王……参见大王……”而且立即飞过来，停在金毛大王对面，饶有兴致地盯着旁边的那颗绿宝石，边瞧边扇动翅膀，好像在说：这宝石不错啊，绿得跟我身上的羽毛似的，好玩、好玩……

这两个没有节操的家伙！可能看在宝石的分儿上，她根本支使不动它们去咬卫微言啊。年子气得瘫在地上，好像浑身的战斗力忽然就彻底用完了。

年子再生气，第二天的太阳还是会升起。她慢慢地洗漱，吃了点儿东西，坐在花架下的茶几上打开笔记本，拿起鼠标，呆坐半晌又什么都写不出来。

她翻开前几个月的账单瞧了瞧，发现前面三个月的稿费单子居然都只有几千块钱。这样下去，她真的快吃土了。

她觉得自己应该振作，于是马上开始码字，一鼓作气地写好了两篇“婆妈文”扔给编辑，刚放下鼠标准备去煮一壶热茶，就有人敲门了。

年子开了小院的门，看到了林A。

林A捧着热茶，满脸憔悴，跟过去的贵妇形象相比，判若两人。

林A先捞起自己的左手手腕，年子看到一道触目惊心的瘀青伤痕。林A又捞起裙摆，双侧大腿上也都是瘀青痕迹。林A还指了指自己的眼角，年子仔细一看，那浓厚的脂粉下面居然也是瘀青伤痕。刚刚见到她，年子还以为是林A的皮肤太干了，粉底液没有化开的缘故。

年子很震惊地问：“你老公居然动手打你？”

“其实他以前也动手打过我，但都是三不五时地有一回。用了那种药之后，他消停了一段时间，可是两个月之前，也许是药效彻底消失了，他故态复萌……”

这一次比以前动手的频率更高了，因为他又遇到了一个二十岁的小网红。小网红娇嫩，发嗲，叫他“大叔”，在他面前“懵懂无知”“天真单纯”，迷得他晕头转向。他说，在她的眼中自己便是她的全世界，所以一定不能负了她……

林A和老公争吵，老公不但第一次主动提出要离婚，还动手了。他几次动手都揍得林A鼻青脸肿。

年子不可思议地说：“都这样了，你还想挽回你老公？”

林A愤愤地说：“我也恨那渣男，可是我不甘心。我一定要先搞臭、搞死‘小三’，然后再搞渣男……毕竟我和他的问题是内部矛盾，总要先解决外敌再关起门整男人。他也不想想，要是他真的老了、病了，‘小三’会照顾他吗？还不是我……”

“那屎一样的男人，为什么你非要等他老了、残了去照顾他？渣男老了、残了、要饿死了，关你什么事？你去跳广场舞和其他老头儿打情骂俏不行吗？你还去好好照顾他？”

林A还是满脸不甘心：“年小明，我真的不想离婚，我还有两个孩子，我若离婚，就真的便宜‘小三’了。她那么年轻，一定会为渣男生孩子的，到时候，我们就是人财两空了……”

林A说来说去都是钱，这是原配的通病。

年子耐着性子说：“你不离婚，男人还是会给‘小三’花钱，生了孩子也照样抚养。法律规定了，‘小三’生的孩子也有继承权，没准儿你男人到时候立一个遗嘱，大头儿财产都给私生子，你能怎样？你还不如趁着有谈判条件的时候，尽早决断，多分钱保障自己和孩子的利益。离婚真的没你想的那么可怕，它其实是一个纠错制度。你拿着钱去学习、奋斗、旅行、做慈善，去看诗歌和远方……让人不亦乐乎的事情那么多，你一辈子不缠在任何男人的裤腰带下也不会死！”

林A惶惶然地说：“离婚真的是纠错制度吗？”

“当然！这是法律赋予女子的最大福利之一！你不用，其实是你的损失。”

“年小明，你会帮我吗？”

年子想起她上次专门打电话警示自己，就说：“我这次能帮你的就免费帮你，也不要你捐款了。”

林A并未拿出照片：“我其实不是要你帮我再找‘小三’‘小四’，因为那已经没什么意义了……”

“你的意思是……”

“希望你能在云先生面前打个招呼……”

年子很震惊：“你老公的‘小三’是云未寒？”

林A扑哧一声笑了出来。

“渣男的‘小三’当然不是云先生，而是薇薇旗下的一个网红。薇薇麾下有一大批去韩国整容成大美女的网红。‘土豪’被这些网红迷得神魂颠倒，几十万、几百万元地打赏。当然，她们私下里也很乐意出席‘土豪’的饭局，有好几个就这么成了‘土豪’的地下情人。其中一个，还在半年前以怀孕生子为借口，让一位小‘土豪’低调地离婚娶了她！你知道那个原配多可怜吗？她只拿到了一套房和两百万现金就被赶出去了。本来‘小三’怂恿小‘土豪’两百万元都不给她，还是几个朋友实在看不下去，私下里劝说小‘土豪’……”

薇薇！居然又是薇薇。

原来，薇薇早已转型成功，成为网红圈里赫赫有名的老板娘。

年子问：“那个原配为什么不闹？”

“大家碍于薇薇，都不敢去闹的。人家‘小三’放话了，再闹，两百万元也没了……”

年子算是明白了，原配闹也看对象，惹得起的就往死里整，惹不起的也就罢了，吃亏认栽，净身出户。

“我家渣男的那个‘小三’以前是薇薇麾下的第一红人，很巴结薇薇。我怕到时候薇薇横生枝节，我就惹不起了。”

年子模模糊糊地意识到：薇薇可能掌控了一个“粉色帝国”，然后利用这种“粉色武器”，做什么事都无往而不利。

薇薇其实才是原配杀手！每一刀都架在原配的脖子上，踏着原配的血肉，她和那群网红赚得盆满钵满。

“年小明，她们都说你是云先生的未婚妻，所以……”

年子苦笑道：“我根本不是云未寒的未婚妻！事实上，你觉得他那样的男人会有什么未婚妻吗？”

林A很意外：“云先生骗了你？他另有新欢了？”

年子没有回答这个问题，只是摇了摇头：“你还是趁早离婚吧，至于钱，能多分一些就多分一些，实在是拿不到更多的，那就先保障自身的安全。”

第十四章

应该对父母示弱

年子和赵理想一行人去了L县落实网课直播的事情。

方胖子找了个车友俱乐部帮忙，一行十辆车，拉着各种设备以及捐赠的各种东西浩浩荡荡地出发了。

一行人早上六点就出发，赶到L县时不到八点钟。学校举行了盛大的欢迎仪式，师生跟过节似的，欢欣鼓舞，课间休息的时候，更是好奇地看各种设备的安装调试，一个个看稀奇似的。

有的是人打下手，年子和柏芸芸帮不上什么忙，找了个僻静的地方闲聊。

柏芸芸说："年子，你又捐赠了这么多图书，是不是又花了很大一笔钱？"

也不是很大一笔钱，反正年子把这半年积攒下的一点儿稿费全部花完了。

"年子，说真的，我有时候特别佩服你，要是我，绝对舍不得花这么多钱。"

年子笑了笑："我是因为可以啃老，知道有人兜底，要不然，哪有这样的节操？"

柏芸芸不以为然地说："许多人富可敌国，也不见得有什么节操。对了，你说用上同样的教程之后，这些学生的情况会怎样？”

年子看了看不远处操场上嬉戏打闹、兴奋得跟过节似的师生，没有马上回答这个问题。

这里的孩子用着最好的小学教材（教程），享受和城里孩子一样的教材，这表面上看起来好像从此就可以和城里孩子站在同一条起跑线上，其实不然。

就算教程一模一样，可是读过书的人都知道，许多学生的成绩并不完全取决于学校和老师，还跟父母、家庭、一个人的出身和环境密不可分，与课外的补习班、父母的付出和监督、经济条件带来的眼界的启示和各种无形的知识的积累有关……

除了课堂之外，家境优越的孩子还会周游世界，常常去博物馆、图书馆、科技馆等地方参观……去接触这世界上的新资讯、新知识，这是课堂上无法传授的东西。

顶级中小学的课程直播（录播）可以全民共享，但这些东西就绝对不可能全民共享了。

年子想了想，说：“有这个总比没有好！”

一干热血的IT男忙活到下午近一点才弄完一切。校方热情地一再邀众人去街上的饭馆吃饭，方胖子坚决拒绝了。方胖子他们提前就说好了不让校方花钱。

赵理想做东，请众人吃当地的特色菜。赵理想是本地人，做这个东无可厚非。

当地的所谓特色菜，也无非就是些野菜、腊肉、腊鸡什么的。也许是太饿了，饭菜一上来，众人立即大吃大喝，都赞味道好。十几个人，一顿饭吃了几百元钱，大家都赞划算。

饭后，其他志愿者欣然地返城了。方胖子则和柏芸芸去“丑女婿见岳父”，赵理想也力邀年子去他家里看看。他家距离这所小学不到二十千米。

其他车子都走了，年子若是执意独自回城，就会把他一个人扔在这里，他又没开车，年子觉得不妥，就答应去他家里看看。

赵理想极其高兴。

可能是早就接到儿子的电话了，车子一到家门口，赵理想的父母、兄弟媳妇以及小侄子都已经等在门口，旁边还有一大群看热闹的邻居。

大家一见年子，都起哄起来：“哇，好漂亮的姑娘，果然是大城市里来的。”

年子维持着笑容，显得彬彬有礼。

赵理想和父母邻居打了招呼，然后从车子的后备厢里拿出许多在小街上买的礼物分送给邻居。

拿了小礼物的邻居说笑着散去了。赵理想的父母客客气气地邀请年子进去坐。也许是看到那么多礼物，以为是第一次上门的“准儿媳”买的，他父母都很高兴，然后极其热情地邀请年子吃各种当地的水果和瓜子花生。

年子第一次经历这种场面，只能全程礼貌地赔着尬笑。

赵理想的父母看样子都是老实人，也不善言辞，除了赔笑招呼年子，其他的也说不出什么，就那么坐着，看样子竟然比年子还紧张。反倒是挺着大肚子的弟媳妇，牵着孩子跟来跟去，看样子她才是一家之主。

农村的规矩就是这样的，婚后女人生了儿子，地位就稳固了。

弟媳妇对大伯哥那是真的亲热，不停地嘘寒问暖，端茶倒水，然后又不停地问年子各种问题：你是做什么工作的？月薪多少？你父母多大岁数了？你父母有退休金吗？你家里有几套房子？有写在你名下的房子吗？……

赵理想好几次打断她，她还不以为意地笑道：“哇，大哥这么向着女朋友，还没结婚就护得这么紧，结婚了那还了得？”

赵理想拿了一袋手撕牛肉撕开倒在盘子里，先拿起一块给年子：“你尝尝，这个是我们县城著名的特产。”

旁边的小侄子一把夺过牛肉：“我要吃！”

“小孩子不能没有礼貌，这块才给你……”

三岁小儿哇的一声哭了起来。

弟媳妇一把拉起孩子，在他头上打了一下，悻悻地说：“大伯以前是最爱你的，但现在人家有老婆了，你算老几？别哭哭啼啼地丢人现眼了……”然后，她就牵着孩子出去了。

年子很尴尬。赵理想也很尴尬。

赵理想的妈赔着笑脸低声道：“小孩子不懂事，你不要介意。以前大伯有什么好吃好玩的都是第一个给他，所以把他惯坏了，他妈妈又怀着孕，脾气差得很……”

弟媳妇看样子已经怀孕六七个月了，肚子很大，说是孕期一直呕吐，脾气很坏，全家人都得小心伺候着她。

年子有一搭没一搭地和那一家人聊了一会儿，借口上厕所，出去透口气。上完厕所，她并未马上回客厅，而是悄悄地溜出去看看。

赵理想家的这栋二层小楼很漂亮，贴着瓦红色墙砖，内部也装修了，一应家具齐全，外面还有一大片圈起来的菜地，整整齐齐地种植了各种蔬菜、瓜果以及乡下常见的蔷薇和红苕花等。

密密匝匝的黄瓜藤和丝瓜藤以及苦瓜藤纠缠在一起，上面密密匝匝地挂满了黄瓜、丝瓜、苦瓜。藤蔓下面还有两排番茄，有好几个番茄成熟了，沉甸甸地挂在枝头。年子随手摘下一个咬了一口，酸酸甜甜的，非常可口。

这时候，她听到藤蔓后面有说话声，声音很大，如闲话家常。

是弟媳妇在和几个邻居聊八卦。

“小曼，你大伯哥真的太幸运了，找了这么漂亮、家境又好的城里姑娘。据说城里的独生女结婚不但不要彩礼，还要陪嫁房子、车子、存款……”

小曼就是赵理想的弟媳妇。

小曼：“你也别太羡慕。找城里姑娘也不是那么容易的，得好好伺候着。这不，你们看我家大伯哥端茶倒水，跟伺候公主娘娘似的。我妈也一直赔着笑脸，生怕得罪了人家。”

邻居大娘：“小曼，叫你大伯哥也帮我的小儿子介绍一个呗，我的小儿子也在省城里做厨师，先后谈了好几个，都是和他一样打工的外地妹，外地妹还张口要二三十万元的彩礼。我们就想找个城里的独生女，有房子、车子的那种，至于相貌，不需要很漂亮，看得过去就行了，不敢跟你大伯哥比。”

小曼：“大伯哥自己是重点大学毕业，人长得也伸展（英俊），工作好，工资又高，一般人的确比不上。”

一个邻居又问：“对了，你们给那姑娘上门红包了吗？你婆婆包了多少钱？”

小曼一副惊讶的口吻：“还要红包吗？人家城里姑娘不兴这些的。我婆婆之前还问我来着，我说人家和我们这些穷人不同，你给少了人家看不上，还不如不给。”

“啊？简直太羡慕你们了，居然连第一次见面礼都不用给？”

小曼：“听说大城市的独生女多，剩女也多，她们最喜欢找大伯哥这种优质农村青年，都是姑娘倒追他，给他花钱，哪能反过来……”

年子没有继续听下去，悄然绕过藤蔓，看到了一丛开得极其茂盛的红玫瑰。她蹲下，伸出手掌，发现那玫瑰刚好和巴掌一样大。

赵理想走过来，站在她旁边。

她笑呵呵地说：“你家的小院子真漂亮。”

赵理想很高兴：“你喜欢的话，以后常常来玩。”

晚饭时间快到了，赵理想的父母要去杀鸡款待第一次上门的“准儿媳”。

鸡还没抓到，弟媳妇牵着儿子走过来，酸溜溜地笑道：“哟，你看，还是大嫂面子大。我怀孕都六个月了，平常想吃一只鸡，妈都舍不得，大嫂一来，马上就杀鸡。”

可能是怕激怒儿媳，赵妈放慢了追鸡的步伐，有点儿怯怯地赔笑道：“这鸡还真不好抓。”

赵理想几步上去，一把抓住了鸡，递给母亲：“这有什么不好抓的？”

小曼牵着儿子：“宝宝，我们今晚跟着你婶婶有口福了，待会儿你有大鸡腿吃了。”

赵妈很尴尬地提着鸡，可能觉得这儿媳妇说话不好听，但是又惹不起。反正城里来的姑娘大度，也不会跟她计较吧。

小曼拍了拍儿子的手：“宝宝，把这个大苹果送给婶婶吃。”

“不，我要吃。”

“乖，拿给婶婶吧，以后你可要靠着婶婶呢。”

赵理想听不下去了，拉着小侄子：“走，我们去拔鸡毛，大伯给你做个鸡毛毽子。”

小娃挣脱他的手，挨着妈妈：“我要吃苹果。”

小曼满脸假笑地道：“宝宝，以后你长大了就去城里读书。我们乡下没前途，什么都不好。大伯伯一年能挣好多钱，他自己用不完的。而且，婶婶家里有好多房子，以后你去跟着伯伯婶婶，一辈子也跟着发达了……”

小曼一家人第一次上门“摸家庭”的时候，媒人信誓旦旦地告诉他们一家人：你家大伯哥很出息，大伯哥一辈子都会帮着兄弟，你嫁过去就是享福。当时赵理想的父母也都在场，认同了这个说法，而且一再保证：大哥说了，一辈子都会照顾弟弟的。

于是小曼进门之前就认定了：大伯哥的钱有一部分天经地义是属于自己的！她觉得，这个道理要一开始就告诉未来的“大嫂”，免得对方以后不认账。

她半开玩笑半认真地说：“大嫂，我已经有个小子了，肚子里这个也是小子，留在乡下耽误了不说，长大了我们怕也娶不起儿媳妇。他爸没文化，不像大哥有本事，连家都养不起，这孩子以后得拜托你们了。”

赵妈心疼孙子，也在一边帮腔：“你们做伯伯婶婶的有能力，肯定会帮着自家侄子，自家侄子和亲儿子也没什么差别，以后孩子读书，真的需要到城里投靠你们。”

小曼也一再催促儿子：“宝宝，快叫婶婶，婶婶家里那么多房子，以后随便给你一套住，我们都跟着沾光。”

赵理想的脸色彻底变了。好几次他都想打断弟媳的话，可是又实在是难为情，不知道该怎么阻止。到后来，他已经涨红了脸，羞愧得无地自容。

年子却笑了笑，一副若无其事的样子。

小曼后来还絮絮叨叨地说了一些话，直到赵理想忍无可忍，找了个借口拉着年子走了。

年子根本不介意这些，笑盈盈地去看赵妈烫鸡拔鸡毛。

那是一只黑黝黝的大公鸡，鸡毛很漂亮，早已被拔下来干干净净地放在一边。年子随手拿起两片羽毛，大赞：“看到这鸡毛，我就想踢毽子了。”

赵理想松了一口气：“我给你做一个鸡毛毽子吧。”

赵理想很快拿小铜钱做了一个毽子，小侄子见状，立马冲上来，三人玩得很高兴。

那天晚上的晚餐开得很早，餐桌就摆在藤蔓旁边的院子里，有热气腾腾的土鸡汤、凉拌鸡、炒鸡杂以及几个小菜。一家人极其热情地招呼年子，年子也不客气，大赞了几句土鸡味道极好，城里就吃不到这么好的鸡。

赵理想立即说：“我明天再去抓几只，你带回去给你父母吃。”

赵妈：“是啊，我们乡下也拿不出什么像样的礼物，就给你爸妈带几只土鸡回去吧。”

小曼满脸不高兴："大嫂，你看你待遇多好，这本来是我坐月子吃的土鸡。"

赵爸一直沉默寡言，这次终于听不下去了："家里养了三四十只鸡，够你吃很久的。"

小曼酸溜溜地说："我这不是开玩笑吗？既然大嫂喜欢，我哪里敢争啊，抓两只给大嫂吧。"

她说"两只"这个词的语气特别重，态度也很明显：我才是这个家的主妇，我说了算。先进山门为大，你别一来就想反客为主。

赵妈立即示弱："那好，明天一早我起来杀两只鸡。"

年子微微一笑，说道："不用了，我爸妈都不喜欢吃鸡肉，我也不敢多吃。"

"哟，大嫂，你这么苗条还减肥？瞧，城里的大小姐就是不同，你看看大嫂身上穿的好衣服，是大牌子吧？还有这雪白的皮肤，大嫂，你用的什么高档护肤品？都是大伯哥给你买的吧？你命真好，不像我，你看我怀孕了还满脸的斑，就因为又是怀的儿子，所以越变越丑……"

年子早就看出来了，这个为老赵家生了两个男孩儿的女人（一个还在肚子里），完全是一副"大功臣"的姿态：你们都得顺着我，我有两个儿子，我怕谁？

小曼转向赵理想："大哥，你以后也给我买一点儿好的护肤品吧，你知道的，你弟弟又买不起，我们只能指望你。"

赵理想尴尬得想就地死去。事实上，他从来没有接过弟媳妇的话茬，完全不搭理她，可是架不住她一再自说自话。

年子当然早就看出来了，小曼这是感觉到了"外来的利益威胁者"，一定要先压制住这个"威胁者"。可是年子丝毫没表露出来，立即笑嘻嘻地说："没事，等你生了孩子，我送你一套合适的。"

"果然有钱人都大方，这样吧，大嫂，以后我的化妆品什么的，你都给我包了。"

赵理想只是埋头吃饭，后悔得心里在滴血。他觉得自己根本不该邀请年子来自己家里，只因为被姑娘挽了胳臂，特别激动，彻夜难眠，急于把这"好事"和家人分享……如果时光可以倒流，他真的宁愿自己一辈子也没有做如此傻的决定。

大家吃完饭时都快七点了，但夏日天长，太阳还明晃晃地挂着。

赵理想准备陪年子出去走走，年子却叫住小娃：“来、来、来，宝宝，我给你一个红包。”

那个红包是年子在后备厢里找到的备用红包，她偷空在里面塞了一些现金。

小娃拿着红包，当即拆开，掉出一沓钱来。

小曼眉开眼笑地说：“呀，婶婶果然是城里人，这么大方。宝宝，快谢谢婶婶，以后我和宝宝一定要牢牢抱住婶婶的大腿……”

赵理想的父母也很高兴，可能在想，这个城里的“准儿媳”真是太大方了。毕竟乡下姑娘第一次去男方家，不倒刮三层油就不错了，怎么可能给男方一毛钱?

赵理想看到那个大红包，脸色却彻底变了。

他沉声道：“虎子，这红包不能收。”

小曼一把从儿子手上抢过红包：“婶婶送侄子的礼物，这不是应该的吗？”

赵妈：“虎子，快跟婶婶说谢谢。”

年子热情地说：“给小娃的一点儿见面礼，拿着吧。”

小曼毫不客气地收了红包。

她们其实一直在试探年子的底线——第一回合就得把这城里姑娘压制下去——现在她们都放心了：这姑娘，果然对赵理想死心塌地！好了，原来传说是真的——找城里的独生女，不但不需要出一分彩礼，还会倒赚一大笔钱。

小曼、赵妈都满脸笑容。

年子这才向众人点了点头，极其礼貌地说：“叔叔、阿姨，你们的土鸡真好吃，感谢你们今天的热情招待……这不，天快黑了，我得走了。”

二老终于觉得有点儿不对劲了。人家姑娘吃了晚饭，给了红包，马上就要走了?

年子更客气了：“以后你们来省城，记得找我，我请你们吃饭。”

这话怎么听起来一点儿也不像是“准儿媳”说的?

赵理想慢吞吞地说："我跟你一起走。"

小曼大叫："大哥几个月没回来了，都不住一晚上吗？"

赵爸："明天再走吧，明天我和你妈早点儿起来，多杀几只鸡，一早杀了才新鲜。"

年子微笑，拿起手机看了看："谢谢你们的好意，不过我真的必须回去了，家里还有一点儿事情……"

赵理想阻止了父母的挽留，沉声道："我送年子回去。"

年子看他态度坚决，倒也没有推辞。

车子上了高速，一路上两人都很沉默。准确地说，是赵理想特别沉默。他好像早已预感到了什么，神情很是黯然。

年子好几次欲言又止，但是……罢了。毕竟若非情况特殊，她压根儿就没想过要去赵理想家（也不可能去）。

直到车子过了回程的高速收费站，赵理想才打破沉默："年子，我真是无地自容……"

他的语气里不仅仅有羞愧，更多的是悲哀，就像一个人明知会发生什么，却无力阻止的那种悲哀。其实，他想说：我家里人可以那么想，但是并不代表我也会那么想，更不代表我会那么做，甚至他第一次因为家人的态度而隐隐有些愤怒。

年子笑了笑："赵理想，你家的土鸡很好吃，小院子也很美。如果以后有机会，我还想去做客……"

做客，她说的是做客。

其实从她亮出大红包的那一刻起，他就明白她的意思了——她不愿意嫁给他，自然不占他一毛钱的便宜，甚至可以多给一些好处，算是弥补。

他忽然情难自禁，内心无比悲愤。

"读大学的第一天起，我父母就反复告诉我，说弟弟没读书，没出息，以后我出息了一定要多帮衬弟弟……听多了，我也当真了。然后小侄子出生，父母又说，以后养小侄子就是我的事了，毕竟我弟弟挣不到钱。为了帮衬他们，我那些年一直节衣缩食，也成了习惯。直到某一天，我忽然意识到，我也有权利过正常的生活……"

他说的某一天，就是遇到她的那一天。他对姑娘一见钟情，却觉得捉襟见肘，当然从不敢表露感情，私下里联系都不敢。

有一次方胖子请大家喝酒，赵理想可能是多喝了几杯，谈起心中的女神，说是一个有一面之缘的姑娘！因为自己没房没车，穷得他都不敢向人家要微信号。

方胖子当时就告诉他："兄弟，你这样是不行的。你不能一辈子挂着一家老小，毕竟你弟弟是一个家，你自己是一个家。'凤凰男'的名声，了解一下。如果你被贴上了'凤凰男'这个标签，以后想要找个可心可意的姑娘，纵不说是难如登天，至少会很困难。"

方胖子还说："你帮你弟弟买了房子、娶了妻子，早已超额完成了身为大哥的义务，至于别的要求，你就可以不搭理了。没道理你这一辈子必须为他们而活着！而且你现在单身，影响不大，可以后你要是结婚了还这样的话，不但老婆怨你，孩子都怪你——谁做你的孩子谁倒霉！你真的愿意成为这样一个标准的'凤凰男'吗？"

方胖子对他的影响很大，毕竟大家是朝夕相处的同事、哥们儿，他见识了别人不同的生活，一定会潜移默化地被改变。

而且，他是个本性善良的聪明青年。从那时候起，他开始自己攒钱，加上运气好，收入得到了飞速提升。于是他才按揭给自己买了一套小房子。其实按揭房子这事情，他到现在都没告诉父母——潜意识里他是害怕的。他怕他们觉得他替自己考虑太多，是不是太自私了。至于那三十万元奖金，他更是不敢提，一旦说了，他们会马上要求自己拿回去给弟弟买车子、养孩子。至于他，怎么配私下存钱呢？他私下里想的是要留装修费，待房子到手了，好好装修，好歹在这座城市有个家。然后买一辆车子，他约姑娘的时候，不至于风里雨里，甚至反要姑娘开车送自己回家。

现在想来，他真是可悲，一如自己还坐在姑娘的车里才能返程。

赵理想自嘲地笑了笑："为了省钱，我现在的被子、床单还都是大学时用过的，也没什么衣服，更不敢有什么奢侈享受，甚至租房子我都是跟人合租，以至于从来不敢带姑娘去自己住的地方……"

他都没个清静地儿，想和姑娘亲热一下都不行。其实以他的收入，他何至于此？

"方胖子说得对，我不能一直把弟弟一家背在身上负重前行。久而久之，他们成了习惯，以为我养他们是天经地义的事。”

今天他觉得自己的父母和弟媳妇的态度已经充分说明了这一切——你娶媳妇可以，但是你不能忘了养家（弟弟一家）的责任！最好你的媳妇帮着你一起养我们！

哪个正常的城里姑娘会睁着眼睛跳这样一个火坑？

“年子，我很羞愧。可是我发誓，我以后绝对不会如她们所言。”

不知怎的，年子忽然有点儿同情他。每个人都无法选择自己的出身，但是可以在漫长的旅途中自我校正。如果一个人永远无法校正，那也没法了。

可年子不知道该怎么接话，只是微笑着道：“赵理想，我先送你回去。”

赵理想看了她一眼，也没再说什么。因为他发现这姑娘脸上从来都是和善的笑容，无论什么情况下，她都不会给人难堪；无论人家说了什么难听的话，她也不当众发作。

他敢打赌，她可能刚听了弟媳妇的那几句话就想走了，可是她没有，而是耐着性子，谈笑风生地和一家人吃了晚饭，这才合情合理地找借口离开。

这是他见过涵养、家教最好的女孩儿，礼仪、分寸都恰到好处。

可是年子想，那是因为他并不真正了解自己，随时破口大骂卫微言，了解一下。

不是泼妇的人，当然不会随时痛骂别人。但有些人非骂不可。

终于，车子停在了一个老旧小区的门口。小区距离他上班的地方很近，但是那种连物管都没有，只有个看门大爷的小区。当地人早已搬出去了，租住在这里的人绝大部分是打工仔或者外地来讨生活的小贩。

这是年子第一次到赵理想租住的地方。若是以前，她会觉得匪夷所思，但是今天，她特别理解，甚至隐隐有些同情他。不过他已经买了房子，迟早会彻底脱离这样的处境。

下车的时候，赵理想慢吞吞的，好像要说什么，可终究只是低声说：“年子，你路上小心点儿。”

她和颜悦色地跟他说了声“再见”。

赵理想进了小区门，随即又悄悄出来。他看到姑娘的小车已经熟练地掉头，往相反的方向开去——她和他并不顺路，她是特意送他的。

红灯的时候，车子停了下来，他忽然有些冲动，很想跑过去告诉她几句话，可是他刚跑了几步，就颓然地停了下来。绿灯亮了，那辆不起眼的小车很快就消失在了车海里。

年子回到家时已经晚上十点半了。她停好车，冲进小院子，第一件事情就是去狗窝边——本着越是危险的地方越安全的原则——年子看到那两块藏在狗窝下面的小坑里的大宝石完好无损，终于松了一口气。

毕竟这玩意儿要是被偷了也不太好。但是金毛大王老神在在的神情明白无误地告诉她：谁来偷我的宝石，我就咬死他，安全着呢。

年子还没进卫生间，李秀蓝就回来了。

年子听到声音出去："妈，你们才回来啊？"

"你爸的一个老同学来这里出差，今晚的飞机回去，我们请对方吃了个饭，饭后你爸送同学去机场，我先回来了。年子，看样子你也才回来？对了，你们今天不是去L县了吗？如何？"

"一切都很顺利。我还顺便去了一趟赵理想的家。"

李秀蓝有点儿意外："赵理想如何？"

年子便把大致情况讲了一下。李秀蓝听完，叹了一声。

年子坦然地说："我看到他的弟媳妇，当时真的很震惊。妈，你知道那种感觉吗？真是不好形容……"

年子真的感觉小曼把她自己当成大伯哥的大老婆了，任何后来的人都是闯入者，侵犯了她和她孩子的权益，必须被赶出去。

李秀蓝缓缓地说："这便是典型的升米恩斗米仇。你做得越多，别人越是习以为常。某一天你不想做了，或者负担不起了，享受你恩惠的人不但不感激你，反而怨恨你，觉得你凭什么不继续资助我了？"

人们怕的其实不是"凤凰男"本身，而是"凤凰男"背后的一大家子，红着眼睛，总有一天把人吃得尸骨无存。

李秀蓝正色道："既然这样，以后你就不要再是模棱两可的态度了。你给人假希望其实是伤害别人，不如痛快点儿！"

年子肃然道："好的。"

年子洗了个澡，躺在床上，拿起手机，这才满血复活一般。

癞蛤蟆的头像又开始闪个不停。自从暴露之后，那个无耻的小号索性破罐破摔，直接把头像改成了癞蛤蟆……

对方接连不断地发来五毛红包，年子点到手都软了也收不完。

“小姐，你今天跑哪里去了？怎么一直不讲话？”

“小姐，你又请谁吃饭去了？小心被吃穷了。”

“小姐，我发几个新闻给你看。”

对方发来一大堆截图、文字、链接……全是各种城里姑娘嫁给了“凤凰男”：有的被“凤凰男”算计了房子；有的生了女儿被“凤凰男”一家人嫌弃、暴揍，最后离婚，甚至净身出户；有的因为“凤凰男”丈夫养“小三”闹了几句被丈夫杀了；有的是被公公婆婆杀了；有的被浇上汽油烧了……

有一张很清晰的图片，好像是某一位大学女老师，因和公公争吵，被公公几刀砍断了脖子。血淋淋的图片，看着很吓人，令年子想起今天中午被杀掉的公鸡。

年子火冒三丈，直接发语音破口大骂。

“卫微言，你简直是一个活体傻子，你发这些有意义吗？你妒忌就明说，可是来这一套有什么意义？”

对方立即欢呼：“哈哈，小姐，你终于有空理我了？”

“赶紧来把你的两个破玩意儿拿走。放在我这里，不好保管不说，还得随时担心丢了。再说，你又没有给我保管费。”

“除非你不再和那个谁吃饭！”

年子气得笑起来：“我就要天天和他吃饭，你咬我啊？你惹毛了我，我直接把那两个破玩意儿送给他，你信不信？”

然后，对方没有回复了，可能已经被气傻了。

年子也不再搭理他，毕竟奔波了一天，扔了手机就呼呼大睡了。

方胖子第一次去柏芸芸家里，本着丑女婿总有一天要见老丈人的态度，带了许多礼物，吃的、玩的，然后还有一条中华、一箱茅台——不是一瓶，是一箱。

一家人看到这一堆东西时，饶是早已盘算好了要趁机大开口要彩礼的婆媳二人也不怎么吭声了。

大家极其客气地给方胖子端茶倒水，请他上座。因为他们从他开的车子，还有他给小孩、老人的红包判断——这胖子挺有钱的。有钱之人，走到哪里都受人高看三分。

柏芸芸的弟弟亲自去抓了鸡鸭，弟媳妇和柏妈杀鸡宰鹅做饭，晚上，极其丰盛的农家菜肴摆了满满一桌子。

方胖子十分健谈，见人说人话，见鬼说鬼话，逗得这一家子老老小小十分开心。可柏芸芸老是惴惴不安，怕父母狮子大开口。

终于，酒过三巡，柏父提到了最关键的问题："小方啊，你们打算什么时候结婚啊？"

婆媳二人立即交换了一下眼色，都竖起耳朵，最关键的彩礼问题终于要出现了。

柏芸芸好生紧张，停下筷子，看着方胖子。方胖子笑嘻嘻地说："我们初步打算是国庆结婚，或者先领结婚证。"

"婚房这些都有吗？"

"房子、车子都有。"

弟媳妇忽然问了一句："婚房加大姐的名字了吗？"

柏芸芸立即低声道："那是人家小方的父母早就买好装修好的房子，我一毛钱没有出，加什么名字？"

弟媳妇不以为然，可是还没等她再开口，方胖子笑嘻嘻地又说："我父母买的房子，我没法做主。不过我们打算领证后再买一套小户型房子，算是投资，这房子只写芸芸一个人的名字，她拿着收租金。"

一家人顿时瞪大了眼睛，一副"哇，这人真是个'土豪'"的表情。

弟媳妇："大姐，你看你找了这么好的对象，彩礼一定不会少的吧？"

弟弟瓮声瓮气地说："我们本地的规矩，彩礼起价是十八万八；我大姐读了大学，长得也漂亮，最少得三十八万八……"

弟媳妇打趣道："三十八万八都是小看大姐了，事实上，我大姐是我们附近几个村里唯一读了重点大学的人。对了，是什么双一流大学来着，我虽然不懂，但知道很牛，据说大姐现在月薪一两万了，其实彩礼五十万都不多，真的……"

柏芸芸简直恨不得找个地缝儿钻进去算了。

方胖子一副笑眯眯的表情，也不忙着说话，只是端着酒杯看着准老丈人。

柏父放下酒杯，瞪了儿子、儿媳一眼："你们别乱说话了。"

然后柏父转向方胖子说道："你别听他们胡说八道，现在都不兴卖女儿了。女儿、儿子都一样，都赡养父母，不存在非要大笔彩礼的情况。只要你对芸芸好，以后不要出去搞三搞四的，不要打她，一辈子善待她，这就是最好的彩礼了。"

弟媳妇急了，拼命给婆婆使眼色。

不要彩礼？这老头儿是不是吃错药了？哪家人嫁女儿不要彩礼的？

柏妈也急了："老头子，你是不是喝多了？"

"我没喝多，清醒着呢。小方，实话告诉你吧，芸芸是个善良孝顺的孩子，每个月给家里钱。现在她要结婚了，我们再拿高额彩礼，那就不合适了。这样吧，虽然我们也没什么钱做嫁妆，但是我们给芸芸做二十床最好的棉花被，杀两头大肥猪……"

婆媳俩儿急坏了，老头子恶狠狠地瞪了她们一眼："闭嘴！"

二人不敢讲话了。

柏芸芸的弟弟可能是很少见父亲这么凶，也不敢吭声了。

老头儿慢吞吞地说："我们大哥（柏芸芸的大伯）的女儿难产而死，尸骨未寒，男方一家为了退彩礼，现在还跟我大哥打官司。要了彩礼，到时候还麻烦。"

老太婆梗着脖子说："这能一样吗？芸芸比她大姐强多了。"

老头儿大怒："你看看大哥两口子，自从他们的女儿死后，过年过节有一个人来看他们吗？有人买一件衣服半斤肉吗？他们的大儿媳妇上次打大嫂，你忘了吗？要是他们的女儿还活着，她敢打吗？"

老太婆立即闭嘴了。

可弟媳还是一副愤愤的表情，毕竟少了这笔彩礼，她觉得自己是最大的"受害者"——婆婆早已答应她了，拿到大姑姐的彩礼，先给他们买辆车，剩下的就给孙子存着读书用。

现在，她岂不是竹篮打水一场空？

自己娘家都要彩礼，凭什么到了大姑姐这里就不要了？公公破坏规矩，这还了得？

一直笑而不语的方胖子终于开口了，他当然把每个人的表情和反应看得一清二楚，很认真地说：“爸，你通情达理不要彩礼，我非常感激。但是呢，娶妻就得按照江湖规矩来，毕竟几千年传统都是这样。这样吧，我们也不说什么彩礼这些了，我和芸芸孝敬你们二老十二万，你看如何？”

他们孝敬十二万！

注意，这不是彩礼，纯孝敬！也就是说他们不要一分钱陪嫁的。

婆媳俩儿顿时双目放光，喜出望外。

人的心理就是这样：她们听得老头子说不要彩礼的时候，以为方胖子必然顺水推舟一分不出了。现在忽然听到凭空又多了十二万，她们当然就兴高采烈了。

方胖子继续道：“芸芸跟我结婚之后，照样按月给你们养老的钱，毕竟赡养父母是应该的。以后二老生病什么的，我们和弟弟一起承担，保证让二老老有所养……”

他们一辈子都赡养二老！

众人一听这话，更是高兴坏了。

婆媳俩儿都是头发长见识短，总以为女儿一旦结婚，就去帮男方家里挣钱了，反正以后得不到什么好处了，所以必须在婚前大捞一笔，如此方不“亏本”。可现在听到方胖子这么说，一个个简直眉开眼笑了。

这嫁出去的女儿并不是泼出去的水啊，以后她也会承担父母生老病死的责任，而且她还不会回家分这房子。

柏父端起酒杯，长叹了一声：“小方，你们年轻人也不宽裕，量力而行即可，不需要非得给这么多。”

“孝敬父母是应该的，爸，你放心好了。”

人精如方胖子，心里当然早就有数。如果这一家子死命追着，蛮横无理地非要彩礼不可，那么他真的一毛钱都不会给。毕竟谁规定他必须白给他们一笔钱了？

但是老头儿的态度，令他相当有好感。

对蛮横的人，他不想理，但是对善良的人，就要以善良的态度对待了。出这十二万元彩礼，他纯属心甘情愿。

因为他也事先了解过柏芸芸家里的情况，他们七拼八凑地为儿子娶媳妇后，经济很是紧张，渴望彩礼的心情可想而知。

毕竟这钱对他来说不算什么压力。有能力者，甚至捐赠素不相识的陌生人，他有余力帮一把父母亲人也无可厚非。冲着老头儿的面子，他也得给。

老头子叹道："以前芸芸就说你好，现在我放心了，她嫁给你，以后不会吃苦的。"

"谢谢爸，你们放心好了，我保证善待芸芸一辈子。"

弟媳妇忽然道："不对啊，大姐这才第一次带男朋友回家，事前保密工作做得滴水不漏，我们都不知道大姐有男朋友了。爸，你怎么早就知道的样子？"

老头儿冷冷地说："我是她爸。"

我是她爸，你算老几？凭什么我知道的，你就得知道？

儿媳妇不敢吭声了。且因着十二万元现金，她也不敢说任何不敬的话了。

这一顿饭一家人真的是谈笑风生，吃得不亦乐乎。饭后，弟弟说有个手机游戏弄不来，找方胖子帮忙，方胖子欣然帮他指点，还给他下载了好几个新的游戏，但见他微信余额才几元钱，当即给他转账几千元，悄悄地告诉他，有个私房钱，偶尔买点儿什么不用凡事向老婆伸手而挨骂。弟弟顿时觉得这姐夫简直英明神武，大方又善良，跟他越聊越高兴……

柏芸芸却悄悄地走了出去，看到父亲站在葡萄架下面抽叶子烟。

她走到父亲面前，忽然伸出手抱了父亲一下，声音有点儿哽咽："谢谢你，爸……"

老头儿可能是第一次被女儿抱，很窘。

柏芸芸也很快松了手，退后一步："爸，谢谢你。"

老头儿只是笑了笑，不知道怎么和女儿聊天。和许多上了年纪的中国男人一样，他其实并不是不爱子女，只是早已习惯了严厉地对待子女。

养家糊口，他把孩子们养大就行了，至于爱，从来都不知道如何表达。尤其是对女儿，他们基本上从未有过亲昵沟通的时候。

过了好一会儿，老头儿才定定地看着柏芸芸："芸芸，我只叮嘱你一件事情，结了婚也要工作。你没有工作，以后时间长了，就会说不上话的……”

老头儿讲不来什么“经济独立、人格独立”的大道理，但是知道“没工作以后说不上话”这个朴素的道理，为人父母者，其实都知道这些。

花了钱供养女儿读大学受高等教育的父母，可以说基本上都是希望女儿能有一份稳定体面的工作，有固定收入！

柏芸芸低声道：“爸，你放心！我以后也会努力挣钱，努力工作，等你和我妈老了，如果和弟弟他们合不来，我就接你们到城里去，让你们安度晚年。”

她早已盘算过的，自己薪水不低，过些年多攒一点儿钱，买一套小户型房子，哪怕三四十平方米，父母老了也有个落脚点。

老头儿放下烟斗：“芸芸，你好好过你的日子。我有分寸的。小方那十二万元，有就给，没有也无所谓。如果他真的给了，你就只给你妈六万元，其余六万元你自己拿着！女孩子手里有几个活钱才好，你在大城市里到处都需要用钱……”

他压低了声音道：“我现在还能挣钱，身体也不错。这两年你不用给我们什么钱，也得顾着自己。如果你妈向你诉苦，你不要听她的，她是故意卖穷。如果以后真的有什么难处，我会向你开口的。现在你得先顾好小家，毕竟成一家人了就得有一家人的样子，小方对你好，你得跟他一条心！”

这是柏芸芸第一次感受到父爱。

柏芸芸带方胖子回家之前，真的是前怕狼后怕虎。后来她索性给父亲打了一个电话，第一次在电话里和父亲长谈。她明白无误地告诉父亲：自己在城里很艰难，买不起房子，买不起车子。现在城里的男生也极其挑剔，很看重女生的家底。如果自己家里一毛不拔还要问人家要大笔彩礼的话，她绝对找不到什么好人家，以后年龄被拖大了，就成剩女了。毕竟男人也不都是扶贫办的，没人愿意给人白花花的一大笔钱，无论她找什么借口和理由都不行……她告诉父亲，自己就算结婚后也一定会工作，每个月给家里钱。然后就算男方不给彩礼，自己也一定会攒一点儿钱，替父母减轻负担……

有人说，你一定要学会在父母面前示弱，让他们知道你的难处，而不是一味吹牛。他们知道了你的难处，自然多多少少会体谅你。可你要是一直吹牛，让他们误以为你混得风光无比，他们又怎么会体谅你呢？

柏父可能是明白了女儿的处境，加上侄女尸骨未寒，所以直接松口了。

尤其是他在侄女死后，目睹大哥大嫂的处境，更是觉得寒心——某一天，大哥的儿媳妇因为责怪婆婆没有看好孙子让孙子吃了一嘴泥，做的饭又不好吃，二人吵起来。吵着吵着，儿媳妇就推搡婆婆，把婆婆一把推到地上，好半天起不来。

事后他大嫂偷偷地哭了好几场，也不敢多话，因为儿媳妇放言："你再多话就滚出去。哪里好待你待哪里去，没人求你待我这里。"

老夫妻俩儿已经没别的指望了，当然只好忍气吞声。

有一次，他的大哥悄悄告诉他："老二，你千万不要把你的女儿给逼死了。逼死了，这也就是你的下场！养儿子说着好听，但究竟好不好谁老了谁知道。养女儿，至少还有个尽头；但养儿子那是没有底的，你养大儿子还要给他娶媳妇，还要帮他养儿子……一天不死，你一天都得帮他出钱出力。至于要他们反过来好好孝敬你，给你养老，通常是不存在的。人家以为这些都是你应该做的，连感谢的话都不会给你说一句。不骂你算不错了。但是呢，女儿就不同了，女儿就算外嫁了，至少不继续啃你了，而且逢年过节至少给你买几斤肉、几斤糖果，对吧？"

老头儿彻底被震动了。随后老头儿私下里还给女儿打了好几次电话和女儿沟通。然后他告诉柏芸芸不必担心，自己不要彩礼，只要女婿好，让她今后的日子好过，家里一分彩礼也不要。他还让女儿放心："你妈她们不敢多话的，有我呢。"

一家之主发话了，柏芸芸这才敢带方胖子回家。

眼看母亲、弟媳妇刚刚提出要求就被父亲"镇压"了，柏芸芸是由衷感激，第一次体会到了一点儿父爱，如何不百感交集？

父母有不合理的要求，我们要适当拒绝。但是父母爱我们，我们得加倍回报。

一觉醒来，年子惊觉自己发财了。

她走到小院门口，看到一个大大的塑料袋，打开来，里面是一层厚厚的塑料泡沫，撕开泡沫，还有一层厚包装膜，撕开包装膜，一个小盒子露了出来。

这俄罗斯套娃似的包装，简直快把年子惹毛了。她揭开小盒子，看到一枚戒指——货真价实的戒指。

但戒指是自制的，一层金属铁环，环着一颗大拇指盖儿那么大的黄色宝石，旁边还有几颗小一点儿的黄蓝宝石。

宝石下面还有一层塑料布，年子将其揭开，里面躺着一张卡。

年子拿起盒子，想也不想，直接去骂“癞蛤蟆”了。

“喂，你又送几个破玩意儿来是什么意思？”

“咦，不是小姐你哭着喊着求我再送几个吗？你说，要是我不多送几个当保管费，你就不要那两块大的了。”

“小姐，我暂时没有大宝石了，就这几个小玩意儿凑合着吧。”

年子：“……”

他又发来网银的账户和密码。

“喂，癞蛤蟆，你什么意思？你还真的要付分手费了？我告诉你，若是分手费的话，你这太少了，我看不上！”

“你都不查一下账户，怎么知道太少了？”

年子：“……”

“小姐，说点儿正经的事情，我明天要外出了，可能这一次要离开很长一段时间……”

年子立即问：“去哪里？”

“国外走一圈儿。”

她忽然想起云未寒的话，本想问一句：你和你那个什么女同事一起去吗？

可是，她竟然没有问。不知怎的，她不想问，又有些愤愤然，只翻出云未寒发来的几张图片反复地看。只见图片上，卫微言和女同事谈笑风生，年子竟然越看越生气，越看越觉得他俩暧昧有鬼。

这弱智不是一直面瘫吗，怎么在别的女人面前笑得那么开心？现在他还要和这个女人一起出去？他们去干吗？旅行？公干？或者他们真的是要一起出国工作，长期定居，然后再也不回来了？

妒忌的情绪竟然如毒蛇一般，嘶嘶地蹿上来。可是，自己明明早已跟他分手了啊，而且是自己主动坚决要分的，直到现在，她也没有想要和他复合。

年子扔了手机，不搭理他了。

他要滚就滚，谁稀罕呢？年子又伤心，又沮丧，躺在懒人沙发上，竟然昏昏欲睡。

突然金毛大王汪地叫了一声，年子坐起来，揉了揉眼睛，看着小院门口。她走过去打开门，后退一步，诧异地看着来人。

来人居然有点儿脸红，因为他手里抱着一束花。

这简直是生平第一次。神奇的是，他抱的不是什么红花、百合，居然是一束绿色的鲜花。年子平常很少见到绿色的花朵，但仓促之下也来不及细看。

他先环顾四周，低声道："你爸妈不在家吧？那啥……我想，这时候他们可能也不在家。"

他分明是专门挑选上班时间过来的，就怕遇到二老。毕竟那事情发生之后，他很清楚二老已经不那么欢迎自己了。

他把花递过来："给你。"

年子没接，再次后退几步，有点儿手足无措。

也不知怎的，她在网上和他对骂时切换自如，游刃有余，真的面对面站着了，反而尴尬万分，什么话都说不出来。而且，这厮破天荒地送她花，所为何事？

二人就这么相对沉默，气氛很尴尬。

"年子，这花……"

"不要。"

"我向你赔罪。"

"不用！"

卫微言只好走过来，把花放在茶几上。

年子终于把这束花看得清清楚楚了。这一看，她又觉得哭笑不得。这哪里是一束花啊，分明是一束"菜花"——一朵一朵的西蓝花被巧妙地组合在一起，成了一大束"鲜花"。我去，难怪她第一眼看见就在诧异这绿色的花哪里来的，原来是花菜。

卫微言随着她的目光看过去，好像也有点儿紧张："那啥……你觉得这花好看吗？”

年子扑哧一声笑出来，继而又板着脸道：“不要，你自己拿回去炒着吃！”

卫微言怔了怔，也呵呵笑起来。

“说真的，我在花店第一次看到这花时觉得好特别。年子，你不觉得这花特别有意思吗？”

他居然还真的是在花店里买的这花？难道这不是他的恶作剧？年子感觉好震惊，竟不知道花店还卖这种“花”！

他瞥到那小盒子，轻描淡写地说：“你们不是去L县走了一趟吗？我看到报道了，你捐赠了那么多图书，估计也没钱吃饭了吧？”

年子满不在乎地说：“我有稿费！而且我啃老！”

“得了吧，几十岁了，你还啃老！”

我不啃老，啃你吗？

年子大言不惭地说：“我不啃老也饿不死！我大四起开始写稿子，生活费陆陆续续是挣够了的，就算不发财，再不济也饿不着！！！上个月起，我的稿费重新回到一万元以上了。”

“这么有钱也没见你主动说包养我！”

年子：“……”

卫微言似笑非笑地说：“上个月起才回到一万元的？这么说来，之前都是几千元？不对啊，以前你不是告诉我月入七八万元吗？为什么暴跌这么严重？因为失恋，破罐破摔？”

年子真的恼羞成怒了。可是也不知怎的，在微信上她可以很麻利地爆粗口骂他，和他面对面时总是骂不出来。

“年子……年子……”他抱起那一束巨大的“菜花”递过去，“你真的一点儿也不喜欢吗？”

年子没吭声。

“唉，这可是我第一次送你鲜花，你居然看不上。算了，我还是扔掉好了……”

年子抬起头，眼睁睁地看着他伸手，毫不留情地抓起中间的一朵“花”——好好的一束“花”，就这么被他破坏了。她又气又急，可又赌气，心想：随你吧，谁喜欢你的破花了？弄烂了就算了，她再也不要跟他讲一句话了……可是下一刻，她便睁大了眼睛。

那一朵被拿开的菜花并不是被抓烂了，而是露出了大大的空间。那空间里面，是一盒心形的手工白色巧克力。他变戏法一般拿起巧克力，笑眯眯地说："喜不喜欢？"

她接过巧克力，怔怔地说："你怎么知道我喜欢白色的巧克力？"

他满不在乎地道："你读高中的时候，因为特喜欢吃白色巧克力，一度胖到了一百二十斤，是不是有这事？"

读高一的时候，爸爸去日本出差，带回来几盒巧克力，她第一次吃这种巧克力，特喜欢。于是年爸爸就千方百计地拜托其他同事，陆陆续续带回来几十盒巧克力。就是那一个学期，年子的体重直接飙升到了一百二十斤。当然，随后她再也不吃了，到高三的时候，体重又恢复到九十多斤了。

"我翻你以前的照片时，发现你有一段时间好胖，哈哈，胖得眼睛都变小了，不过还挺可爱的。"

"那你还送我巧克力？"

他瞄了她一眼："你现在太瘦了，多吃一些补补也好。"

年子："……"

"偶尔吃一些巧克力是没问题的，你记住，一天只能吃一个，最好别多吃。吃多了甜食发胖是小事，主要会诱发某些疾病，比如糖尿病。糖尿病又会引发高血压、脑梗以及各种稀奇古怪的病，然后，你就会百病缠身了！"

不知怎的，年子拿着这巧克力，想要骂他的话也骂不出口了。

他看到茶几上的小盒子，随手拿起一颗小宝石。年子低声道："你把这些东西都拿回去吧，我不要！"

"我这段时间不在家，你给我保管着。"

"我干吗要帮你保管？"

卫微言慢慢收敛了笑容："年子，我今天来，其实主要是为了一件正事。"

年子嘀咕道："你不是已经说了'正事'吗，还有什么别的正事？"

"若是云未寒再来找你，你千万不要搭理他！"卫微言说得很是慎重，"无论他说什么、做什么，你都万万不可搭理他。尤其他若是提出要带你去什么地方看什么东西，你就更别搭理他了。”

年子慢吞吞地说：“他还要对我不利吗？”

卫微言摇了摇头：“这世界上，每个人的立场不同就导致了看法不同。也许在云未寒本人看来，这不见得是什么不利的事，但是在我看来，这是绝对不行的……”

他一字一顿地说：“年子，我虽然早前的确是有目的地接近你，但那更多的是一种观察的兴趣。事实上，我从来没有接触他们那一项所谓的研究，以后也不可能接触！”

年子的心忽然狂跳起来。她忽然脱口而出：“那你是因为喜欢我吗？”

他呵呵地笑起来，居然有一点儿脸红，也不回答，只是伸出手一把搂住了她。

良久，他松开手：“我这次外出的时间较长，大约三个月，年子，等我回来……”

也许是因为他如此温柔的声音，也许是因为他这样的拥抱，也许是因为他送的巧克力和西蓝花……尽管他已经离去，年子还是觉得四周散发着那个灰色人影留下的淡淡的干净气息……

她摸了摸自己的脸，忽然咯咯笑起来。自从上次和他决裂之后，她第一次真的“如释重负”了。

第十五章

落入云未寒的陷阱

自年子从赵理想的老家回来之后，二人的联系就少多了。赵理想发过几次消息，但年子都没怎么回复。妈妈的告诫言犹在耳：不要给人假希望！当断不断，反受其乱。

人家明明是在追她，她若是假装当对方是普通朋友，就太那啥了。赵理想明白了她的态度，渐渐地也就不怎么联系她了。

年子免去了没有意义的频繁“约会”，时间充足了，心态平和了，发稿量也渐渐上去了。最近半年，她从专栏慢慢地转型写一些中篇故事，可能是运气来了，其中好几篇成了小爆款。

这天午后，年子昏昏欲睡，准备眯一会儿就起来码字。可是她刚趴下就听到消息提示声，编辑发来消息：“年小明，好消息。有个影视公司想买你前段时间写的那几个中篇故事，五个一起打包，给一百万元，你卖不？”

年子看到“一百万元”这几个字，顿时睡意全无，跳起来，发语音吼了一句：“真的吗？真的吗？”

她又飞速打字回复：“卖啊，怎么不卖？你快给我卖了……”

“年小明，你可能不知道行情。那些爆红的作者，一部中篇也能卖出一两百万元，你这是五个一起一百万元，也就是说，这价格其实很低……”

“管他呢，先卖了再说，卖了我再写新的。”

“好吧，有创造力在，就不怕。我们编辑的意思其实也是先卖了为好。”

一个多小时后，年子便把授权书快递出去了。忙完一切，她忽然倒在懒人沙发上打了一个滚儿。一百万元！居然卖一百万元！虽然分成后还要扣税，实际上到她手里的钱也所剩不多了，可那终究还是一笔大数目啊。

她兴奋得立即在家庭群里和爸爸妈妈分享了这个消息。李秀蓝很快回复了一排大笑的表情。年爸爸也回复了一排惊喜的表情。

“呀，我们年子能挣大钱了，真是了不起！”

她神气十足地说：“等拿到钱，我请你们去国外旅行一趟。”

二老：“好呀、好呀。”

这时候，小院的门铃声响了起来。年子放下手机跑去开门，就看到林 A。

跟上次相比，林 A 这次显得精神多了，穿一件比较鲜艳的连衣裙，还化了妆，又是淡淡的贵妇风了。

年子问：“顺利离婚了？”

林 A 把手里的一个大礼盒放在一边：“年小明，我是专程来感谢你的。”

年子哈哈大笑：“不用啊，你能重生就是好事。”

林 A 叹了一声，又笑起来：“说来也奇怪，当初我被猪油蒙了心，怎么都不肯离婚，自认为拖也拖死‘小三’和渣男，觉得离婚是成全他们。可后来真的离了，我反而觉得浑身轻松。年小明，你说得对，不再天天看到那坨屎，不再天天和他恶斗，我真的是彻底解脱了。”

林 A 的老公不是第一次出轨，“小三”“小四”“小五”轮着换已经好些年了。好在上一次林 A 通过爱情药，在“甜蜜期”从老公手上慢慢地得到了不少财产，要不然这一次离婚，她绝对严重受损。

她恨恨地说：“这些年渣男已经转移了公司的大半财产，到真的离婚的时候，居然分不出什么像样的钱来。年小明，你知道吗？我查到渣男三个月前给新‘小三’打赏了八百万元……八百万元啊，我可能这辈子加起来也没在自己身上花这么多钱，可是渣男眼都不眨一下就打赏给‘小三’了……”

要不是她动手快，真的要净身出户了。但是现在她已经不在乎了，直接离婚走人了。

她分到了几套房子、一栋写字楼、几百万元现金，虽然没有理想中那么多资产，但是至少后半生无忧了。

"年小明，你说得对，离婚真的是这社会给女人的福利。若是以前，男人打你、骂你，还一毛钱不拿回家，你也没法离婚，现在好了，离开他，我真的神清气爽了。"

她再也不用半夜三更等他回家，再也不用闻他满身的酒臭，再也不用管他吃不吃饭、换不换衣服，再也不用想起他和别的女人翻云覆雨就恶心，甚至再也不用因为他的背叛而自我惩罚，最后变成一个彻头彻尾的怨妇……

林A离婚后，旅游、美容、健身，还报了一个学习班，准备今后多参加一些慈善活动，终于从一群怨妇中彻底解脱了出来。年子很为她感到高兴。

二人闲聊了一阵子，林A忽然问："年小明，你还有那种爱情药吗？"

年子摇头："上次你也知道的，因为冷C逼迫，我早已彻底将药毁掉了。不过，你现在还需要这种药？"

林A迟疑了一下，说："其实不是我自己需要，我是帮别人找的。"

原来这才是林A今天来的主要目的。

"年小明，实不相瞒，问我要这东西的，是薇薇的一个朋友。"

薇薇的朋友其实是她直播平台的当家花旦之一，在网上的花名是"花九儿"。

花九儿这两年红极一时，据说是很多"富二代"争相打赏的对象。但是年子觉得很意外，这个花九儿已经貌美如花了，还需要爱情药？

"我能和渣男顺利离婚，也多亏了薇薇没有插手这事。若是她插一脚，你知道，我是惹不起她的。"

所以，花九儿问这药，林A就不好推辞了。年子暗叹：有势力的人就是好，哪怕不帮着作恶，人家都觉得已经欠人一个人情了。

"其实我怀疑是薇薇需要这药，她自己不可能找我，于是假手花九儿来问。"

薇薇所到之处，男人蝗虫似的扑上去，她还需要那种药？纵然薇薇需要，直接找云未寒要不就行了，怎么可能辗转问到林A这里？

年子摇头："无论谁要，都没有了。你告诉她们，死心吧。"

林A也没有继续自讨没趣，又和年子闲聊了一会儿，这才告辞了。

合约很快就签了，小编说，对方砍价到八十万元，但答应三天之内付款，年子欣然同意。于是不到一周时间，年子便拿到了生平第一笔版权费。

分了四成给代售的平台，又扣了税，年子实际拿到手的不到四十万元。饶是如此，她已经高兴得出奇了，反复看着短信上的账户信息，兴奋得走来走去。

这可是她生平第一次赚到这么大一笔钱啊。她合计着要如何安排这笔“巨款”：带爸妈去欧洲深度游一趟，或者去传说中的马尔代夫、巴厘岛之类的地方看看异域风光？

当然，还有那一盒白巧克力，她真的每天只吃一颗。其实，她成年之后已经很少吃甜食了，倒不是因为减肥，而是可以吃的东西太多了，甜食已经慢慢失去了巨大的吸引力。

可是，这巧克力味道极好，入口即化，非常甜。也许重要的不在于吃什么，而在于谁让她吃的。

又发财又有巧克力，年子觉得自己可能慢慢地转运了。

她正想得出神，鼻端飘来一股淡淡的香味。夏日，午后阳光从密密匝匝的树缝和花架间洒下来，那个白色人影就像是一幅素描剪影。

他不知何时推开了虚掩的小院门，就那么站在花架下面。他看着年子满脸的笑容，自己也笑容满脸：“咦，年姑娘何故如此兴高采烈？”

年子实在是太高兴了，以至于没法发怒。

他慢慢走近，但见姑娘静静地坐在椅子上，眉眼之间全是笑意，双眸亮得仿佛要燃烧起来似的。尤其一束洒落她发梢的金色阳光，更是衬得她整个人都要发光似的。

他竟然真的有点儿心跳加速了，径直在她对面坐下。

她微微闭着眼睛，既不招呼他，也不赶他走。

空气中淡淡的香味更清晰了，那是纯天然的玫瑰晨露的味道，令人心旷神怡。

也不知怎的，当年子睁开眼睛的时候，看到他，忽然心口怦地一跳，眼前的这个白衣人仙风道骨，玉树临风，竟跟传说中的谪仙似的。她并不是第一次见到云未寒，也不是第一次为他的容貌所惊艳，可这种奇怪的感觉，绝对是生平第一次出现。

他就这么静静地陪着她坐了好一会儿，良久出声道：“对不起！”

年子没作声。

“年姑娘，也许我的道歉来得太迟了，或者你也认为太虚伪了，但我还是要告诉你，我已经停止这一项实验了。”

他停止了？

云未寒慢慢地说：“能赚钱的门道多得很，如果你不愿意，我就没必要强迫你。其实，现在对我来说，某些东西比金钱重要得多。”

他的语气很温柔、诚挚，令人不由自主地信以为真。也不知怎的，原本戒备心极重的年子忽然就想：他这样的人，要赚钱容易得很，可能没必要死死盯着我吧？

他见她睁开眼睛，微微一笑道：“年姑娘，我送你一个小礼物。”

那是一个半透明的绿色小玉瓶，瓶子里是红色的玫瑰花露。

“这是我用特殊的仪器收集的玫瑰花露，淡雅清新，可以提神醒脑，你心情烦闷的时候可以用一用。还有，请你千万不要拒绝！虽然这并不值钱，但是我第一次送亲手制作的小东西给女孩子……”

他送姑娘礼物都是大把花钱，从不吝啬，珠宝首饰、鲜花口红……根本无须他亲自动手。对他来说，时间远远比金钱更宝贵。

这一次真的是他亲自动手，因为瓶子上有一个小小的篆字：年。

这属于独家定制。

也许是这瓶子实在是太漂亮了，也许是他微笑时唇齿之间散发出的那种奇异的香味太清新了，年子竟然没法拒绝，就跟中了邪似的，欣然地接过了小瓶子，而且拔开塞子嗅了一下。

她不嗅还好，这一下简直如饮仙露，真的有飘飘欲醉的感觉，仿佛全世界都开始散发出淡淡的玫瑰香味。

“年姑娘喜欢吗？”

她的微笑已经说明了一切。

他慢慢地站起来，不慌不忙地说：“我不打扰年姑娘了，下次再见。”

他没有纠缠，没有找什么借口，竟然就这么飘然离去，就好像他今天走这一趟，根本就是为了送这一个小礼物，再也没有任何目的了。

只是当他走出小院门口的时候，不经意地回头，准备随手带上小院的大门时，清楚地看到姑娘再次拔开瓶塞，将瓶子放在鼻端，脸上的笑容如喝多了桃花佳酿。

那笑容就像美容的神品，衬得姑娘更加面色如玉，拥有一种干净又天真的气质，很美。

他的笑容变得很奇怪，之后他随手带上门，走了。

云未寒第二次来，带了一束花。那是玫瑰农场里研制出来的新品种，一半红一半蓝。

年子捧着大束玫瑰，看着那渐变色的花朵，好生好奇："这是怎么做到的？"

"我聘请了几名不错的园丁，其中一人研究出了这种玫瑰，刚刚准备投放到市场上……"

这种高端玫瑰，投放的自然是高端市场，定价在四位数以上，而且是真正的独家定制。

"年姑娘是收到这种玫瑰的第一人。"

年子呵呵笑起来。也不知怎的，她忽然觉得云未寒很浪漫——以前他也送花给她，还送她更值钱的珠宝首饰，她从来都是无动于衷，也没觉得有什么浪漫的。可现在，她觉得他的一举一动都妙不可言。

他站在她对面，凝视着她。年子对上他的目光，心跳急剧加速。那目光实在是太深沉了，有淡淡的忧郁感，他像是有许多故事，甚至有淡淡的悲哀……那是一个男人在最好的年龄才能透出的独特魅力，多一分则油滑，少一分则幼稚。而他，刚好。

云未寒当然清晰地看到了她目光的变化。

果然！

他慢慢地蹲下去，伸出手抚摸她的头发，那滚烫的热气，从发梢落到脸上，然后停留在她的脖子上。

年子忽然觉得有一股奇异的热流在浑身上下穿梭而行，竟然微微闭上眼睛，屏住呼吸，明明心里怕得出奇，又隐隐有些期待。

他的微笑更明显了，大手也更加肆无忌惮了。

"汪——"

金毛大王忽然狂吠一声，年子吓得立即睁开眼睛。只见金毛大王站在离云未寒一丈远的地方，不停地狂吠。

这老狗仿佛嗅到了什么奇怪的味道，烦躁不安，眼神凶猛。

它恶狠狠地盯着云未寒。

年子企图制止它，可是它叫得更凶了。它不敢靠近云未寒，只是冲着他狂吠。

年子有点儿奇怪，以前金毛大王对云未寒也不是太友好，但是这么凶恶的情况还是很罕见的。按理说，他来的次数多了，老狗不该是更熟悉他，更平静才对吗?

云未寒变了脸色，但一瞬间又恢复了平静，后退几步，若无其事地笑了笑："可能是天气太热了，这老伙计热疯了。"

年子也喃喃地道："金毛大王，你是不是热疯了？"

云未寒死死地盯着那条老狗。他对这老狗特别忌惮。动物的嗅觉远超人类，这老狗察觉到不对劲儿，对他极其凶恶。

云未寒不想过多停留，看了看时间："好了，年姑娘，我不打扰你码字了。我先走了。"

年子眼睁睁地看着他的背影离去，竟然有点儿依依不舍。可金毛大王显然没这种感受，又追上去对着他的背影狂吠了一声才罢休。

云未寒最近频繁地约年子，年子一次都没有拒绝过。也不知道为什么，不见面的时候，她偶尔会比较"理智"，觉得自己万不该再靠近此人，可是只要他的白色身影出现在小院门口，散发出淡淡的玫瑰香味，年子就彻底失去了"理智"，完全听从他的指令。

更奇怪的是，这段时间她甚至很少想念卫微言，卫微言每天给她留言，她就随便看看，也不怎么回复。

当然，最主要的是云未寒总有意无意地给年子透露一些卫微言的信息，比如，卫微言和女助理现在在某地一起出席某个会议，一起参加某些活动，一起吃饭或者做别的什么。当然，还有卫微言要做什么联盟主席的事情。

这时候年子才知道，卫微言所谓的外出根本不是单纯去开会或者出差。他很可能要以十年、二十年为单位地留在国外，而他之前竟然从未告诉自己这件事！为什么他要离开这么长时间（甚至永不再回来了）却不说呢？

云未寒有一次漫不经心地说："年姑娘，你不知道，是不是？不过这也正常，你们早就分手了，他可能觉得根本没有必要告诉你。"

你们分手了！你们早就分手了！

云未寒无数次提到这一点，就跟对她洗脑似的。

可年子还是隐隐觉得很难过。为什么他从来不肯说真话呢？难道自己不配得知真相吗？

可这种难过情绪也很玄妙——只要她见到云未寒，就消失了，好像卫微言要怎么样，真的无所谓了。

今天她照例和云未寒去吃饭。

那是一家很幽静的西餐厅，只有他们两个人，灯光幽暗，桌上有烛光，旁边有拉小提琴的姑娘，浪漫的琴声低低徘徊着。

每一道菜都很好吃。直到最后一道甜点上来，年子拿起小勺子，一勺下去，甜点如弹簧一般自动弹开，一颗小小的爱心出现在其中，随即对面的投影便亮了。

"年姑娘，我愿意一生一世这样陪着你好好吃饭。"配乐诗一般的男中音低沉、悦耳，深情款款地说道。

年子一瞬间就蒙了。她看着对面那张俊逸非凡的面孔，忽然想：这才是真正的男神啊。

一颗心快跃出胸腔了，她急需平静，借口去洗手间，一把冷水扑在脸上，还是浇不灭胸口的热度。

她忽然想起，那道甜点还没开吃，可不知怎的，又鬼使神差地从随身小包里摸出一颗巧克力。其实，她已经有好几天没吃这玩意儿了。

她拿出手机，看到许多消息，全是"癞蛤蟆"发来的，甚至有好几个未接来电。

竟然都是两小时之前的事情了。她想马上回复对方，可是又觉得不着急，只随手把巧克力放到嘴里。

巧克力的香甜味入喉，她整个人仿佛清醒了一点儿。出去的时候，她看到投影上的那一行字已经消失，变成了一束一束的玫瑰。他迎接她的目光也深情得出奇："愿我有生之年，能每天送年姑娘一束玫瑰。"

这话如催眠一般。

想想看，有个玫瑰一般的男子，一辈子守着你，每天送你一束亲手种植的玫瑰，直到你白发苍苍，还每天伴随着烈焰般的玫瑰……年子竟然觉得这是小说里也描述不出来的浪漫情节。

“年姑娘，你喜欢这第一份礼物吗？”

年子恍恍惚惚地问：“第一份礼物？”

“是啊，这才是第一份礼物呢，还有剩下的二十四份礼物，一共是二十五份。”

年子吓了一跳：“为什么这么多？”

“下周是你的生日，到时候你可能和你爸妈一起过，所以我就提前给你过了。”

话音刚落，生日祝福的音乐就响了。两名身着全套制服的服务员推上来两辆推车。推车里全是各种各样的礼物，珠宝首饰、顶级护肤品、高定礼服以及各种稀奇古怪的东西。

“你的过去，我来不及参与，但是这以后每一年的生日，我都将和你一起庆祝……”

纵然年子是铁石心肠，也瞬间融化了。女人哪能抵挡这样的攻势？年子感觉晕乎乎的，如在梦中。

那天晚上，星辉灿烂，年子推开小院的门，看到妈妈迎了出来。

也许是见女儿打扮得特别漂亮，而且脸色绯红，眉宇之间有一种奇特的欢乐情绪，李秀蓝不由得多问了一句：“是和哪个朋友出去的啊？”

“云未寒……”这个名字出口，可能是自己也觉得不太对劲儿了，年子结结巴巴地说，“他、他说今天提前给我庆祝生日……”

李秀蓝吓了一跳。居然是云未寒？女儿怎么可能还和云未寒一起去吃饭？庆祝生日？女儿疯了吗？

旁观者清，李秀蓝忽然觉得这事情有点儿不对劲，但还是和颜悦色地说：“年子，为什么忽然和云未寒去吃饭？他约的你吗？”

“是的，他约我。”

李秀蓝还没问几句，只见四名快递员抬着巨大的箱子来了。

李秀蓝："这是什么？"

"云未寒送我的生日礼物。"

李秀蓝惊呆了。

她眼睁睁地看着快递员把箱子抬进去，然后退出来。

灯光下，几个大箱子特别刺眼，简直像是粉红陷阱。

一个男人，摆出如此巨大的攻势，到底是想干吗？

自己的女儿的确漂亮、可爱，但是绝对没有到倾城倾国的级别，而且云未寒早前的目的那么明确！

李秀蓝心急如焚，但是并未指责女儿，直到听到女儿那幽幽的声音："妈，你不觉得云未寒特别浪漫吗？以前我怎么没发现他是一个这么浪漫的男人？"

云未寒浪漫吗？他简直是恐怖啊。

李秀蓝忽然觉得，女儿要是和赵理想这些热血青年去吃饭看电影都说得过去，怎么也不该是和云未寒出去啊？

李秀蓝当然不是无知少女，自从上次那事之后，他们从卫微言口中已经详细了解了事情的始末。也就是说，真正的幕后大 Boss（主使）就是这个云未寒。

一个为了商业利益靠近女人的商人，他的浪漫是为了什么？

可李秀蓝看着女儿脸上那种梦幻似的笑容，根本无法作声——女儿的样子竟然像小女生面对偶像巨星。

怎么会这样？之前女儿不是拒绝了云未寒，而且声称对他毫无感觉吗？

她试探性地问道："年子，你真的觉得这些礼物很浪漫吗？"

"难道妈妈不这么觉得吗？他说我二十五岁生日，每一年送一份。"

李秀蓝一字一顿地道："如果我没记错的话，这是某部狗血剧里的桥段，或者是某个富婆包养'鸭子'的桥段！"

这么狗血、这么老套的桥段，居然被女儿当成了浪漫？人家都没用心思，直接去山寨了一下，这是哪门子的浪漫？

李秀蓝觉得不可思议。

"年子，云未寒最初接近你便是有企图的，现在他会不会是故态复萌？"

"这怎么可能？他说了，他早已彻底放弃了那个研究，今后也不会再重启了。好了，时间不早了，妈，你先去休息吧，我洗洗也要睡了。”

李秀蓝看着女儿蹦蹦跳跳的，像一只小鹿似的跑进屋去，不知怎的，不安的感觉更加强烈了。

年爸爸找了年子谈话。

为人父亲者，和女儿探讨这些问题多少有些难为情，可是不谈又绝对不行！

他不能眼睁睁地看着孩子快掉入陷阱却坐视不理。

年子早就猜到父亲的目的，所以一直低着头没吭声。

年爸爸和颜悦色，语气中没有半点儿责备之意，只是说：“孩子大了有自主权，按理说许多事情家长是无权插手的，但是每个家长都有义务在某些明明会出大问题的环节上提醒自己的子女……”

年子惴惴地听着。

“云未寒现在忽然极其热烈地追求你，这并不意外，毕竟他早就告诉你，你是他很难找到的实验标本。他可能以为只有从男女关系上着手，才能彻底解决这个问题……”年爸爸顿了顿，继续道，“为达目的不择手段是很多男人的通病，可是这对女人来说，是很可怕的。因为人家一旦达成目的，你就会像一块抹布一般被毫不留情地扔掉……”

年子顿觉悚然。

年爸爸直言不讳道：“被扔掉其实也不可怕，怕的是，人家要你的命！”

人被骗一次，大不了当交了智商税，可若是人家要的不是税，而是命呢？

年子慢吞吞地说：“其实我也不知道这是为什么。我以前从来没有喜欢过云未寒，也觉得自己根本不可能喜欢他。可是，最近我、我不知道该怎么形容，反正就是很奇怪……”

所有的道理她都懂，可还是阻止不了自己的行为。这才是最可怕的事。

这是一个很奇怪的现象：她不在云未寒身边的时候，就不会有太大的感受；可是见到他，就总是神魂颠倒，就跟中了迷药似的。

年爸爸见女儿眼神迷茫，竟然一副自己也不知道自己在干吗的样子——这就太可怕了。

他和李秀蓝反复谈论过，还以为是云未寒攻势强烈，毕竟小姑娘涉世不深，单纯好骗。可现在看来，根本不是这么一回事，女儿简直像被云未寒下了蛊似的。

可是他们私下里反反复复地在家里检查了每一个角落，看不出任何不妥之处。而且上周年子感冒，两人还借此带她去做了一次检查，也看不出任何毛病。

年爸爸忽然道："年子，这样吧，你可以和云未寒正当交往，我们也可以慢慢摸一下他的底细。以后每一次他约你的时候，你就及时把约会地址发给我们，而且每晚回家的时间不要超过十点。你看这样行不？"

年子点头，喃喃地道："好吧，以后每一次他约我，我都把位置共享给你们。"

年爸爸拿出一部新的手机："这手机待机时间很长，联系人只有我们一家三口，我在上面做了一点儿小小的设置。年子，以后你每天都将这部手机带在身边吧，而且平常不要拿出来，也不要让云未寒知道。"

年子见爸爸竟然早有准备，便立即答应了。年爸爸再次叮嘱："你记住，这手机万万不可被云未寒知道！"

年爸爸的态度真是前所未有地慎重，甚至是戒备。年子拿着手机，仔细看了一眼："爸爸，你放心，我保证不告诉任何人。"

这以后每一天都很正常，年子并不是天天出去约会，因为云未寒不可能一直那么闲。但是只要她偶尔出去，李秀蓝不到八点钟就会准时打电话催促。二人单独相处的时间总是没法超过两三个小时，往往一顿饭还没有吃完，或者一场电影还没看完，李秀蓝的电话就打来了。

云未寒看到对方家长盯得这么紧，自然不好太过轻举妄动。

有一次在电影院里，他开玩笑地问："年姑娘，你父母当你是小孩子吗，为什么不停地打电话？"

年子盯着电影屏幕，不知怎的，没有回答。

"你爸妈是不是不太喜欢我，对我有戒备心？"

年子还是盯着电影屏幕，脑子里乱糟糟的，竟然有一个声音在暗暗问自己：是啊，难道我不该戒备他吗？不但应该戒备，我还早就应该彻底和他断绝来往，可是，为什么我现在竟然跟他坐在电影院里一起看电影？

她不知道，也觉得很奇怪。

巨大的玻璃花房里，一束一束的玫瑰正在通过自动包装机进行包装。

这种新型的红蓝渐变玫瑰，经过特殊包装后，有长达一年的保质期，如果不拆开特殊透明纸，它甚至可以保存几年，干枯了也永不褪色。

这就像它的宣传语：我爱你，直到玫瑰褪色的那一天。

超凡脱俗的美是让人无法抵抗的，任何人一看到这玫瑰，立即会怦然心动。因此，这种名为“永不褪色的爱”的玫瑰一上市就迎来了无数的订单，以至于供不应求。

这种高端市场，拼的当然不是数量，价格才是王道。

此时，云未寒站在花圃里，慢悠悠地环顾四周。他当然不是因为这几个小钱感到高兴，而是看到新的品种不断出来，很有成就感。

一个白色人影幽灵般飘过来。她身上也有淡淡的香味，头上有一朵淡蓝色的玫瑰。距离云未寒三米左右时，她停了下来。

“‘永不褪色的爱’销量极好，远超我的想象，云先生真是了不起。”她说话的语气分明满是讨好。

云未寒也不回答她，随手拿起一朵花，又放下。

“你……你真的爱上年小明了吗？”她的声音里已经满是不安，甚至是妒忌……最近他经常公开约会年小明，送各种礼物，做各种浪漫的事……甚至将第一束“永不褪色的爱”送给了年小明。

这令她很不爽，毕竟身为这花圃对外的代言人，她本以为自己才是第一个拥有这一束花的人。更令她不爽的是，他送的那二十五份礼物——虽然这桥段狗血又老套，但二十五份礼物是实打实的——任何女生收到男朋友或老公送的这样的大礼物，都会喜上眉梢吧？纵然绝美如她，也从未收过这么好的礼物。

“你要是真的和她结婚，那就太……”

云未寒似笑非笑地道：“太怎么了？”

“年小明爱的一直是卫微言，根本不是你！就算你用了……”话脱口而出后，她才觉得不妥当。

“我用了什么？”

她本能地后退了几步："我……我不是这个意思……对不起，我说错话了，我真的说错话了……"

她当然不是说错话了，是忍无可忍了。

"你可以娶这天下任何女人，但我希望不是年小明。年小明这女人特别坏，我特别讨厌她，所以我不敢想象你竟然真的要娶她。"

尤其如果年小明真的成了这里的女主人，那简直是噩梦啊。她绝对无法忍受这种可怕的事情发生。

"我一直听你的话，什么事都照办，可是我也求你一次，对年小明，玩玩就行了，千万千万别和她结婚啊。"

"出去吧。"

"可是……"

"出去！"

她本是不敢抗命的，可是刚要转身，又想起什么，急急忙忙地说："你能给我一点儿东西吗？"

"什么东西？"

"'爱情药'……"

"这世界上根本没有什么'爱情药'！"

"可是……江湖上说，年小明就有，是你送她的。"

"你也说那是江湖传说，江湖传说岂可当真？"

她再不敢吭声，很失望地哀叹一声，低下头，转身默默地走了。

林 A 又来了。

这一次她带来了更多礼物：一套某顶级大牌的全套护肤品。其中一瓶面霜和精华，贵得吓人。

她坐下后开始打量年子。没等年子开口，她很是意外地说："年小明，你到底用了什么护肤品，怎么面若桃花，越来越美艳了？"

年子摸了摸脸，不解其意。

"莫非你是谈恋爱了？恋爱才会让你这样容光焕发吧？"

年子不置可否。

林 A 却暗暗惊异，因为她想起早前给渣男下药，有一段时间，渣男变得特别容光焕发，像是年轻了十岁不止。可是她想，年小明就算下药，也该给别的男人下，哪有反过来给自己下药的道理？而且年小明本来也长得很清秀，所以林A便没有继续这个话题。

“对了，年小明，我今天来还是想厚着脸皮提一个不情之请。”

林A依旧是为了“爱情药”而来。她说花九儿给了一个很高的价格，只要能拿到“爱情药”，马上付现款。这笔现款真的是巨款了，已经足以在这座城市买一套像样的房子了。花九儿肯付这样大的代价，就证明这“爱情药”能带给她们的价值更加不可估量。

年子并不关心林A和花九儿背后到底有什么故事，也没问，只是说：“我真的没有！这么高的价格，若有的话，我肯定拿出来。我总不可能拿假药骗你吧！你其实真的不该问我，该去问云未寒。只要对方肯付高价，云未寒是会卖的。”

林A坦言道：“如果云未寒肯卖，人家也不通过我来找你了。问题是云未寒真的没有那药了！江湖传言，云未寒好像在主攻长生不老药，而且自从冷富豪出事之后，他们就彻底放弃了这个东西。”

果然，这和云未寒所言一模一样。他们已经彻底放弃了此药的生产。年子觉得很是欣慰。

林A却很失望，悻悻离去。

林A走后，年子给云未寒发了信息。

“林教头，你还有那种‘爱情药’吗？”

云未寒并未及时回复。

年子等了很久，百无聊赖之际，终于，消息来了：“怎么了？年姑娘想要吗？”

“是一个朋友想要，你还有吗？”

“实不相瞒，我总共就提炼出那么一丁点儿，上次已经全部给年姑娘了。从那以后我就彻底停止提炼这药了，毕竟提炼起来很麻烦，也没有任何收益。”

“你以前不是和冷C合作，准备对这药进行量产的吗？”

“爱情最好还是遵循最原始的方法比较好，一见钟情，热烈追求，花前月下……如果借助‘爱情药’的力量，这些浪漫就会慢慢消失，人类的感情世界就会慢慢荒芜，久而久之，一切美好的事物将不复存在……”

年子深以为然。她从来没有觉得云未寒这么“正直”过。

她狐疑地道：“林教头，你的想法变化很大啊！”

“年姑娘，你可知道我为什么忽然有了这样的转变？”

年子好奇地问：“为什么？”

他直接开了视频。年子心里一震，那居然是一个诊疗的直播场景。来自大洋彼岸的一名极其有名的医生正在给云未寒做脑部扫描。云未寒躺在一张好像科幻片里出现的那种病床上面，可以自由升降，然后他的头部被固定在一个银色的东西上面。

年子大开眼界，就像在看一部科幻片。可这根本不是科幻电影，这是现实。

“天哪，林教头，你……”

“我的脑瘤已经有了群发的倾向……”

年子看到视频上有一个大脑瘤，脑瘤周围有许多小瘤！

她很震惊。她一直以为云未寒说患了脑瘤是在开玩笑，不料居然是真的。

“我终于有了命不久矣的急迫感。不过我的主治医师很乐观，他们说，再有一次大型手术，我很可能会再活一段时间……”

“这段时间是多久？”

他用开玩笑的语气说道：“没准是一百多年或者五百年。”

“……”

“不过，如果手术失败，我就分分钟挂了。哈哈，但我还是坚信还有上百年的好时光等着我。”

年子笑不出来。她想，如果手术失败呢？

她忽然问：“林教头，我这时候可以去看你吗？”

她等了很久，他才答：“不用了。”

那时候，年子早已看不到画面了，只能听到他的声音，他的声音极其衰弱。

“我从不让人看到我狼狈不堪的样子。希望任何时候，我在别人眼里看起来都是精神抖擞的。”

你又不是以色事人的李夫人，干吗对自己的容貌这么介意？可是年子没有这么问，因为对话已经到此结束。

豪华别墅里的装饰如皇宫一般奢华，一身轻纱的美人如波斯猫一般慵懒。可现在，这“波斯猫”发怒一般，坐卧不安。

用人站在门口，低声道：“小姐，花九儿来了。”

“叫她进来。”

花九儿悄悄地走了进来。

美人立即坐起身，压低了声音问：“拿到了吗？”

花九儿面色不安地道：“没有……林A说，年小明是真的没有这种东西了。”

“怎么可能？！”

“我也觉得是真的没有，你想，当初冷C费那么大的劲儿也一无所获。如果年小明真的有，不可能拒绝这么高的价格。”

美人面上的失望之色溢于言表。年小明居然是真的没有！半晌，她低声问：“张公子呢？他又去哪里浪了？”

花九儿又拿出手机递过去。

那是一个新的视频。美人看完，瘫了下去，潮红的脸上满是愤怒之色。花九儿本想劝慰几句，可看到她的神情，又不敢开口。

这是三个月内张公子第七次“出轨”了。薇薇内心对张公子厌恶至极，可是，张公子身家几百亿，再要找比他有钱的男人谈何容易？

半晌，薇薇慢慢地站了起来。

“年小明有‘爱情药’，她只是不拿出来而已！”

花九儿：“不是吧，这么高的价格，她也不动心？”

薇薇冷冷地说：“若是她没有爱情药，就凭她那个鬼样子，能迷得两个男人神魂颠倒？”

云未寒很快又约年子去听歌剧。两人见面的时候，年子一直盯着云未寒看。

可能是被打量的时间太久了，云未寒似笑非笑地问：“怎么了？年姑娘忽然觉得我秀色可餐了吗？”

“你不是刚做了手术吗？”

“莫非年姑娘觉得我应该躺在病床上一年半载，就像那些风烛残年的糟老头子一样？”

年子还是死死地盯着他，总是难以置信：他的确憔悴了一点儿，此外不再有任何症状。

他穿着雪白的衬衣，雪白牙齿像在发光一般。这像是一个脑瘤群发患者该有的样子吗？早前她还一直以为他是在扯淡。其实直到现在，年子都不知道他的病的具体名称，这个“脑瘤群发”还是她自己定义的。

“林教头，你到底多少岁了？”

“年姑娘以为呢？”

她很固执地问：“你到底多少岁了？”

云未寒哈哈大笑：“我说我一百多岁了，年姑娘信不信？”

不知怎的，年子竟然是相信的。有一瞬间，她觉得他的眼神特别诡异，特别像是那种“老妖”——他何止一百多岁了，可能一千多岁都不止。

这简直是个来历不明的妖人。

云未寒满不在乎地道：“被一个青春年少的姑娘如此惦记我的年龄，可真叫我感到自卑。”

年子没有继续纠结这个问题，因为歌剧表演的时间到了。那是一场很著名的国际巡演，据说天价的票还很难买。年子坐在贵宾位置上环顾四周，看着黑压压的人，很是意外：竟然有这么多品位高雅之人？要知道，她以前都只看电影，对音乐剧、歌剧、舞台剧这些东西从来都毫无兴趣，甚至分不清楚它们的区别。

全英文的演唱，她听得似懂非懂。可能是节奏实在太慢了，她没有感受到任何传说中的“非凡的艺术魅力”，反而昏昏欲睡。

一直到歌剧快结束了，一直到一双手拉着她的手，年子才睁开眼睛，含混不清地问：“咦，结束了吗？”

“饿吗？要不要去吃点儿夜宵？”

年子有点儿抱歉地说：“林教头，我竟然睡着了，浪费了你的票。”

云未寒若无其事地道：“其实，我的兴趣也不大。”

年子扑哧一声笑了出来。

“我们先去吃点儿东西吧。”

年子还没回答，手机响了。她看了看，低声道：“我妈催我回去。”

从二人见面到歌剧结束，她的手机响了不下三次。云未寒意味深长地说：“年姑娘，你爸妈盯你盯得这么紧，可真是少见啊。”

年子居然自嘲地笑了一下：“没辙儿，我就是传说中的‘妈宝女’。”

云未寒苦笑了一声：“罢了，我先送你回去。”

那是他第一次徒步陪她回家，因为这剧场距离她家不到两千米。

年子和他走在月色下，不经意地落后了他半步。他的白色身影缥缈得就像是月光里被发配人间的某个小神，尤其他身上还有一股淡淡的玫瑰香味。也许他前辈子是花神，要不这辈子怎会亲手种植出那么漂亮又品类繁多的玫瑰？

她一边走一边问：“林教头，你的病真的没有大问题了吗？”

他停下脚步，微笑：“嗬，年姑娘第一次主动关心我的病情、我还真是受宠若惊呢。”

她盯着他的脑袋，再次想起自己在视频上看到的情景。其实今晚的歌剧她听得心不在焉，一直在想这个问题。

“林教头，你的手术真的能确保成功吗？”

“也许我会长命百岁，也许我会很快死掉。说也奇怪，以前我觉得人类的许多东西很虚无，比如婚姻，比如家庭，比如子女血缘……如果我们能无穷无尽地活着，这些东西其实毫无意义，反而是一种负累……”他顿了顿，继续道，“可是如果某一天你忽然发现自己快要离开这个世界了，而这个世界还没留下你的传承……”

他背负着双手，抬起头看着夜空。夏日的夜空里，一轮月亮高挂，清辉洒满了整个世界。

“我终究是一个俗人。年姑娘，你知道吗？某一天我忽然觉得，我应该结婚，真正有一个家庭，或者有几个子女……”

“……”

“人类是很可笑的，以为将 DNA 流传下去，就代表自己的永生，其实不是。那个 DNA 已经是另外一个独立的个体。但是没辙儿，人人都这样自我安慰或是自欺欺人，要不死亡就真的会更令人恐惧了……”

“……”

“我以前觉得这种自欺欺人的行为特别没有意义。可是后来我觉得，如果一个人连自欺欺人都做不到了，就更可怕了……”

他的声音听起来很奇怪，就像月色下的一个独白者。

“我希望和寻常人一样，以心灵换取心灵，以好感换取好感，以爱换取爱……我想尝试以前从未尝试过的一切行为……呵，我还很年轻的时候，因为我父亲的言行让我深感厌恶，自以为永远离开女人，离开尘世的麻烦，一味追求事业才是人生的价值。可现在我忽然发现，我父亲在患上绝症的时候固然选择了破罐破摔，但是他原本可以有另一种更好的选择……”

他慢慢低下头，凝视着她：“如果当时我父亲有爱人陪伴着他，有心灵慰藉，他是不是就不至于走火入魔了？”

年子慢慢地避开他的目光，不知怎的，竟然不敢回答这个问题。

她忽然想起父亲的话：“浪子的儿子基本上也是浪子。许多人年轻的时候痛恨父亲的负心无情，但是等他们到了父亲的年纪，往往会不知不觉地变得和父亲一模一样……”

花心，其实是会遗传的。

当云未寒伸出手的时候，她不经意地避开了。尽管有时候也莫名其妙地心猿意马，可她总是想起爸爸的警告，于是便生生地将自己的情绪克制了下来。

云未寒见到她的反应，如何不清楚她的想法？

就连他都暗暗惊异：自制力如此强，警觉性如此高的人，简直是生平所罕见的。可是他又暗暗懊恼和愤怒：难道除此之外，我就真的那么逊色？凭我自己，已经无法被姑娘看上了吗？

他不动声色地道：“年姑娘……”

可是，他话音未落，年子的手机又响了。他的脸色终于变了：“年姑娘，你无论跟谁约会，你父母都盯得这么紧吗？你可是成年人了。”

不，我和赵理想这些热血青年约会，我父母可是从来不管的——只有跟你在一起才这样。

年子只能尬笑了一下，也没解释。云未寒再次看了看她的手机，她刚好把手机又放回了包里。

他仿佛看到了年爸爸的笑脸：小子，你想骗我女儿？没那么容易。你不是在追求她吗？那你跟她结婚吧。一天不结婚，你就休想得逞。可是，你敢结婚吗？

第一眼，云未寒就不是很喜欢李秀蓝夫妇，因为这对夫妻有常人身上罕见的理智和责任感，也就是说，不那么好骗。

许多父母发现孩子出问题后，要么乱骂乱打一气，要么阻止不了就直接不管了，他们最爱说的一句话就是：儿（女）大不由妈，管不了就不管。可是许多父母往往由于自身见识有限，自己都分不清楚事情真正的对错，怎么可能管得了孩子，给孩子正确的建议？

年爸爸早就把云未寒看得透透的：你云未寒这么有钱，会轻易结婚？好吧，如果你真敢结婚，那你都不怕，我们还怕什么？

云未寒之前是真的不敢结婚，甚至从未真正考虑过要结婚。可现在，他忽然有些动摇了。

年子不知道他的心思，只顾往前走。一阵风吹来，飘移回来的少许理智又在反复提醒她：赶紧离开他，离开他。

于是，她不经意地加快了脚步。云未寒不紧不慢地跟了上去。

距离小院门三百米的转角处，他停了下来。每一次，他都是送她到这里。

他从来不送她到门口，因为他曾坦率地告诉过她："我怕碰到你父母，我知道他们不曾原谅我。"他们戒备他的态度，他一清二楚。

年子竟然很"理解"他。

今晚也不例外。他停下脚步，凝视着月色下那张莹白的脸。这目光令年子不敢直视。他却微微一笑，嗬，这张布满粉霞的脸，竟然远胜他认识她以来的任何时刻，简直像是月色下的花骨朵。

他忽然很是心猿意马，径直伸出手搂住了她。

也许是这样的月光、这样的气氛作祟，年子也不由自主地伸出手环抱住他——那是她第一次拥抱他。因为他身上散发出的淡淡的玫瑰味道迷得她彻底丧失了理智。

"年姑娘，今晚跟我去一个地方好不好？"

他急于带她去自己的地盘。因为在这里，他根本不敢停留。没法停留，他就没法做别的事情了。

好多次他已经忍无可忍，但她的家，他不敢去；而他的家，她又不去！

现在，他忽然觉得这是极好的机会："年姑娘，去我家吧……"

就算意乱情迷，脑子里竟然还是有个小小的声音在提醒年子：不，不要去他家！

"年姑娘，我们结婚吧。"

年子吓了一跳。

"真的，我和你结婚，我娶你……"他的呼吸都散发着令人迷醉的香味，眼神也真诚得令人不安，"年姑娘，我是真心实意地要娶你，我会给你一个盛大的婚礼，让你成为这个世界上最漂亮的新娘……"

年子忽然觉得这个话题好遥远，而且好不理智。

他索性一把抱起了她。就算抱他也要把她抱到自己的车上去。

他都要和你结婚了，这难道还不够吗？他觉得自己已经做出了世界上最大的让步。

"喀喀喀……"

云未寒所有的动作忽然停了下来。因为年子一把推开了他，做贼似的仓促地后退开来。

月光下，一个人不知站在对面多久了。他并未看年子，而是死死地盯着云未寒。

云未寒竟然笑起来，面不改色地道："卫微言，你不和唐婉婉在瑞士出双入对，忽然跑回来干什么？"

唐婉婉就是卫微言那个传说中和他关系暧昧的女同事。

"云未寒，你不觉得自己这样做太下作了吗？"

云未寒若无其事地说："男未婚女未嫁，我怎么就下作了？"

卫微言上前一步。不知怎的，素来泰山崩于前而色不变的云未寒居然后退了三步。可卫微言只是鄙夷地看了他一眼，没再上前。

云未寒笑了笑："卫微言，你回来也正好。我正想告诉朋友们，我要和年姑娘结婚了。"

年子吓了一跳。

卫微言却一点儿也不意外，只冷冷地说：“云未寒，收起你那套鬼把戏吧。”

云未寒转向年子：“年姑娘，你早已跟他分手了，对不对？可是你看，他居然对你死缠烂打。”

年子做贼心虚，低头不语。云未寒也并未继续令她难堪，只是笑了笑：“也罢，年姑娘，不如你趁着这个机会和这弱智说清楚，免得他一再自讨没趣。”

卫微言终于转向了年子。年子还是没吭声。

云未寒：“好了，我相信你会顺利解决这个问题的。年姑娘，我明天再来接你。”

年子眼睁睁地看着他的背影远去，收回目光，立即又仓促地低下头去。

她感觉就像出轨被人捉了现行，好恐怖。可自己和卫微言明明分手了呀，为什么她就不敢理直气壮地面对他呢？

对面的卫微言眼神很奇怪，似愤怒，又似失望。

她结结巴巴地说：“卫微言……我们早就分手了……你什么都别说了……你回去吧……”

可是他并未责备她，只是上前一步，盯着她问：“年子，你是不是没吃我送你的巧克力？”

“我……偶尔吃一颗。”

“为什么不天天吃？”

年子反问：“我为什么非要天天吃？难道你希望我胖死？卫微言，以后别再来找我了，也别再管我的闲事了……”

卫微言沉声道：“我不是管你的闲事！年子，你难道忘记云未寒到底是什么人了？他根本不是真的想和你结婚，纯粹是图财害命！”

年子反唇相讥道：“难道你和他不是同一类人吗？”

她转身就走，再不搭理他了。直到快走到小院门口时，她听到了他沉沉的声音：“年子，你真是令我失望！”

她忽然就怒了，蓦然转身，一手指着他的鼻子道：“卫微言，你就不令我失望吗？你和唐婉婉是什么关系，自己心里没数吗？你怎么好意思指责别人呢？”

“我和唐婉婉没有任何关系！”

“你俩有没有关系也不关我的事。卫微言，既然我们早已分手了，那你就痛快点儿，今后再也别来烦我了！别这样纠缠不清让我看不起你！”

砰的一声，小院门被关上了。卫微言站在原地，抬头看看月色，又看看那道紧闭的大门，黯然摇了摇头，转身离去。

车子停在转角处的一片临停处，夜深了，临停处的车子稀稀拉拉，就显得这辆黑色的豪车特别突兀。

卫微言走过去，重重地叩了叩车窗。

车窗摇下，云未寒吹了一声口哨：“江湖传言，觊觎卫弱智美色的男人不计其数，可是这不包括我，所以，你不要用这种目光看我……”

“你今年新推出的高端玫瑰，售价高达九千九百九十九元，而且只针对会员出售，也就是你的几家俱乐部的会员，可就这么一点儿人，居然售出了数亿的天价，云先生不觉得离谱吗？”

云未寒听着。

“会所再生意兴旺，但受众有限，就算口口相传，这样的高端玫瑰卖得了几个钱？云先生不解释一下吗？”

云未寒大笑：“我凭什么要向你解释？我正经合法地做生意！卫弱智，你要是眼红我赚钱，可以来给我打工，我保证给你天价年薪……”

“区区数亿，根本不是你的目标，你要的是几百亿、几千亿，甚至更多，也许是有史以来最大的秘密地下商业王国！为此，你暂时搁置了长生不老药的研究，瞄准了一大群女人，尤其是富豪阶层的女人……”卫微言一字一顿地道，“你推出高端玫瑰的目的，其实是秘密推广你的‘爱情药’！！！”

云未寒居然点了点头：“没错。赚男人的钱只能从豪车、游艇、私人飞机等东西上着手，成本高还耗时费力，可是女人就不同了……”

许多女人希望成为一个男人的“最后”或者“唯一”，也因此，她们对男人的“忠诚度”“专一度”要求很高，希望他们能在后半生全心全意地只爱自己一个人，两人白头到老，不离不弃。

可男人就不同了，男人也专一，但是他们专一地只爱十八岁的少女，无论是十八岁的毛头小子，还是八十岁的糟老头子，他们的这种“专一”审美从未改变。也就是说，男人是从来不需要什么“爱情药”的，毕竟“爱情药”对他们来说是反作用力，而非正向的。

云未寒想明白了这一点之后，一段时间内暂时放弃了男客户。毕竟女客户花起钱来，很多时候是不计较代价的。

他盯着卫微言道：“卫弱智，你居然把我调查得这么清楚？莫非你这段时间跑去国外就是为了这事情？”

大家都以为卫微言是为了那个什么“联盟主席”奔走，可事实上并非如此？

“许多人误以为你的秘密都在那个玫瑰农场里，所以经常有不速之客前去秘密勘察，殊不知，那个农场只是你掩人耳目的一个道具而已，事实上，你真正的基地在国外……”卫微言顿了顿，才道，“也就是你经常出没的号称有世界上最美的极光的那个地方……”

云未寒的目光变得特别奇怪：“卫弱智，你到底花了多少时间来调查我？而且你把我调查得这么清楚到底想要干什么？莫非你真的想入股投靠？如果是这样，我倒也欢迎……”

“云未寒，收手吧！你赚几百亿、几千亿都不关我的事，但是你没必要在年子身上做文章。”

云未寒并未反唇相讥。他沉默了一下，然后慢吞吞地说：“你既然调查得这么清楚，就该知道，我必须在她身上做文章！”

“甚至包括给她下药？”

“没准儿人家是真心喜欢我呢？”

“别做梦了。一开始人家都没上你的当，现在更不可能。所以，云未寒，收起你那套把戏吧。”

云未寒死死地盯着他：“好吧，既然你把我调查得这么清楚，那你知道我为什么非她不可吗？”

这是他的核心秘密之一。卫微言查了很久，就是在这一点上百思不得其解。

按理说，年子的“特异能力”在眼睛上面，跟他的“爱情药”关系不大，可是他的种种作为表示，年子的“特异能力”远不止“透视”这一点。像云未寒这种人，绝对不可能无缘无故地对某个女人“如痴如狂”，哪怕对方是天仙也不可能！

“一定是你的‘爱情药’需要她的参与！”

云未寒不屑一顾地说：“你可别忘了，我的‘爱情药’是在你跟她热恋阶段就面世了。”

卫微言冷冷地说：“莫非因为你真的快死了？”

“哈哈，可不是吗？卫弱智你总算猜对了一次……”云未寒抬起头，看着天空道，“实不相瞒，我已经时日无多，当年我的老子再浑蛋、再浪荡，也还有我这个继承人，可我就不同了，我以前一直以为自己还有一两百年的寿命，甚至长生不死，对结婚生子这种事情是从来不在乎的，甚至觉得很麻烦、很累赘。结果，某一天我忽然发现自己死到临头，而继承人都还没有。随便找个女人生吧，又很麻烦，所以做生不如做熟，而且年姑娘也甚合我的眼缘，她干净纯洁，人也聪明，我就想省省事，直接找这个人算了……还有，她父母也是正派人，她又是独生女，以后就算我真的死了，他们也会好好养大孩子，我也不担心有什么七大姑八大姨小舅子之类的人谋夺了我孩子的家产……”

他算来算去，她的确是最好的人选！

这就是我非她不可的原因。卫弱智，你听明白了吗？

卫微言死死地盯着他，不敢相信有人能把谎言说得这么顺溜，这么“合情合理”！可是，他没再追问，转身离开。

年子冲进卧室，也不梳洗，直接和衣躺在床上。

李秀蓝轻轻推开门，试探性地叫道：“年子……年子？”

年子拉了被子蒙着头，没回答。这时候，她忽然觉得所有人都很烦。

李秀蓝暗叹一声，悄悄地拉上门离开了。儿女大了，按理说，这些事情父母是不该插手的，可是她不能眼看着孩子跳火坑也不管啊。

年子昏昏沉沉地躺了一会儿，忽然跳起来跑去狗窝，那几块宝石还在。她后悔莫及：当时怎么就忘了将宝石还给卫微言呢？那个厚颜无耻的家伙，老是拿这些东西烦自己——只要东西在这里，自己就像收了他的聘礼似的。她明明是正大光明地和别的男人约会，倒搞得跟做贼似的。

当初她和赵理想吃饭是如此，现在和云未寒在一起也是如此！

卫微言丢几块破石头给她，难道自己就没有选择别人的权利了？他简直太阴险了。而且她拿着这烫手山芋，每一次说分手都要还来还去的，好生麻烦。当初她就不该收下的。

年子躺在床上折腾了许久，忽然又觉得不对劲了——卫微言不是要离开三个月吗，怎么不到两个月就回来了？难道他是专程为了这事赶回来的？

借着月光，她又看了看那几块安然躺着的宝石，不知怎的，脑子竟然慢慢清醒了。

我到底在干什么？我怎么会忽然和云未寒在一起？这妖人明明就是在骗我啊。一开始我就知道他是在骗我啊，现在怎么反而糊涂了？

她觉得自己快分裂了，脑海中好像有两个截然不同的人在打架。

想着想着，倦意慢慢袭来，她再次枕着那个小玉瓶，又昏昏沉沉地睡过去了。

第十六章

死亡通知单

包间里十分安静。

一桌菜、两杯酒，吃饭的人却心神不宁。

卫一鸿："老大，你怎么突然回来了？"

卫微言没吭声。

"据说你们那个医学联盟走在了业内前沿，你要是正式担任主席，以后岂不是更牛了？"

卫微言："……"

卫一鸿看他神色不对劲，试探性地问："老大，到底发生什么事了？"

卫微言举起酒杯将酒一饮而尽，红酒度数低，喝了当没喝。他自斟自饮，连喝两杯才把杯子放一边，觉得任何酒水都不过尔尔，根本没有任何价值。

有人推门进来，笑靥如花地道："微言，我不请自来，你不会不高兴吧？"

卫微言看了她一眼，不置可否。

卫一鸿："雨桐，快坐，你也累一天了，坐下来一起吃点儿东西。"

乔雨桐点了点头，很自然地在他旁边坐下，却看着卫微言："微言，你怎么心事重重的样子？"

"没事，旅途劳顿而已。"

乔雨桐是何等人？见他不说，她自然不会追问，只是换了个话题，谈起了自己的新职业。乔雨桐彻彻底底地转行去弄国学了，虽然还是有挂羊头卖狗肉的嫌疑，但是至少再也不明目张胆了。学校里的课程，基本上是讲授书法、四书五经，甚至开了一门王阳明的课程。

“微言，我真的已经彻底改变了内容，就是四书五经、《弟子规》什么的，让孩子们多受一点儿传统文化的熏陶……你放心，女德、女诫这些课程，全被我删除了。”

卫一鸿帮腔道：“雨桐生怕真的失去你这个朋友，所以改变已经很大了。卫老大，这一点我可以做证，你不信可以亲自去视察……”

“我不删除也不行，现在有关部门盯得很紧，偶尔还有记者来暗访，我就算想做也不敢做……”乔雨桐自我解嘲似的道，“上次卫妈都问我这事了，我肯定不敢再乱来了。”

卫妈便是卫一鸿的妈妈。卫妈是一名妇产科医生，前段时间很委婉地问乔雨桐，说他们科室的同事讨论，看网上谁的女德言论听起来简直匪夷所思，这年头怎么会有这种奇葩？乔雨桐见卫妈都是这个态度，内心凉了半截，生怕卫妈看不起自己，索性真的收敛了。

乔雨桐收敛的原因也很简单，因为她兜兜转转地和卫一鸿正式交往了。

卫一鸿帮她开脱道：“雨桐现在都是寒暑假才开班了，其他时候就闲着……”

乔雨桐：“幸好可以靠你，要不然，除了寒暑假，我就没的吃了。”

“没事，我养着你，你没必要那么拼命。”

卫一鸿在本市最大、最著名的三甲医院上班，那医院门庭若市，医生的薪水之高令人咂舌。当然，这不是主因。主因是他家那个很赚钱的私人医院，他父亲说很快会交给他接管了。若非如此，他也不敢说养乔雨桐这样的话了。

卫微言见二人打情骂俏，只是听着。此时此刻，他真的一点儿也不关心乔雨桐的事情。

过了一会儿，又有人敲门。卫一鸿以为是服务员，随口道：“请进。”

一个美人“满脸意外”的惊喜表情：“哇，雨桐，你们都在这里？好巧啊！我们在隔壁包间，之前我看到一个人影有点儿像雨桐，就想过来看看，结果还真的是你……”

薇薇亲昵地挽着张公子，对乔雨桐说着话，却一直看着卫微言。张公子也好奇地盯着卫微言。

乔雨桐很是客气地说："相逢不如偶遇，坐下来一起聊聊吧。"

薇薇："是啊，我们也好久没见面了。"

张公子已经喝得差不多了，脸上血红，笑嘻嘻地一手搭在卫微言的肩上说道："这位哥们儿是？"

卫一鸿急忙道："这是卫微言，我堂哥。"

"哇，原来你就是卫微言啊？你知道吗？有一次薇薇做梦，梦里叫你的名字，'微言、微言'……我还在想，微言是何方神圣。"

薇薇变了脸色，众人也都有点儿难堪。

张公子却旁若无人地说："卫微言，原来你长得这么好看，难怪能令女人念念不忘。对了，你的女友是不是那个叫年小明的女权主义者？"

卫一鸿见势不妙，试图劝阻："张公子，你喝多了，先去休息吧。"

薇薇也急忙道："我们先回去，今天还有一点儿事情……"

张公子一把推开了她："去、去、去，一边去，男人说话，女人插什么嘴？"

卫一鸿看了卫微言一眼，二人的脸色都不好看了。

张公子却不识趣，搭在卫微言肩上的手慢慢往上，然后装作不经意地在他的脸上摸了一把，笑道："你怎么找年小明这种奇葩啊？她不是还跟云未寒有一腿吗？我还听说，她有什么透视能力……"

乔雨桐和薇薇听到这话，不经意地交换了一下眼色。本来很着急的薇薇也不急于阻止张公子了。张公子虽然言语粗俗，但是她们巴不得他说下去，彻彻底底地把年小明的皮扒下来。这"绿茶婊"，仗着有一点儿特殊本领，就许她天天揭露别人，现在终于轮到她自己被扒了。

张公子显然是要讨好这个极其好看的"新朋友"，自来熟地称兄道弟起来："兄弟，咱们不能戴绿帽子是不是？要不我干脆把这顶绿帽子给你揭开，算是送你的一份见面礼……"他一挥手，特别大气地说，"我明天就叫工作室发一条微博，告诉全天下的人，年小明劈腿了！做兄弟的，就得替你出一口恶气！你看够不够意思？"

一拳砸在了他的嘴巴上，随即又是一拳落下，第三拳之后，张公子就像镇关西一般倒在地上，杀猪般惨叫起来："你敢打我？！卫微言，你居然敢打我！"

张公子平素就爱对人出言不逊，仗着有钱，对朋友、兄弟都是满嘴粗话，随时骂娘，当然，也没有任何人敢对他动手。却不料今天他忽然连挨了三拳，因为猝不及防，也没有任何还手之力。

事发突然，众人都惊呆了。

卫微言一脚踢在地上的张公子身上，冷冷地说："你嘴贱，所以需要清洗一下你的臭嘴！"

他拍了拍手，看看目瞪口呆的另外几个人，冷冷地说："你们既然早就知道我和年小明分手了，就别一副抓住她劈腿的神情了！男未婚女未嫁，她这不叫劈腿，叫自由选择！"

他瞥了张公子一眼："还有，你们跟这种人搅和在一起有意思吗？离他远点儿吧……"

言毕，卫微言扬长而去。

几人面面相觑，还是薇薇最先反应过来，蹲下去一把扶住张公子，哭了起来："你怎么了？亲爱的，你怎么了？"

张公子哎哟一声道："你是不是瞎了？我都被打成这样了，你还问我怎么了？送我去医院啊……不、不、不，快叫阿虎和阿龙……叫阿虎和阿龙揍死那孙子……"

阿虎和阿龙是他的保镖，都在隔壁，闻讯赶来的时候，卫微言当然早就走了。

VIP 病房里，张公子连声哎哟地叫唤着。

"快报警，马上报警，一定要抓了卫微言这厮。这个杂碎，居然敢打我，他真是找死！"

助理赔着笑脸，当然不愿意报警。毕竟张公子的检查报告出来了——皮外伤都算不上。

卫微言打人是有选择的，全是令人疼痛得要命的地方，可要说什么重伤，那是看不出来的。

再者，老爷子早就反复叮嘱团队和张公子身边的人：怎么玩都可以，但不要惹是生非，尤其不能打架斗殴、吸毒。

张公子还在大呼小叫："叫你们马上报警，你们聋了是不是？"

"少爷，我们可以找人私下里痛揍那小子一顿，至于报警，我想就不必了……"

"你想，你想，到底你是少爷，还是我是少爷？什么时候轮到你想了？"

张公子一扬手机就向助理砸去，助理急忙躲避，砰的一声，手机坠地，张公子彻底奓毛，跳起来一耳光就向助理扇去："快找我家律师，搞不死卫微言算我输！"

一只手夹住了他的拳头："别闹了！"

张公子正要破口大骂，看到来人，只得悻悻地后退几步。

"别再闹下去丢人现眼了！真要闹大了，对你没什么好处！"

"云先生，难道我就这么白白被打？"

云未寒冷冷地看了他一眼："连轻伤都不算，死不了！"

"这不是伤不伤的问题，是我丢脸了！！！丢脸了，你懂不懂？"

"就那么几个人在场，又没有什么外人或者媒体看到，大家都不说出去，你丢什么脸了？"

张公子不可思议地指着自己的鼻子："难道我就要生生吃一个哑巴亏？"

"不然呢？你把卫微言抓起来还是打伤打残，然后让某国际科研所直接来问你家要人？你不怕麻烦，你爸也不怕？"

张公子："……"

"我来之前已经跟你爸通过电话了！别闹了。你自己不乱说话，也不至于被打。这天下不是你们家的，别以为一辈子横着走都没事。"

张公子的手机在地上响个不停，正是他老爸打来的电话。他气咻咻地抓起电话，云未寒没再搭理他，径自走了。

小心翼翼地候在一边的薇薇悄悄追出去，一直追到门口，才怯怯地说："卫微言动手打人，你居然还护着他？"

"不是我护着他，是这个节骨眼儿上，你们要多事，对任何人都没好处。"

"可他分明是犯贱，那个女人明明'劈腿'了，还不让人家说？他就是戴了绿帽子，还自欺欺人，简直了……"

云未寒淡淡地说："就算分手了，你也没必要羞辱前任，羞辱前任就是羞辱自己！"

薇薇很激动、很不甘：卫微言被戴了绿帽子，简直令她怒不可遏。

"卫微言就不是个男人，'忍者神龟'说的就是他！两个人正常分手当然不撕，可是那种‘劈腿’的女人，也撕不得吗？在这圈子里，哪个男人被戴了绿帽子会忍气吞声的？”

“那是你身边的男人都不是好东西！”

薇薇：“……”

“张公子这些人都是人渣。别说分手后了，就算没分手，他也可以肆无忌惮地分享女伴的艳照。当然，你非要跟着他，那我也不阻止你！但是你眼光不行，不能说别人也不行。”

云未寒说完，大步离开。

薇薇又追了上去，一副期期艾艾的样子，又不敢明说。

云未寒停下了脚步：“你到底还有什么事？有就一次性说清楚，不要吞吞吐吐的。”

“卫微言是真的彻彻底底地和年小明分手了吗？”

云未寒断然道：“无论有没有年小明，卫微言都不可能跟你在一起的。”

薇薇涨红了脸：“我真不知道那狐狸精到底修炼了什么狐媚之法……”

云未寒看了她一眼，摇了摇头：“你真的不知道当初卫微言为什么要跟你分手吗？”

薇薇狐疑，这是她也一直百思不得其解的问题，这么多年来一直没有答案。

难道云未寒知道？她惴惴地问：“为什么？我还以为那时候他就‘劈腿’，喜欢上年小明了……”

云未寒：“和你分了大半年后，他才第一次见到年小明！”

云未寒和卫微言同在某一个医学协会的小群里。他们当然是很久之前就认识了，虽然彼此谈不上有多好的交情，但见过几次面，也算是很熟的同行了。

两人第一次见面云未寒就不是很喜欢卫微言，但是架不住李汤姆的热烈推荐。李汤姆是个怪才，自己有顶级的研究所，家里又有矿，是多个项目的赞助人，所以，他的面子，业界的人多少得给三分。云未寒自然也不例外。

李汤姆极喜欢卫微言，经常借打赌的理由送卫微言宝石。众人私下里暗暗嘀咕，李汤姆分明是故意的，他对卫微言的兴趣看起来完全是不正常的。

可是这种事情大家司空见惯，当然都不觉得稀奇。而且卫微言是“直男”无疑，因为只有“直男”才会看不出这么明显的示好行为。

江湖传闻，这个“直男”有一个绝色无双的女友，云未寒听说后都很是好奇，一度暗忖：到底什么样的人会被卫弱智看上？

某一天，一个“富二代”在群里发了一个小视频，说是带着新的女朋友在某著名的岛上度假。“富二代”用极其炫耀的口吻告诉大家，他的新欢美貌绝伦。

当然，视频上的女生只有背影，不过她手腕上戴的那条绿松石的手链特别醒目。

可光这个背影，也让人惊叹——那是玉雕一般的躯体、黄金比例一般的弧度、月光一样的肤色……光看一个背影，都让人意乱情迷了。大家都说这小子好有艳福。

那“富二代”用很惆怅的口吻说，要不是家里早已给他安排了联姻，他就真的有点儿想娶这个美人了，毕竟以后要找这么漂亮的女人，真的不容易了。

男人八卦陌生人，当然是很快就忘到九霄云外去了。很快，再也没有人提这事了。

卫微言去机场接薇薇时，二人谈笑风生。薇薇伸出手拉他的手的时候，刻意柔声说：“你看，你送我的手链我一直戴着。”

薇薇出国前，卫微言去店里买了一串绿松石的手链送给她。因为当场买，她戴上就出国了，可能后来卫微言自己都忘记这事了，直到此刻看到这手链才想起来。

他极其客气地把薇薇送回了家，然后，就再也没有下文了。

正因为是如此难堪的事情，所以随后无论薇薇怎么追问分手原因，他都没有作声。

云未寒轻描淡写地说：“那次你来找我，我一看到你手上戴的手链就明白了。我都知道，卫弱智会不知道？他又不是真的傻子！”

薇薇恍然大悟，随后又瞪大了眼睛，满脸难以置信：“原来是这样……居然是这样！”

一个小视频，毁掉了一个男人的爱。她低下头去，眼中有了泪痕。

“这不能怪我，那时候我是真的需要钱。你也知道，我刚去国外的时候，我妈根本供不起我，我也没有办法……有些富家千金还各种奚落、嘲笑、冷落我……我不甘心，发誓要赚大钱，发誓一定要出人头地……”

漂亮女生要快速赚钱，门道当然都是差不多的。薇薇压低了声音道：“可是当初他明明答应了不会放出任何小视频的，他说他是自己欣赏珍藏……”

“男人的话你也信？但凡拍你视频的男人，其主要目的就是拿出去炫耀！”云未寒冷冷地说，“你一直在人渣堆里打滚儿，那也随你，反正这个张公子，我是不看好的。不过，你也别去打卫微言的主意了，没必要自取其辱。天下男人多的是，你的选择余地其实还很大……”

薇薇涨红了脸，愤然道：“我是不好，那年小明就好了吗？她还不是到处‘劈腿’，荡妇一个，那卫微言为什么还对她那么着迷？你说，年小明哪里比我好了？哪里比我干净了？她同样是荡妇，凭什么你到现在还护着她？”

云未寒沉默了一下，淡淡地说：“至少年小明没有被拍下视频外传啊！还有，以后别再说‘荡妇’这种字眼儿了，你不是在羞辱她，而是在羞辱我！迄今为止，她还从未跟我睡过，也没跟其他任何男人睡过！”

薇薇：“……”

云未寒已经走远了。

薇薇震惊万分，心里冒出一句脏话：云未寒，你是不是阳痿啊？

可是，她只敢这么想，一个字也没敢骂出口。

“薇薇……薇薇……”

薇薇急忙走进去。

张公子气汹汹地指着她的鼻子：“你说，云未寒跟你到底是什么关系？”

薇薇垂下眼睫，收敛了一切表情，低声道：“你为什么问这个？”

“你老实说，你和他到底是什么关系？”

“……”

“以前我还以为你是他玩腻了不要的货色，要不然他干吗那么提携你？现在我才知道没那么简单，你快说，你们到底是什么关系？”

薇薇不敢吭声。

张公子放下指着她鼻子的手，笑起来：“江湖传言，你是他那个浪子老爸的私生女，是不是？”

薇薇低着头，一言不发。

“恭喜你！若你真的是云未寒的妹妹，那么你就有希望嫁给我了，否则的话……”张公子满不在乎地说，“明天你就别再跟我联系了！”

书房里，面对厚厚的检查报告，云未寒一个字也没看，只是默然地看着对面的仪器。画面上，一群小山似的肿瘤群体正在疯狂集结。两个月前，这些东西都还不那么活跃，他一度以为这些东西已经彻底被压制了，没想到最后他还是逃不过命运的安排。

这世界上最高明的医生、最好的药、最牛的医术，到最后都没法真的让人类永生。永生的路，至少目前他还走不通。

他的主治医师丹尼斯神色十分凝重，语气听起来也有些不安：“云，你要有心理准备。”

“你的意思是，我真的要死了吗？”

“一年之内，你必须进行最后一次手术。”

最后一次——这四个字听起来可真是带感。

“如果手术成功，你真的可以赌赢下半生，也就是如你所说，你活到一百五十岁都不成问题……”

“如果手术失败呢？”

丹尼斯犹豫了一下，还是直言不讳道：“你会下不了手术台。”

“手术成功的概率有多大？”

“三七开。”

云未寒笑起来：“居然还有三成的把握活着？我还以为只有一成或者必死无疑。这已经很好了。”

一般人听到只有三成的把握，基本上就歇菜了，也难得他能这么乐观，就连医生都深感佩服。丹尼斯的意思也很明确：“云先生，这一年的时间里，你有什么未了心愿，或者必须处理的事情，那就抓紧时间完成。至少你要给你的律师团队交代好一切后事。”

云未寒笑了笑，叹道：“我早该想到，钱真的不是万能的……”

“至少，目前还不是万能的！”

有富可敌国的大富豪连续换了几次心脏还是死了；有富豪榜上的常客得了癌症还是一样死了；有富豪换了肝肾又换血液，但最后还是死了。每一年都有富豪陆陆续续地死去。如果钱可以换命，他们都会永生了。

“当年我的父亲疯狂折腾了几年，最后还是死了。我一直以为是那时候的医学不够发达，没想到，轮到我自己时……”

他没说下去，只是拉开抽屉，拿出一帧照片。早已泛黄的照片上，男子神采奕奕，俊逸非凡在父亲得病发狂之前，他还是个正常人，甚至算得上是一个有为青年。遗憾的是，一场绝症让他癫狂，疯子一般度过了人生的最后时刻。

“其实我还是挺幸运的，至少在我发病的时候还有药物进行克制。我没有如我父亲那时候一般生不如死，只好破罐破摔……”

丹尼斯也长叹了一声：“云先生现在还能这么豁达幽默，也非寻常之辈了。”

云未寒放下照片道：“丹尼斯，你猜我现在最遗憾的是什么？”

“什么？”

“我该早点儿结婚生个孩子！”

丹尼斯想起他庞大的商业帝国，很理解地点了点头。这是大多数人类的通病——总希望自己的财产一代一代地传承下去，子子孙孙无穷尽也。

云未寒站起来走了几步，似在自言自语：“如果我现在就结婚生子，也不知道还来不来得及目睹我的孩子出生……”

他转向丹尼斯道：“如果我马上结婚，理论上，我是不是还有机会看到我的孩子出生？”

丹尼斯有点儿不安：“我说一年之内，是指的极限值。如果病情恶化或者有别的情况发生，那么时间可能提前到半年甚至两三个月……”

云未寒很固执地道：“至少可以拖满一年是不是？”

“理论上是如此，但是……”

云未寒不理睬这个“但是”了，背负着双手道：“如果我马上结婚，也许真的来得及看到我的孩子出生……”

“这么说来，云先生是有合适的结婚对象了？”

云未寒再次长叹了一声：“以前我觉得结婚是一件麻烦事，而且自己的寿命那么长，没必要一辈子绑在一棵树上，谁知道世事无常啊……”

凭他的条件，当然有过不少合适的结婚对象，问题是他觉得“外戚干政”很麻烦。

“丹尼斯，你知道吗？中国有个成语叫作‘外戚干政’，我之前也有过印象不错的门当户对的对象，但是，她们绝大多数人是有兄弟的，我怕自己一旦死了，孩子没长大，母亲没定力、没能力，然后一切都是为他人做嫁衣……”

“云先生竟然想得这么远？”

“可不是吗？你读一读中国的历史就知道了，舅舅们基本上就没有不想着阴谋篡位的，有些皇帝的龙椅就是被舅舅篡夺的……”

丹尼斯：“……”

“小家碧玉就更不用说了，你也知道我父亲在外面的那些情人，比如薇薇的母亲，靠着男人一夜暴富，纵然守着金山银山也是坐吃山空，赌博、吸毒、养小白脸，败得很快！”

薇薇的母系家族也有“舅舅们”的问题。当初女儿做别人的情人赚了大笔钱，娘家人都跟着吃香的喝辣的，舅舅们更是恭维着说尽奉承话——凡事都伸手问这个金主妹子要钱。到后来，薇薇的母亲被小白脸骗光财产，舅舅们自然都躲得远远的，反过来嫌弃她们母女丢人现眼。

人情冷暖，莫过于此。也正是出于这一丝怜悯之情，云未寒才愿意对这个“私生妹”伸出援手。可是他深知遗传基因的重要性——薇薇和她的母亲本质上一模一样，也是扶不起的阿斗。

他意味深长地说：“丹尼斯，你知道吗？其实要找个合适的女人生孩子也是不容易的，比赚钱还不容易！”

丹尼斯苦笑道：“我死之后，哪管身后的洪水滔天？不过主要也是因为我根本没有什么富可敌国的财富需要传承吧！”

丹尼斯半开玩笑地道：“不过，云，我们之前讨论的是最坏的结果。你别忘了，也许你可以活到一百五十岁，如果仓促之下你随便找个女人，以后也许会后悔莫及。”

富豪不轻易结婚，除了因为选择余地太多之外，更多的当然是出于财产安全的考量——有没有一纸婚约，有没有孩子，对以后的财产走向影响是非常大的。

作为多年的朋友，丹尼斯当然会尽责地提醒：“结婚生子容易，可是有些麻烦以后甩都甩不掉。”

云未寒也半开玩笑地说：“你看，结婚和患绝症一样，都是赌博，对不对？”

连续两天，年子闭门不出。

云未寒发消息，她也不回复，他约她，她也不搭理。

她无心码字，也睡不着，老是迷迷糊糊地寐着，又很快惊醒。

小玉瓶和大宝石，全被她扔到了角落里。她觉得那些骗子都应该被扫到角落里去。自己到底为什么还和他们纠缠不清呢？她自己都不明就里！

那天早上，她起得很早。

父母刚上班她就起来了。

那是一个阴天，天气没那么热了。她慢慢地走到花架下面，蹲着看金毛大王。

金毛大王一直牢牢地抱着那块红色的石头，每天都要拿出来把玩。年子慢慢想起来：这石头本来就是那人送给金毛大王的啊！人家金毛大王还活着，自己尚未到继承它的遗产的时候，怎么就喧宾夺主了？

这老狗对卫微言极其亲热，但是见到云未寒就咬，尤其是最近这段时间。有时候云未寒白天来，李秀蓝夫妇不在家，他也不敢多停留，因为金毛大王老是咬他，一直狂吠，根本不让他靠近。

云未寒曾笑骂：“你这可恶的老狗奴，我迟早宰了你炖狗肉吃。”

当时她听到这话很不高兴。后来，云未寒就不这么说了。

现在她看着金毛大王友善温驯到极点的眼神，忽然想：无论是谁杀了金毛大王，我都得杀了他！

在所有动物之中，狗的眼神是最温和、最纯良的，狗的性子也是最忠诚的，而且狗跟人类的配合度极高！所以，狗狗能超越其他一切动物成为最大的宠物群体不是没有道理的！

金毛大王用双爪捧着红宝石懒洋洋地躺着，年子伸出手，慢慢地从它的爪子里把东西拿走。它可能有点儿不舍，但是只要主人拿走，它也就只是看着，一点儿也不反抗。

年子把所有的宝石都放在一个塑料袋里装好。

这时有敲门声响起，她慢慢吞吞地走过去开了门。

卫微言站在门口，神情有点儿憔悴。

她并不意外，只是低下头，沉默不语。

他也沉默着。

半晌，她结结巴巴地把塑料袋举了起来："还给你……"

卫微言没接。

"卫微言……你……你走吧，以后再也别来找我了。"

卫微言淡淡地说："我今天来就是告诉你，我真的要走了。"

年子忽然很慌乱。

"你可能早就听说过了，我要去国外的一个研究所，以后可能一辈子都不回来了。"

这事居然是真的。他真的要彻底远走高飞了。他要和唐婉婉去国外追求更好的前程了。明明这是她早就知道的事情，可不知怎的，她偏偏慌得手足无措起来。

年子结结巴巴地问道："你……什么时候走？"

他看了看四周，金毛大王早已溜达过来，很亲热地伸出舌头蹭了蹭他的手，又轻轻咬了咬他的裤管。

这老狗真的老了，满嘴的牙齿已经开始掉了，就像一个历经沧桑的长者，面对一些明显的错误却又无可奈何。

卫微言拍了拍它的头。它慢慢地在他旁边坐下去，仰起头，就那么望着他。

"卫微言……"

他再次拍了拍金毛大王的头，若无其事地说："其实我们早就分手了，原本就该各走各路。好吧，年子，以后你多多保重！"

居然是他先说分手！这是他第一次跟她提分手！他说得那么决绝，毫无商量的余地。

年子慌得出奇，好像有某个地方无声无息地碎裂了，但是她又不知道究竟哪里疼。

"老伙计，你也多多保重吧。"对金毛大王说了这句话之后，他又对年大将军招了招手，"小伙计，你也保重。"

他说完，转身就走。

年大将军在他身后大叫："恭送大王……恭送大王……"

年子追上去，一把拉住了他。他慢慢回头，看着她的手。

年子急忙松开手，结结巴巴地说："你的宝石……"

她忽然想起宝石还在茶几上，又立即跑回去拿起袋子，仓促地折回来递给他。

他顺手接过袋子，还是满不在乎的样子。

"不是什么值钱的玩意儿，还不还无所谓。不过你实在不想要的话，我还是拿回去好了。"

年子结结巴巴地说："那啥……你是和那个什么唐婉婉一起出去吗？"

卫微言笑了笑，算是默认。

他没有说再见。这一次，他一点儿也没有拖泥带水。

年子一直站在原地看着他的背影彻底消失，整个人彻底蒙了。

他们分手了！他们居然真的分手了！以前总是她威胁他，先说分手，她先离开……这一次，终于轮到他先离开。

有人说，女人提分手往往不作数的，因为许多情况下她们是在耍小性子，故意傲娇而已。可男人说分手就不同了，那是真的要分手，对对方没兴趣了！

就像卫微言，远去的脚步毫不踌躇！

年子居然感觉很绝望。

不知过了多久，她才慢吞吞地走回去，躺在床上，觉得空调很冷，头很晕，跟中暑了一般。

她忽然想起冰箱里那盒白色巧克力，居然没有还给他！

她很愤怒。自己留着这玩意儿干吗？

她冲进厨房，打开冰箱，拿出巧克力，爹毛了，一口气吞了两颗，到第三颗的时候，冷得牙齿都打战了。

年子躺在床上，觉得更冷了，吃下去的几颗巧克力就像是一堆冰块塞满了肚子。她感觉伤心欲绝，却找不到倾诉的对象。

她给妈妈发了一条消息："卫微言……他和我分手了。他说他要去国外再也不回来了，这次我们是真的分手了……"

可能李秀蓝上班忙碌，还没看到，并未及时回复消息。

年子扔了手机，拉着被子蒙着头，不一会儿居然睡着了。

年爸爸这天提前下班，在小区的转角处，停下了脚步。

前面站着一个人。

年爸爸很意外。

云未寒上前一步，语气极其恭敬地说：“年叔叔，很冒昧打扰您，我想跟您谈一谈。”

无论男女，长相极好总是占便宜。年爸爸本来对他十分警惕，可是见他言辞恳切，只是暗叹了一声。

“年叔叔，我们找个地方吧？”

其实他的本意是去年子家里谈，可年爸爸明显没有邀请他进门的意思。

“不用了，长话短说，就在这里说吧。”

谈话地点就在旁边云未寒的车上。年爸爸直奔主题道：“云先生有什么话不妨直说。”

云未寒苦笑了一下：“这话原本难以启齿，我都不知道该怎么说……可是，我已经没有犹豫的时间了。”

他直接递过去一沓检查报告。

年爸爸仔细看了几张，很是意外。他抬起头，打量着云未寒：“看不出云先生已经病入膏肓了啊？”

“侥幸有新药控制着病情，我不至于像一般人那样痛苦不堪。”

“云先生的意思是？”

云未寒直言不讳道：“我想尽快和年姑娘结婚，因为我已经没时间耗着了！”

年爸爸：“……”

原来这段时间云未寒如此疯狂地追求自己的女儿，是出于这样一个目的?

云未寒简短地交代了自己的身世，甚至连自己的商业帝国也提了几句，末了，有些赧然地说：“我知道自己的这个要求听起来很荒诞，甚至不近人情，可是除了年姑娘，我已经没有任何别的人选了。最重要的是，我特别喜欢年姑娘……”

如果说他最初的确是出于科研的价值考虑年子，后期随着自己的病情加重，科研的目的已经被彻底搁置了。而且凭借现在的医学条件，他可以保证，绝对能在一年之内看到自己的孩子出生！

为了打消年爸爸的顾虑，他又递过去一大沓材料：“你们放心，就算我死了，以后也会有整个团队辅助年姑娘，任何时候都不至于让她手足无措。”

他已经把“后事”安排得妥妥帖帖，万事俱备，只欠“新娘”。

年子真的是他精挑细选的唯一人选。

尤其是李秀蓝夫妇也特别令他满意——身家清白、知识分子、有原则和底线，而且充满爱心。也就是说，他娶了年子，既不担心外戚篡权，年子一家人本身也有自力更生的能力，再加上岳父、岳母人品过硬，这一家人百分百地会全情热爱孩子。

自己的孩子绝对可以在充满爱的环境中快快乐乐地长大，就像另一个小年子，因拥有充足的爱，所以心智健全。

年爸爸却听得目瞪口呆。好半晌，他还是难以置信地问道：“云先生，你这是认真的吗？”

“我深思熟虑过，不然也不敢冒昧登门！”

年爸爸沉默了。

云未寒忽然很紧张。他很清楚，如果过不了年爸爸这一关，这事情就很难办了。

“不行！”年爸爸拒绝得斩钉截铁，竟然没有丝毫商量的余地。

云未寒有些口干舌燥，说不出话来。

“云先生，这是不可能的！”年爸爸断然道，“纵然你告诉我的一切情况都是真实的，我也决不同意这么荒谬的事情！”

云未寒：“……”

“没错，云先生的商业帝国的确很庞大，听起来也很诱人，年子若是嫁给你，为你生下一儿半女，顺理成章地就会登上荣华富贵的巅峰。可是你想过吗，她为什么要这么做呢？”

云未寒：“……”

“年子才二十几岁，可以说她的青春才刚刚开始。如果她仓促地和你结婚，生下一个孩子，然后就成了寡妇，后面漫长的几十年，她就一个人带着孩子，孤家寡人，守着金山银山过日子？”

云未寒：“……”

“我们虽然不是什么有钱人，可我和年子的妈也算是勤快人，能挣一点儿小钱。年子从小到大衣食无忧，虽然过不上奢华的日子，可小康安乐是绝无问题的。她自己也有自力更生的能力，不那么缺钱，为什么要接受这样一眼看不到头的人生买卖？”

别的夫妻往往看到生了个女儿，就觉得“没负担”，认为女儿大了找个人嫁了就行了。可年爸爸从来不是这么想的，相反，因为生的是女儿，夫妻俩更努力地赚钱，早早替女儿买了几套房子、车子，存款什么的也都考虑得清清楚楚。

云未寒忽然觉得自己还是低估了年爸爸，甚至暗暗懊恼，自己来之前准备工作还是没做到位。

年爸爸毫不客气地说：“如果我们是穷光蛋，可能一听云先生的条件会觉得是天降馅饼。可是恕我直言，年子并不那么需要你的这笔钱！如果答应这个条件，对年子来说，这简直是自找一条绳子套在自己的脖子上！”

云未寒一句话都答不上来。好半晌，他才勉强道：“我不见得一定会死的，年姑娘嫁给我，并不见得就是悲剧……”

如果我不死，你女儿嫁给我难道不是一桩好事吗？

年爸爸微微一笑。这一次，他特别和颜悦色地说道：“云先生，如果你真的能长命百岁，肯定不会向年子求婚！”

云未寒：“……”

“我们虽然是普通人，但门当户对的道理是懂的。如果云先生能长命百岁，那么跟过去一样，年子充其量只是你的一个科研对象，至于攀高枝，简直是痴心妄想。你顶多就是图一时新鲜而已……”

男人看男人，最是一针见血。当云未寒身体健康的时候，他甚至连登门拜访都不屑做，哪能像今天这样纡尊降贵？

像年家这种普通人，早前其实并不能入云未寒的法眼。年爸爸这种深谙人情世故之人，又如何能不明白这点？

“其实，如果你俩曾经有深情厚谊，彼此真爱过，那么年子就算不要任何金山银山，也能好好替你抚养孩子，我们也有能力协助她。可若是没有感情做支撑，那年子凭什么要做你的殉葬品？就因为那座自己其实用不了多少的金山银山？”

“……”

“如果年子非常非常爱你，非你不可，而你曾经对她也报以同样的感情，那么无论她做什么选择，我们都支持她。否则，一切免谈！”

因为爱，年子无条件守护他一生都是应该的。

否则，他凭什么提这个条件？就凭他有钱？

云未寒只觉脸上火辣辣的，居然一句话都反驳不了。

年爸爸起身，郑重其事地道：“云先生，希望你彻底放弃这个危险的想法。毕竟为人父母者，我们只希望年子幸福，而不是成为谁的人殉！”

云未寒眼睁睁地看着年爸爸拉开车门下了车。

临走时，年爸爸又回头，语气极其和蔼地说：“无论如何，我非常感谢云先生能这么坦诚相告！还有，我希望云先生能手术成功，长命百岁。”

云未寒靠着椅背，忽然觉得浑身失去了力气，半晌才自言自语道：“除了金山银山，难道你们就不相信我是真心的吗？难道我只想娶这个女人，就不能算真心吗？”

在小院门口，年爸爸驻足。李秀蓝悄悄迎上来，低声道：“今天回来得这么早？”

“年子怎么了？”

“唉，我总觉得她跟中邪了一样，有些精神分裂。”

夫妻俩悄悄唠了一会儿嗑，李秀蓝难以置信地道：“云未寒居然打的是这样一个主意？难怪他前段时间那么反常……”

她将头摇得像拨浪鼓似的：“这可万万不行。这简直是明知前面有火坑却非要跳进去啊，绝对不行……就算为了钱也不行！”

每个人来这个世界上走一趟，其实都很不容易，为了钱而毁掉一生，实在不明智！

“现在年子这样子，我们该怎么办？”

年爸爸忽然道：“年子如此反常，我认为该找卫微言看看，毕竟我觉得他不可能害年子。”

李秀蓝犹豫不决地道：“可是他都主动提分手了，我们哪有立场去找人家？”

第十七章

年子落入陷阱

红色的玫瑰盛开得无边无际。

云未寒坐在草地上，眺望着远方的天空。直到脚步声停在对面，他还是死死地盯着那一轮斜阳。

夕阳无限好，只是近黄昏。此时他觉得写这句诗的人简直是个天才。

“云未寒，收手吧……”

云未寒冷冷地道：“滚！”

“你用手段对付一个女孩子，无论打什么旗号都是下作的！”

“卫弱智，你赶紧滚蛋！我这里不欢迎你！”

卫微言环顾四周，目光也落在了那一轮残阳上面。余晖和玫瑰互相交织成了一片极其炽热的色彩，鲜血一般艳丽。

“年子早就跟你分手了！卫弱智，你要是个男人，就别再厚颜无耻地多事。”

卫微言笑了笑：“我不是多事。这事我是管定了！”

“……”

“你别忘了，年子狂追我那么久，都向我求婚好几次了！毕竟出于道义，我也得替人家负责，不能眼睁睁地看着人家掉火坑里，对不对？”

云未寒勃然大怒：“这里不是你放肆的地方，快滚！”

“若是年子在正常情况下真的爱上了你，那我绝对不会多事，我转身就走！可是，云未寒，你自己心里清楚这到底是怎么一回事！我今天来就是为了警告你，如果你真干了什么坏事，我绝对饶不了你！”

“嘿，你饶不了我？你算老几？”

“无论你有任何意图都不关我的事情，但是对年子，就不行！云未寒，你记住，我一直盯着你！”

“滚！”

卫微言没有滚，而是在他面前坐下，随手摘下一朵玫瑰，仔仔细细地看着，再抬眼看一下大片花海，更是叹为观止。能把玫瑰折腾出这么多花样，真是非常人所能办到的。可以说，一个普通人凭借这个手艺，也可以成为一个小富翁了。

“云未寒，你其实更适合做一个花匠，毕竟你的天赋在于种花，而在医学上，你真的是平庸之辈。”

云未寒很想一掌拍死他，可是只能不言不动。

“你天天忽悠我去做那个什么联盟主席，目的并不在于抬举我，而是想彻底把我支开，免得我碍手碍脚。”

云未寒冷冷地说：“你爱去不去，有的是人争着去。”

“那是。比如唐婉婉，她就决定留下。”

唐婉婉留下，但是我未必。我又不在乎这些。

云未寒再次想把他的脸一巴掌拍烂，但还是不言不动。

卫微言悠然地说：“如果我没猜错的话，你是不是祖传脑瘤发作了？”

云未寒的脸色彻底变了：“你从哪里听来的谣传？”

“嘁，这还需要谣传吗？你父亲当年死于此病，而这病遗传概率很大，你现在也到了和你父亲当年差不多的年纪，发病很正常。而且，要不是你发病了，举止怎么会如此反常？”他无视云未寒的眼神，继续道，“当然，更主要的是李汤姆告诉我的。”

云未寒：“……”

“李汤姆说，你即将面临一次大手术，动用了全球顶级的医学团队，他的一位密友也会参与这次手术……”

“李汤姆真是个大嘴巴！为了讨好你，他居然连这种八卦也传。”

“要出动全球数十名顶级医疗人员，耗费的资金以亿为单位，云未寒，你觉得这种事情可能成为秘密吗？”

云未寒居然笑了起来。

“卫弱智，你既然知道得这么清楚，那就别在这里碍眼了。难不成你也想参与进来？”

卫微言兴致勃勃地说：“有何不可？你别忘了，我最擅长的便是脑科……”

“那你何不先治好你的弱智？”

卫微言摇了摇那朵玫瑰，一本正经地说：“云未寒，我们不要撕了，进行一次合作吧。虽然我讨厌你，但是我也不想看到你就这么死了。你自己应该更清楚，如果这次手术失败，你就再也下不了手术台。如果我没猜错的话，你用了刚出的某种新药自我调节。但是你可能不知道，这种肿瘤群一旦扩散，如果不及时将其摘除，任何新药都无法彻底将其压制……云未寒，你必须跟我合作！”

“怎么个合作法？”

“我替你主刀，云未寒，你看如何？”

卫微言在脑科方面简直是一个天才，这一点云未寒也是承认的。尤其前段时间，江湖盛传卫微言和一个医学机构合作，秘密进行了一次令人震惊的手术，让一个晚期脑瘤病人彻底痊愈。此举让卫微言在小圈子内声名大噪，许多人不敢相信会有这样的操作。

若非如此，李汤姆也不敢如此强烈地举荐卫微言做那个联盟主席了。

云未寒问道：“那你的条件是什么？钱财还是……”

“你不要再去骚扰年子了。”

云未寒的笑容极其奇怪：“你凭什么说我在骚扰她？难道她就不能喜欢我？”

“她一直痴恋我，永远不会改变的！”

“卫弱智，你就不要枉做小人了，我实话告诉你吧，我已经向她求婚成功了，我们很快就要结婚了！”

“……”

“人家早就清楚明白地跟你说分手了。据我所知，连那几块破石头她都还给你了。卫弱智，你还有什么脸来找我？”

“我和她的确已经分手了，她也把所有东西都还给我了，但是这又如何呢？”

“那你还对她死缠烂打？”

“我不是死缠烂打，是要对她负责！”卫微言再次强调，“负责，你懂吗？对一个痴恋我多年的女人，我不好意思看着人家白白送死啊，对吧？”

“我这里太小了，容不下你在这儿装！卫弱智，滚远点儿去装！”

卫微言很是好奇：“云未寒，你到底是怎么给她下药的？我百思不得其解。”

知其然不知其所以然，这是最令人痛苦的事，卫微言早就猜测有不对劲儿之处，可是怎么调查都查不出端倪。

专业人士尚且如此，更何况年子本人。

云未寒居然没有否认，反而笑起来：“卫弱智，你就别煞费苦心了，毕竟凭你的智商，你是很难理解的。”

“莫非你真是使用了所谓的‘爱情药’？”

“这是我的核心机密。卫弱智，你那么牛，倒是说出个所以然我听一听？”

“……”

云未寒毫不客气地说：“我如果在医学上是平庸之辈，那么你卫弱智在药学上更是井底之蛙。”

“云未寒，如果你需要靠下药才能得到一个女人，那也太下作了吧？”

云未寒不气不恼地说：“我的事情，跟你毫无关系。卫弱智，你还是赶紧滚蛋吧！”

自从那天和年爸爸谈判未遂，云未寒就再也没有登门了。年子当然不会主动约他，一直闭门不出。

偶尔她会翻翻手机，但是“癞蛤蟆”再也没有发来任何消息。她慢慢地意识到，自己和卫微言是真的分手了。这次他的主动，终于导致两人彻底恩断义绝。她慢慢地放下手机，开始发呆。

柏芸芸发来好几条消息，全是各种婚纱图片。

“年子，你觉得哪一件更好看？”

“年子，你觉得我结婚当天穿哪一件最合适？”

“还有婚礼当天的敬酒服你也帮我斟酌一下吧，你看这两件红色的旗袍哪一件更好看？”

婚纱、敬酒服、水晶鞋……这一切听起来好遥远。年子懒洋洋地回复了她两句话，就把手机扔到了一边。

过了一会儿，手机响了。年子瞄了一眼，是个陌生的号码，以为是骚扰电话，没有接听。偏偏手机响个不停，她本来是不打算接听的，可是那手机反反复复地响，她只好将其拿起来。

“年小姐，您好，我是云先生的司机。我冒昧地给您打这个电话，是因为……”

居然是云未寒的司机打来的电话。司机说，云未寒病了，脑瘤发作，快昏迷不醒了，希望年小姐赶紧去看看。

“年小姐，您可能也略知一二，云先生已经时日无多。他很焦虑，说有很重要的事情一定要向您交代……”

年子听着对方那紧张不已的语气，好像云未寒马上就要死了似的。

司机的声音忽然变了：“不好了，云先生晕过去了……对不起，年小姐，请您快来吧，地址您也知道的，玫瑰农场……”

“喂……喂……”

话未说完，电话已经被挂断了。

年子拿着手机，犹豫不决。父母的话在耳边响起：“年子，你不用仓促做决定。我们也不是逼迫你非要和云未寒断绝关系，但是你记住一点，云未寒可以来我们家约你，也可以在任何公共场合跟你见面，但是你万万不可去他的地盘！”

无论是在自己家还是在公共场合，云未寒都没有乱来的机会。尤其是父亲，谆谆告诫她道：“女儿，在你没有想清楚之前，最好不要去男人的家里！”

女人登门入室，往往会被一些男人视为一种暗示：你不同意，干吗跟我回家？哪怕女人是被坑蒙拐骗去的。而且在自己家里，男人的胆量会更大，会更敢“为所欲为”。

李秀蓝夫妻知道这种事情父母不好强制镇压，只好再三叮嘱女儿不要单独外出。年子也是答应了他们的。而且自从“标本”事件之后，她自己也曾发誓，决不再踏上玫瑰农场半步。

可是这次不同，司机惊惶的喊声不时在她脑海里响起，“云先生已经时日无多”“不好了，云先生晕过去了”。

她想起上次目睹云未寒做远程3D诊疗的场景，是真的有几分害怕：难道云未寒真的会死？

她不明白自己对云未寒到底是什么态度，可至少有一点是肯定的：她从未希望他死掉！

年子决定去看一看。

临行之前，她忽然鬼使神差地拉开了冰箱。因为有点儿饿，所以她一眼看到了那盒巧克力。分手当天她一怒之下吃了三四颗，剩下的又放回冰箱了。她迟疑了一下，一口气把剩下的七八颗巧克力吃了个精光，肚子里瞬间又像塞满了冰块儿。

她奔了出去，驱车直奔玫瑰农场。已经快五点了，天空一扫上午的阴霾，太阳火辣辣地挂在空中。

靠近玫瑰农场之后，车速渐渐慢了下来，年子打开一扇车窗，火辣辣的热气猛地灌进来，她仿佛忽然清醒了一点儿。

玫瑰花房是整个农场里最漂亮、最特别的一间屋子。

年子曾经见过一次的那间三面花墙可以拼出“我爱你”的杰作，再次出现了。它们就这么敞亮地以盛放的姿态迎接着她。

年子不明白，为什么这里的玫瑰四季盛开？她只是慢慢地将目光转向居中的那张桌子。桌子很美，很独特，就像一件艺术品。这里的每一样东西都像是艺术品，云未寒的审美眼光很高。

只是桌上没有任何菜肴，只有一瓶酒，酒瓶子也特别精美。

没有酒杯，云未寒直接拿着瓶子，酒已经被他喝了一大半。可是，他的脸还是惨白的，没有丝毫血色。

他那样子，是一个绝症病人的样子。

年子站在门口，显得犹豫不决。

他坐在原地向她招手："年姑娘，过来陪我喝几杯。呵，你知道吗？"他指了指自己的头，"我这里很疼。最近这段时间，药物已经控制不住病情了。没准儿有一天，我终究会走上死老头儿的老路……"

他说的死老头儿，当然就是他的父亲。

"疼得受不了的时候，我就只能喝酒。死老头儿当时是吸毒，用各种毒品麻痹自己，可是我不愿意那样，我还想看看有无奇迹……"

最烈的酒，往往搭配的不是最好的花，而是烂醉如泥的人。

"年姑娘，过来呀，别站在门口。"

年子慢吞吞地走过去。在离他三步之遥的地方，她还是停了下来。

"坐吧，年姑娘。"

他旁边还有一张空椅子，椅子上铺着玫瑰花纹的丝绸垫子。

年子站在他对面。桌上还有一个精美的盒子。

他穿着雪白的衬衣，一张脸也是雪白的，就像是一个绝世容貌的吸血鬼。

他放下酒瓶，拿起盒子打开，璀璨的光芒让年子几乎睁不开眼睛。

那是一枚极其罕见的蓝钻，切割技术一流，光华灿烂，美丽绝伦，旁边还有与之搭配的手镯、项链。

"年姑娘，嫁给我吧！"

三面的玫瑰花墙忽然一起闪烁，就连灯光也是玫红色的。

年子如在梦里，声音听起来很是虚幻："林教头，你不是那啥……快不行了吗？"

他的司机说，他昏迷了，快不行了，让她快过来，他要向她交代遗言。

原来，他要交代的遗言竟然是求婚。

"年姑娘，你不必害怕。我暂时还死不了，也许以后永远不会死。"

不知道是药物还是酒精的作用，他看起来又像正常人了。

"年姑娘，嫁给我吧。我保证会让你感到快乐、幸福……"

他目光灼灼，任何人都无法忽视他此刻的真心实意。

年子避开了他的目光，忽然自嘲地笑了一下，自言自语道："我还以为你有大笔遗产要留给我，结果……"

三面花墙色彩瑰丽，屋子里弥漫着清新的香味，这可能是世界上最漂亮的一间屋子了。可不知怎的，年子一点儿也不觉得浪漫，反而觉得这屋子阴森森的，甚至白衣如雪的云未寒，也像花丛中的一个妖孽。

“林教头，你从来都没患什么脑瘤，更没有什么绝症，对不对？”

云未寒笑而不语。

年子死死地盯着他，就算他真的患有脑瘤，但是至少现在并没有发作。他那样子健壮如牛，怎么可能像死到临头的样子？甚至就算他得了脑瘤，也不会死！可能这世界上大多数人死了，他还好好地活着！

云未寒慢慢地站起来，走到她身边，一双手轻轻按在她的肩上，声音温柔得出奇：“年姑娘，嫁给我吧！嫁给我，你绝对不会后悔的。”

她盯着那枚戒指，戒指上面的硕大钻石光华璀璨，价值不菲。

他拿起戒指，轻轻抓起她的右手，然后将戒指套在她的无名指上——不大不小刚刚好，真正定制的一般。

雪白手指，蓝色钻石，很美。

年子都觉得美，就像这钻石的光芒，美得虚幻而不切实际。

他将大手搭在她的手上，情深意浓地道：“我会为你举办一场最盛大的婚礼，让天下女人都羡慕你……”

“呵呵，我为什么要天下女人都羡慕我？我吃多了？”

“年姑娘，我是真心喜欢你才向你求婚的。”

他的声音，有毋庸置疑的“诚意”。

年子还是盯着那戒指，幽幽地说：“林教头，你说吧，到底是什么时候开始给我下药的？”

云未寒怔了一下，忽然笑起来。他的笑容特别奇怪，也特别不可思议——怎么会这样？这明明是不可能的啊！

年子还是幽幽地说：“你是什么时候开始给我下药的？是不是从你送我那个小玉瓶开始的？”

她随手摸出小玉瓶，在手心里抛了抛，然后把小玉瓶放在鼻端深吸了一口气。呵呵，纵然是此时此刻，她也觉得这香味简直是琼浆玉液一般芬芳可人，全世界最好的香水都远远不如，令人恨不得直接一口喝下去。

脑子一旦清明起来，事情就变得非常非常简单了。

她想起来，自从自己接受小玉瓶之后，便慢慢地意乱情迷，沦陷其中。

只要见到他，她就会心跳加速，就像真的爱上他一般。尤其是两人面对面的时候，她简直不敢直视他的目光，就好像忽然对一个人一见钟情一样。

可是，但凡正常人都知道：第一眼不来电的人，只能日久生情，也就是懒得折腾，勉强凑合而已。现在年子明白了，自己根本不是忽然爱上他，那是人造多巴胺的功效，一如吸毒之人，身不由己。

若非父母百般阻止，她可能早就掉坑里而不自知了。更重要的是她每天服用的那个巧克力，今天她一怒之下吃了七八颗，脑子一清醒，思路便彻底清晰了。

云未寒自己也已经知道不对劲了，却试图最后放手一搏。若非这样，他甚至不用求婚的！

“林教头，你说你再也不跟冷 C 她们合作，彻彻底底地放弃了‘爱情药’的生产。你还说爱情就得遵循它原有的样子，发乎心灵，顺其自然。可是……”

可是你居然对我下药，下了“爱情药”。所谓“爱情药”，便是一种特殊的多巴胺提取物，只要用在一个人身上，那个人便会对使用之人“兴致盎然”“神魂颠倒”“如痴如醉”“迷恋不已”……

林 A 为了拉回出轨的丈夫不惜用“爱情药”；冷 C 等人为了霸占财富高价求购“爱情药”；薇薇为了通过麾下的网红来控制“土豪”，殚精竭虑地寻找“爱情药”……年子只是没想到，有朝一日自己居然也会被下药！

这男人，比骗子还可怕！

“云未寒，你处心积虑地向我下药，难道仅仅是为了向我求婚吗？”

云未寒的手慢慢地从她的手上挪开。他居然也笑起来，笑声很奇怪：“该死的卫微言，又一次坏我的事！该死，他真是该死！”

偌大的花屋里忽然一片死寂，彼此的呼吸都如停止了一般。

年子从未如此清醒过，所有的“爱情药”仿佛无影无踪了。

“年姑娘，你信不信，此刻我是真心向你求婚？”

他的声音就像会自动分泌的多巴胺，温柔、深沉，充满了真心实意。

年子却笑起来，慢慢站起来，摘下了手上的钻戒。

“林教头，戏演完了！”

演了这么久，你不累，我都累了。

好了，彻底玩完了，这就像一个故事，总要有个结局。这便是自己和他的结局！

云未寒死死地盯着她，一言不发，只是抓起旁边的酒瓶，将酒喝得精光。

他身上的酒味非常浓郁。

年子忽然想起“癞蛤蟆”说过的一句话：不要搭理喝酒的人！酒壮夙人胆。但凡喝酒之人，很有可能是另有所图。毕竟有些事情，一个人清醒的时候根本不好意思做，可一旦喝了几口酒就不同了，三分的酒意可以当成七分的醉意，事后也有块遮羞布：对不起，我喝醉了，我不是故意的……

满屋子闪烁的玫瑰花灯忽然变成无数的血红鬼眼。

年子如陷入吸血鬼老巢的羔羊。

她拔脚就走，甚至没有对云未寒说再见。

一只大手猛地抓住了她。他的声音听起来特别奇怪：“年姑娘，我已经求婚了，你就不能走了！”

年子竟然挣脱不了他的钳制。

“年姑娘，我没有骗你，你看……”年子眼睁睁地看着他从盒子下面拿出一沓病历报告。

“我已经告诉过你的父亲，我向你求婚完全是出于真心……”

我都告诉你的家长了，你还想怎样？

年子一字一顿地道：“就算你说的是真的，我也不答应！”

他嘴里的酒气很浓，但语气还是尽力柔软而和蔼：“年姑娘，我对你是真心实意的，所以，你不能拒绝……”

除了嫁给我，你别无选择了！

年子当然不想和他争吵，和疯子多说没有任何益处。

云未寒把病历放下，然后再次拿起了戒指。就是这一瞬间，年子猛地推开他，夺路狂奔。敷衍了这么久，她等的就是这个机会。

她的速度很快。很快她就跑到了门口。

眼看她一只脚就要冲出去了，可是一道门忽然无声无息地合上，年子正好碰在了那道门上。她差点儿被撞得头晕眼花。可是她顾不得疼痛，心里忽然生出恐惧的情绪。

她试图让自己镇定，说出的话却是结结巴巴的：“林教头……你……你到底想干吗？你不能乱来……”

他一步一步地走过来，笑容更奇怪了。

年子已经没有任何退路了，只能暗运一口气，做好搏击的准备。

可不知怎的，她却感觉手脚一阵一阵地酸软，就像被吓破胆的人。毕竟她从未见过云未寒的这一面，也不敢相信，有朝一日他真的敢这样做。

“年姑娘……”

他一把抓住她的手，一点儿也不像是有什么脑瘤的样子，健壮如牛。

他呼吸之间酒味更浓，双眼也是一片血红，就像抓住了一头觊觎已久的猎物。为了这件事，他已经忍了很久很久，忍无可忍了。

煮熟的鸭子，他怎么可能再让她飞了？要不然这么久以来他付出的时间成本、精力成本，怎么算？

此刻他甚至真的忘记了主要目的——只是彻彻底底地被本能控制了。

他伸出大手，抓住她胳膊的姿势变成了环抱的姿势，他死死搂住她，就如给她加了一道长长的枷锁。

其实他不但是个很健壮的男人，还是个常年健身的男人。基于他父亲的可怕教训，他在私生活上也颇为检点，从来不敢随意找个女人就乱来一气。

因为憋了很久，所以他一旦冲动起来，更是一分钟也忍不下去了。

地下是光可鉴人的地板，地板上有一层柔软的雪白地毯。他拉着她倒在地毯上面，呼吸粗重，浑身的热量嗖嗖地往上蹿，满脑子都在叫嚣着：不生米煮成熟饭，这女人永远也不会就范！

年子很恐惧。

可是，她岂能甘于受辱？

她急于找到一条生路，拼命推搡着他，力气却不敌他。

以前她经常捉弄他，只是因为他刻意“宽容”，刻意装出豁达……一旦他真的发起狠来，她便再也不是他的对手。

他喘着粗气道：“今天就算我们的结婚之喜好了，年姑娘，大不了我娶你就是了，明天我就带你去领结婚证。”

我都愿意娶你了，当然可以为所欲为，谁管你愿不愿意呢？

“放开我，云未寒，你不能这么不要脸！”

“我不要脸？你终究还是不爱我，是不是？若是卫微言，你就巴不得这样做了，是不是？”

是。是卫微言我当然巴不得这样做。可你不是卫微言。

卫微言也不可能像你这样不要脸。

云未寒居然笑起来。

年子见到这狰狞的笑容，更是心寒胆裂。

“你果然还是爱着卫微言，我就不明白了，卫弱智到底哪一点比我强了？”

卫微言当然比你强！

卫微言至少从不强人所难，也不像你这么没底线。

“呵，卫弱智处心积虑地破坏我的事，我又岂能让他如愿以偿？你这不知好歹的女人，枉我一直迁就你、爱惜你，是你自己根本不懂得惜福。”

我呸！我不配合你的阴谋，就是不惜福？

渣男都这样该死地自大——我要睡你是给你面子，你不配合就是傻。

可是年子没法跟他对撕。恐惧之下，她还有一点儿残存的理智，急于想找到一条生路。

但是眼角的余光扫到四周，她彻底绝望了。这陷阱可是他精心打造的，岂有容人逃脱的余地？

“年小明，你自己不知道好歹就不能怪我了。”

浑身的热度全部冲到了他的头顶上，他的呼吸都火一般炽热，所有的肢体语言都在叫嚣：这女人今天我睡定了。毕竟他等这一天等很久了，现在一分钟都不愿意拖延下去了。

年子用尽了全身力气，猛地推开他，翻身跃了起来。毕竟她并非一般的弱质女流。

他的速度也快得出奇，只两步，他便再次拉住了她，一声布帛碎裂的声音响起。

她原本穿的白衬衣、牛仔裤——这也是他没法那么快得逞的原因。

可现在，她那质地上好的白衬衣忽然裂开了一道口子，露出白生生的一片肌肤……

她第一次经历这样的场景，顿时惊恐万状。

可是他彻底疯了一般，一把搂住她，肆无忌惮地去撕扯她的扣子。

一股窒息的压迫感涌了上来，她情急之下，一口咬在他的手腕上。也许是剧烈的疼痛令人清醒，他怔了怔，停了下来。

“云未寒……”她死死地盯着他，一字一顿地道，“有种的，你今天先杀了我！如果你今天不杀我，事后我必定杀了你！！！”

云未寒愣住了，抓住她的手慢慢地松开了。

她猛地坐了起来：“云未寒，只要你今天敢动我，我保证不让你活到做手术的那一天！就算我有了你的孩子，我也会先杀了孩子再杀你！呵呵，至于我自己，赔一条命进去也无所谓。你那么有钱都不怕死，我还怕了不成？”

云未寒忽然微微战栗，脑子里有个很绝望的声音响起：罢了、罢了，既是如此，我又何必？

他默默地松了手。

年子直接跳起来，猛地冲了出去。

她一刻也没有停留，打开门跑出去，眼角的余光里，她分明瞥到他追了出来。

但是她并不知道他追了几步又停下了脚步，也不知道他的电话开始疯狂作响。

年子一路狂奔。有些机会，稍纵即逝。

每一次到玫瑰农场，她都穿便装、板鞋，便于奔跑。可现在，她还是觉得自己的速度太慢了，简直如蜗牛一般，感觉自己随时会被身后的狩猎者一口吞下去。

她拔足狂奔，好几次差点儿跌倒，但是丝毫不敢停留。一直奔到车子旁边，她拉开车门，吐出一口血沫，也不知道是自己的还是云未寒的……

年子不知道自己是怎么把车子开回市区的，直到车子不得不停下来。

那是一个死胡同，前面有一排障碍物。她实在是开不动了，趴在方向盘上，头晕得要裂开似的。

明明知道云未寒不会再追来了，她还是心有余悸。

已经是晚上八点多了，街灯早已亮了，躲了一天太阳的人们开始三三两两地外出散步乘凉。

大街上还很热闹，年子开了车窗，想透一口气。

一股灼热的气浪猛地吹进来，她差点儿中暑，又感到一股钻心的疼痛，这才发现自己崴脚了。早前因为太过惊恐，她忽略了这事，现在疼痛袭来，简直忍无可忍。

可她还是想先回家。这时候，她太急于回家了。

她终于想到拿出手机，看到好多未接来电，可是手机的电量已经不多了，出门时太匆忙，也忘了拿充电器。她没有回复电话，想马上回家再说。

偏偏她再踩油门，车子不怎么动了。她下去一看，两个车胎都没气了——这里居然满地的碎玻璃碴，把轮胎都扎破了。

真是厄运连连，年子觉得倒霉透顶了。她决定把车扔在这里，叫一辆网约车。可她还没叫车，那钻心的疼痛又涌了上来。

她环顾四周，对面街道就有一个小药店。她一瘸一拐地走过去，想先买点儿药再说。

药店的姑娘惊呼："你这脚崴得好凶，要是不及时处理，可能会很严重。"

年子苦笑着坐下。

这时候，信息来了，她一看，居然是"癞蛤蟆"发来的。她好生意外，这厮不是早就和自己决裂了吗?

"年子，无论你现在在什么地方都在原地不动，锁好车门，我马上去找你。"

"一定要锁好车门，无论谁叫你都不开！切记！切记！"

她吓了一跳，他这是什么意思？但是，她不动声色，准备马上回车上待着。

店员一边给她喷止疼剂，一边说："你最好在这里休息一下，或者叫人来接你。"

年子摇了摇头："我有点儿急事，必须马上回去。"

"小姐，你这伤可开不得玩笑……"

年子还是拿了药，执意往回走去。

快走到车边时，一个人影忽然冲过来，明目张胆地抢了她的包包就跑。

这毛贼用了极其锋利的刀刃，一刀割断了包带，显然是惯偷，动作熟练到了极点。

年子的手机在包里，她顾不得脚疼，猛地冲上去大喊："小偷，快抓小偷！"

小偷跑得很快。

年子急了，别的也就罢了，可手机没了，那就绝对不行了。

她追出几丈远，几个路人听到喊叫声，三两下帮忙拦截了小偷。那是一对情侣模样的学生和一个路过的司机。他们死死地抓住了小偷，小伙子一把夺过小偷手里的包："小姐，是你的吗？"

年子接过包，如释重负地道："谢谢你们，真是太谢谢了。"

这世道，还是好人多。

她拿出手机紧紧捏着，叹道："别的也就罢了，反正也没什么现金，可手机要是丢了，那就完蛋了……"

女生笑道："是啊，这年头，没了手机就跟瞎子似的，好多重要信息在手机上面，还绑定了银行卡之类的，就更是吓人了。"

司机解下鞋带，简单地绑住了小偷的双手双脚。那对小情侣笑得很是和善："小姐，我们陪你把这家伙送去派出所吧，要不你一个人也搞不定。"

"真是太谢谢了。"年子忽然想起"癞蛤蟆"的叮嘱，立即道，"我的车子还在转角处，车胎坏了，要不我还是先报警，等警察来……"

司机极其热情地说："要不你坐我的车吧，我的车就在这里……"那是一个开车的过路人，听到喊叫声才临时停车的，要不是他及时出手，根本不可能这么迅捷地抓住小偷。

那个女生也说："好像前面两三百米就有一个派出所，我们陪你去了之后，还要赶回学校。"

司机："我也赶时间去机场接客户，只能送你们到派出所门口，至于别的事情，就只好你们自己解决了。"

男生已经替年子答应下来："你赶时间的话，送我们到门口就行了。"

年子本能地觉得应该就地等警察，太过劳烦陌生人是不应该的。可要是他们一直在这里等警察，耽误人家的时间也说不过去。

司机又看了看时间，叹道："我快要迟到了，客户一直等着呢。"

年子看到他开着一辆不错的七座商务车，要接的客户应该是相当重要的。

女生：“派出所就在前面，几分钟就到了。可要等警察出警，花的时间可能更长，我们还是自己去吧？”

年子想了想，跟着他们一起上了车。

男生抓着那个小偷坐第一排，年子和女生坐第二排。

刚坐下，年子忽然觉得有点儿不对劲儿。不知怎的，她觉得小偷和男生应该坐最后一排。

自己坐在后面，完全不便于行动。

她是个警惕心极强之人，而且脑子里忽然闪过一个念头：这情节，怎么这么熟悉？这是某部韩剧的情节？

她忽然道：“糟了，我把药忘在原地了！我去拿了就上来。”

司机不耐烦地道：“别拿了，我还赶时间。”

“我的脚很疼，必须拿来喷一下，麻烦你等一下，最多两分钟。”

司机的语气不好了：“小姐，我真的赶时间，不能再等了。”

这人再赶时间也不差这两分钟吧？这下年子心底更是雪亮了。

她一边说话，一边强行绕过那女生，拉住门把手一拉，车门居然落了锁。年子顾不得脚疼，直接跳到了前座，扑过去一伸手就开了门锁。

司机劈手就来拉她，大吼道：“你干什么？”

如果这是真正的热心人，人家要下车，他会这样极力阻止吗？而且这人拉她的动作，分明充满了力道。年子毫不客气，劈手打了过去：“滚开！”

司机见势不妙，竟然猛踩油门，想直接把车开走。年子却先他一步拉开车门，在车子启动的时候直接跳了下去。

由于惯性，年子几乎摔了个狗啃泥。她顾不得疼痛，马上爬起来，一瘸一拐地离开这里。

她分明听到了背后那个“小偷”低低的咒骂声：“糟了，她跑了！这女人，果然精似猴……”

司机：“快追啊，愣着干什么？”

年子拼命飞奔，无奈崴了的脚疼得钻心，速度提不起来。仓皇中，她回头看了一眼，清楚地看到那辆车冲着自己追了过来。

这几个人根本不是什么热心人，事实上，他们和那个小偷是一伙儿的。若是自己上了他们的车，跟他们一起去“警局”，那就彻底完蛋了。

可他们到底是谁？为什么要绑架自己？或者说，是谁让他们绑架自己的？

莫非是云未寒？这也说不过去啊。云未寒要绑架自己，何必这么大费周折？自己可是刚从他的老巢跑出来的。

可是年子已经顾不得猜测他们到底是受谁指使的了，她只想着得马上跑掉，甚至再也不敢喊救命了。因为她不知道随时跳出来的“热心人”到底是真的热心人还是罪犯的同伙儿。

她只能亡命飞奔，心里有一种极其不祥的预感和恐慌情绪。

手机不停地提示收到消息，可是她甚至不敢停下来细看。信息应该全是“癞蛤蟆”发来的，她真是后悔死了。

明明父母反复告诫自己：绝对不可以去云未寒的地盘，绝对不要去！平素约会在大商场、大饭店、各种公开场合都没问题，可是你若去他家，那就不知道会怎样了。

果然，父母一语成谶，她后悔得要死。可这世界上没有后悔药，她只能无头苍蝇似的飞速逃窜。

可是她没跑多远，只见前方有几个男人快步冲了过来，看样子竟然是等候多时了。后面的“小偷”已经临近，那辆七座商务车也发出了紧急刹车声。

前有埋伏，后有追兵。年子被围在了中间。这果然是一场蓄谋已久的绑架案。他们很可能一路都在跟踪她，而且已经跟踪了很长一段时间，对她了如指掌，那些扎破轮胎的碎玻璃很可能也是他们的杰作。

她从云未寒的家里出来后，他们就一直跟着她，其目的就是绑架她。这一次，他们志在必得。

年子当然不想被绑架，仓促地转身。

她走投无路之下，往左边的那条街跑去。跑了几步，她意识到不对劲儿，那是一条死胡同，自己的车子还烂在那里。她再看了看身后那几名手持凶器的歹徒，很显然，他们是要瓮中捉鳖了。

仓促中，她就像被打慌了的兔子，转身又奔向街口的人行道，因为她看到那里有个地铁口——不到两百米的距离。只要她闯入地铁口，就有安检，就有希望逃过一劫了……

绿灯已经变成了黄灯，她侥幸地想抢一个时间差，可是红灯随即亮了。车水马龙中，她已经无法后退，S形穿梭在车海里，听到了司机们的一片骂声："你找死啊！"

"这个疯子，找死啊！"

年子顾不得向众人道歉，穿过了马路，奔向地铁口，眼看就要胜利在望了。

可是她刚刚放慢脚步，就见那个"小偷"从斜刺里冲过来，手里拿着一把匕首。"小偷"的对面是司机，地铁口处，两名陌生大汉也围了上来……他们显然早已识破了她的想法！

街口车水马龙，除了再次横穿马路，年子已经别无选择。她已经没有机会等下去了，因为拿着匕首的"小偷"已经距离她不到一米了。

年子不假思索地冲了过去。

一辆白色车子急速从对面冲过来，一辆小货车从她后面冲过来。

前后都是车辆，年子眼睁睁地看着那辆白色的车笔直地冲向自己，忽然停下脚步，好像意识到了什么似的：天哪，我要死了，我马上就要死了……车子的速度那么快，自己绝对跑不过去了。于是她干脆站在原地一动不动。

"年子……年子……"

这时候，她居然听见有人在叫自己。

她以为出现了幻觉，环顾四周。

白色车子擦身而过，她被一股巨大的惯性冲倒，很快又爬了起来，居然毫发无损。

"年子……快跑，快……"

她觉得自己出现了幻听，怎么听到了"癞蛤蟆"的声音？心里忽然一松，不知怎的，脑子里短路了似的，她反而站在原地不动了。她眼睁睁地看着那辆七座商务车发疯似的冲过来，甚至能看到车门是虚掩的，一名大汉站在车门边，伸出一只手，企图一把将她拉上车。

快跑！大脑下达了指令，可是她崴了的脚就跟麻木了一般，根本跑不动了。她浑身冷汗涔涔地站在原地，呆若木鸡。

商务车已到她面前，车门大开，伸出的不是一只手，而是四只手。两名歹徒显然志在必得。年子眼睁睁地盯着那戴着大墨镜的两人，没有任何反应，直到被一个人猛地推开。

与此同时，一块砖头直接飞向了那辆商务车。砰的一声，商务车刚好擦身而过。歹徒失手，没法马上掉头，商务车嗖地蹿了出去。

周围忽然变得很宽阔。这时，另一辆毫不相干的黑色轿车反方向驶来，司机根本没注意到马路中间站着一个人……

年子不知自己为何躺在了地上，却如释重负。

喇叭声、咒骂声、尖叫声响作一团。

有人大喊："天哪，有人被撞飞了！"

"出车祸了，出车祸了！"

"我的天，你们看，脑浆都出来了……"

"不是脑浆吧？看样子是血……"

所有的车子都停了下来，整条路彻底被堵住了。

急救车呼啸而来，速度快得不可思议，好像他们早就算准了这里会有人受伤一般。

可是围观者浑然不觉。他们只是围着看热闹，看到一群身着白大褂的人风一般把人抬上救护车，又风一般呼啸而去。

第十八章

生与死的边缘

急救室里一片忙碌。

李秀蓝夫妻赶来的时候，大门早已关闭了。他俩呆呆地站在门口，双腿都彻底软了。

时间仿佛静止了，抢救室的门老不开，都快天亮了还是紧紧关着。

李秀蓝瘫在地上也不自知，直到丈夫将她搀扶起来，坐在旁边的椅子上面。她脸色煞白，一声未吭，甚至不敢问一句：她会死吗？

一阵仓促的脚步声响起，一个人风一般跑了过来。

他手上、衣服上都是血痕，动作也不那么灵便，却怔怔地问："年子她、她没事吧？"

李秀蓝忽然疯了一般跳起来："滚，滚开！你们这些骗子！你们这些该死的骗子，都给我滚远点儿，滚！就是你们害死我女儿……都怪你们，全都怪你们！"

卫微言默默后退，这一刻，心也彻底碎了。

年爸爸一言不发，只是紧紧地拉住了妻子的手。今天他一句好话都没替卫微言说，因为实在是太绝望了。

李秀蓝："卫微言，你给我滚远点儿，以后再也不许接近我女儿，滚！"

卫微言继续后退，然后靠着墙壁不动了。他也实在是跑不动了。

在他身后，雪白的墙壁上满是血迹，他自己却浑然不觉。

年子平常很少生病，从小到大都是健壮如牛，偶有伤风感冒也是随便吃点儿药就好了。可今天，她听到一个歇斯底里的哭喊声："年子……年子……你听得见我说话吗？你听得见妈妈说话吗？"

她听得见，听得清清楚楚。

她第一次听到妈妈这样恸哭，哭得声音都嘶哑了。她很震惊，不知道发生了什么事情。妈妈为什么会哭得这么厉害？

要知道，从小到大，她很少见妈妈哭过。

她很想睁开眼睛看看，可是看不见。她只能听，什么都看不到，也没法张开嘴巴，一句话都说不出来。

她第一次想：唉，妈妈真是太可怜了。这到底是怎么了？可是她又没法安慰妈妈，很着急，这一急，就睡过去了，什么都听不见了。

年子听见的第二个声音，也带着哭腔。

他并不是号啕大哭的那种，事实上，她感觉到他一直在压抑情绪，死命地压制着。他的脚步也极其沉重，偶尔挪动一下，好像抬不起来一般。

年子感觉这个人在自己面前无声无息地站了很久很久，久得她都以为他已经走了，他才开口。

"年姑娘……"他的声音很小，很低沉，充满了自责意味，又有几分绝望。

年子感觉他搓着手，好像叫了一声，又不知道该说什么了。

他沉默了很长时间。

"对不起，年姑娘……全是我的错！"

对不起？他为什么要说对不起？

"对不起，年姑娘，我真的没想到会变成这样……我很抱歉，我从来没有想过要伤害你，这是个意外，我没想到那些该死的家伙这么大胆。你放心，我绝对不会放过他们！"

慢慢地，年子忽然觉得这声音很可怕，因为听起来有点儿熟悉。

"年姑娘……"

对了，是他，竟然是他。这世界上，只有他一个人这么叫她。

“我真的不是故意的，年姑娘，对不起，对不起……我真是后悔死了……我从来没有想过要伤害你，我发誓！”

他说了很多次“对不起”。

年子甚至听到他捶胸顿足、咬牙切齿、悔之莫及的声音。

“年姑娘，是我害了你，对不起……我该死，我真的该死，全都怪我！这一次，全都怪我，我罪无可恕……”

可是，她越听越害怕。

这人。

这人。

她隐隐觉得自己的手腕好疼，被人撕破了衬衫，被人暴力禁锢、暴力胁迫时的那种恐惧涌了上来，令她无法反抗。

没有遇到暴力的人，永远无法体会这种心情。若非她奋起反抗，最后结果如何，真是不敢想象。

这人！

这人！

他怎么还好意思来说对不起呢？

这人简直太不要脸了！

接着，她居然感觉到轻轻的抚摸，有人在摸自己露在外面的手，他的动作很轻，声音也很轻：“年姑娘，你一定要好起来，只要你好起来，无论让我做什么我都答应你……”

她想，爸爸妈妈呢？怎么他们还不赶紧把这家伙赶出去？

快，爸爸妈妈快来赶走他，再也不要让他进来了。

因为太着急，年子又睡着了。至于他走没走，她压根儿不知道了。

某一天，年子听到一个哭声，声音太熟悉了，是柏芸芸。

柏芸芸一边抽泣，一边低声喊：“年子……年子，你要快点儿好起来啊……年子，你一定会好起来的，好人有好报……”

柏芸芸絮絮叨叨地说着，全是向诸神祈求——那是一个无力的凡人想不出任何别的办法，于是只好说一些空洞的祈祷之词。

还有方胖子的叹息声。

"唉，那么精神的一个姑娘，真没想到啊，做梦都想不到会变成这样，真是世事无常……"

他们更多的是在安慰李秀蓝夫妻。

李秀蓝夫妻早已平静了，未再大哭大喊，可是一夜之间就苍老了。

方胖子说："叔叔、阿姨，你们要挺住，年小明这么年轻，一定能熬过这一关，熬过去了就好了……"

柏芸芸："年子一定会好的，吉人自有天相。我相信她一定会好的……"

但是，年子越听越觉得他们的安慰好空洞，以至于她都开始狐疑起来了：我到底怎么了？难道我不是好好的吗？

可众亲友都如此伤心，到底是为什么？

然后，她居然还听到赵理想的声音。赵理想好像把一束很大的花放在了她的旁边。

他的声音飘飘忽忽的："年小明，我们好久没见面了，我真希望你好起来啊……"

年子从赵理想的老家回来之后，他们就再也没有见过面。他并不是一个死缠烂打之人，明确感觉到了姑娘拒绝的态度，便黯然放弃了。

年子一度都快忘记这个人了，真没想到他还赶来探望自己。

"年小明，你快点儿好起来吧。唉，我真的希望你能和以前一样，哪怕能站起来走动走动都要好点儿……"

年子很诧异：难道我哪一点和以前不一样了吗？我为什么就不能站起来走动了？

赵理想不讲话了，沉默着在病床前站了很久很久。

没有人知道他那时候的心思。那时候，他居然奇怪地想：就算她残了、废了，其实，我也愿意……

可是，他没再讲任何话，只是站了很久，然后摇了摇头，暗叹一声便离开了。

随后来的还有年子的几个小编。她们都带了鲜花，悄悄地来，静静地去，不敢过多打扰她。可是，她们的脚步，年子听得清清楚楚。

她甚至听到某位小编轻轻地跟母亲讲话，告诉母亲："年小明的所有稿费我们一次性结清，打在她提供的稿费卡上了，然后，这个红包是我们的一点儿小小心意，请您收下吧……”

一次性结清所有稿费？哇，年子忽然觉得，小编这次这么痛快简直太不容易了。

年子还听到林A的声音。

林A好像带来了许多营养品。

因为年子听到了妈妈悲伤的声音：“你来看她就行了，别带东西了，反正她也吃不了……”

林A还强行塞给李秀蓝一个巨大的信封，信封里有十万元钱。她说：“年小明伤得这么重，在ICU都待了这么长时间，肯定需要花许多钱，这点儿小小心意，请你们务必收下。以后若是有困难，你们可以告诉我，我别的忙帮不上，但是出点儿钱还是可以的……”

林A离婚时分得了几套房子和几个商铺，还有可观的一笔现金，经济上很宽裕。

李秀蓝坚辞不受，说：“我们还有些积蓄，如果积蓄用完了，就卖一套房子，一套不够，再卖一套。没有到需要别人援助的地步，你的好意我们心领了，这些营养品我们收了，只是这钱，我们不要……”

林A便也没再坚持。

林A仿佛在自言自语：“薇薇、乔雨桐这些小贱人都活得风生水起，怎么反倒是年小明成了这样？这真的是太不公平了！莫非真的是好人命不长，祸害遗千年？如果真的是这样，这世界上谁还肯做好人？说什么天理昭昭、报应不爽，我看都是假的，全是假的！我看到的坏人，一个个都活得风生水起，反倒是好人都没什么好下场……”

林A的前夫刚离婚就和那个网红结了婚。网红早已怀孕，结婚不到三个月就生下了一对双胞胎儿子。前夫乐不可支地立即双手送上名车豪宅，就连林A的前公婆也喜形于色，直接宣布把自己的两个商铺送给这对双胞胎孙子。至于他们的另外一对快成年的孙子、孙女，好像彻底被他们忘到九霄云外去了。

年子听到了林A几乎咬牙切齿一般的声音：“年小明，你要是真的死了，以后我绝对不会再做一个好人了。我会教育自己的孩子也不要再做什么好人了，一定要不择手段、机关算尽！做好人没意思啊，处处吃亏！这世界上谁怕谁啊，学好不容易，学坏还不容易吗？”

年子吓了一跳。

她忽然觉得自己得马上跳起来，要不然自己会成为毁掉一群人的价值观的罪魁祸首。

某一天，年子听到了淅淅沥沥的雨声。

好像有人开了窗户，一股冷风嗖嗖地吹进来，随即窗户又被关上了。

秋天不知不觉地就来了。

有人轻轻地拉住她的手，手是温暖的，声音是沙哑的。

“宝宝、宝宝……你听得见妈妈叫你吗？宝宝，你能听见吗？”

妈妈一直叫她“宝宝”。直到她成年了，私下无人时，妈妈还是亲昵地叫她“宝宝”，宠溺之情，可想而知。

年子依稀记得很小的时候，每天都牵着妈妈的手，去游乐园，去逛街，去商场，去吃东西……无论看中了什么想要的玩具、想要的零食，就娇娇地摇晃妈妈的手：“哎呀，妈妈……妈妈，给我买嘛……买嘛，我想要什么就买什么嘛，好不好？”

基本上，每一次她都会如愿以偿。

从小到大，她很少有被父母拒绝的时候。

年子有一个极其欢乐的童年，然后是少年、青年，直到现在，父母对她总是有求必应。

有人说，如果一个人没有一个治愈性的童年，那么后半生一直在治愈童年。

年子一直觉得自己特别幸运，因为她早就知道，这世界上，并非每一个孩子都会被父母一直宠爱。

“宝宝，你听得见妈妈说话吗？你就答应一声吧……”

听见了，我听见了，我早就听见了。

可是，她一直嗯嗯嗯地回应，却不被任何人听到。她只是觉得：啊，妈妈的声音听起来好悲伤。

还有爸爸的声音，也是沙哑而憔悴的……爸爸和妈妈不同，他并不怎么哭。但是年子能感觉到，他往往在自己床前一坐就是很长很长的时间。有时候年子睡着了再醒来，还感觉到他坐在旁边，整夜整夜，寸步不离。

极大的悲哀，无从言说。

也不知怎的，尽管年子看不见，却有一种直觉：父母忽然就老了，一夜之间就老了。

这到底怎么了？到底发生了什么事？

她忽然很想知道是怎么回事，可是居然没有人提起这事。

无数的声音里，她很想听到一个人的声音，可总是听不到。

他没有来过。他好像一直没来，或者，他来了自己不知道？

可是这不应该啊。明明别的人一来，自己马上就知道了，没道理就不知道他一个人吧？

这可恶的家伙，为什么就不来看她呢？莫非他真的出国去做什么“联盟主席”了？

对了，他早就和自己分手了。既然他们分手了，人家当然就不必再来看她了。

可年子还是觉得这厮简直太可恶了！

一夜风雨，一夜落叶。

窗外的落叶铺了厚厚一层，人踩在上面有沙沙的回响。

“年子……年子……”

哇！年子大叫：这傻子！我终于听到这傻子的声音了。

好可恶，他为什么这么久才来？

“年子……”他很激动。

她从未听他这么激动过，声音都在微微颤抖。

“年子，你听得到我说话吗？听得到吗？”

听到了！你好啰唆。

可是下一刻，她感到脸上一阵温热，仿佛有一张脸贴到了自己的脸上……她竟然有点儿心跳加速，又觉得难为情。这厮……

“年子，你看，我给你带了你最喜欢的宝石……”

一大口袋大大小小的宝石，红宝石、绿宝石，还有一堆绿松石……值钱的，不值钱的，他凑了满满一锦囊，百宝箱一般。

“年子，以后你就有一大堆宝石了，是不是很好玩？”

啧啧啧，好老套，他每一次都送宝石。

“年子，等你好起来，我用这些宝石亲自给你做一套最漂亮的首饰……”

得了吧，他做的首饰自己又不是没有见识过，除了充面子，没有任何用处。

她甚至默默地想：他会不会把这些宝石全部拿去如法炮制？比如，套一个巨大的黑色铁环就是项链，套一个小一点儿的铁环就是手环，然后长一点儿、窄一点儿的就是耳环，以此类推。

哇，好恐怖！

这样的“漂亮”首饰，恐怕只有原始人类才会喜欢。

“年子，我给你讲个故事好不好？算了，还是讲讲我自己吧。我从小就是一个有理想的人，立志要干大事，不过嘛，后来因为大事不好了就不干了……”

拜托，老掉牙的段子，你换一个新的不好吗？

“算了，这个没意思，我还是换一个吧……”

年子打赌，他绝对是拿着手机照着念的，因为念得结结巴巴的。

可她居然听得很高兴。她想，这傻子哪怕啥都不说，就这么坐在这里，也是极好的。何况他还能讲段子呢。

他还念了好几个段子，遗憾的是，讲来讲去全是老段子。年子觉得，可能是这段时间段子手也才思枯竭，没有新的好东西出来了，或者，这傻子跟不上潮流，只找得到这些老掉牙的段子。

他讲得不累，可年子听着听着就累了，又昏昏沉沉地睡了过去。

李秀蓝夫妻轻轻地推门进来。

卫微言慢慢地站起身，看了看李秀蓝，很是不安，生怕她又开口赶人。

年子刚入院时，他每次来都会被李秀蓝毫不客气地赶走，只敢趁他们不在的时候远远看一下，连进病房的资格都没有。

年爸爸和颜悦色地道：“小卫，这段时间多亏你了，为了年子东奔西走……”

李秀蓝也由衷地说：“小卫，感谢你为年子请了那么好的医生，找了那么好的药。前些日子，我态度不好，请你原谅，是我误会你了……”

年子的几次大型会诊，全是卫微言私人刷脸邀请业界第一流的专家；至于某些顶级新药，也是他刷脸从某些特殊渠道带回来的。

年子的治疗费用，全是李秀蓝夫妻一力承担——他们唯一接受的外援，便是来自卫微言的。无论是费用还是别的，他们都没有拒绝。

有人说，想见识真正的高消费吗？去三甲医院的 ICU 病房看看……许多中产家庭一夜返贫，并非因为吃喝嫖赌或者投资失败，而是得了大病！大病、绝症才是最大的财富杀手！如果病人想用最好的药，看最好的医生，那费用更是不可估量。

卫微言笑了笑："你们放心，年子会好起来的，医学这么发达，她受的也不是什么致命伤，一定会痊愈的！"

李秀蓝喃喃地道："是啊，她会好的，我知道她会好的……"

卫微言不经意地看了她一眼，只见这个昔日神采奕奕、打扮得一丝不苟的中年妇人已经头发花白。而她的丈夫也是两鬓斑白，两颊都已深深陷了下去。

那是一对原本相当乐观的夫妻，以前他们的外表可比同龄人看着年轻多了，可是现在一下老了。原来，这世界上真的有一夜白头这种事情。

年子是他们的独生女。

那时候，无论是谁，都不如他们悲哀和绝望，仿佛一瞬间，他们生活的世界就坍塌了，精神支柱一夜之间彻底垮了。

不过比起刚刚出事的时候，现在他们已经平静多了。因为他们每天看到检查报告的内容已经越来越乐观了。

只要人活着，一切都好说，现在他们也就这点儿要求了。

卫微言没有打扰他们，悄悄地出去了，随手带上了门，却并未急于离开，而是站在门口。

他听到了那对夫妻的笑声。

"嘿，你看、你看，宝宝的手在动，眼皮也已经有点儿在动了。"

"前几天就开始动了，这不稀奇的。医生说，她很快就会好起来的。"

"呵呵，好起来就行了。宝宝，以后妈妈都不去上班了，天天陪着你，给你做好吃的，带着你到处去玩……"

卫微言不胜唏嘘。

年子一条腿粉碎性骨折，更可怕的是脑部受伤，脑浆都被甩了一些出来……若非几名第一流的专家妙手回春，后果真是不堪设想。

幸运的是，她居然没有成为植物人，简直如有神助。

有时候，他都觉得这并不完全是最新医学的成就。就像同样飞机失事，从万里高空中掉下来，偶尔会有生还者。

有许多事情是说不清楚的，人类其实很渺小，天意很重要。

他想，她真的会很快醒来，只不过这个“很快”，其实已经过去几个月了。

他慢慢走出去，上了车。

他并未急于开车，而是从衣袋里摸出那部手机。这部备用手机，是当初年爸爸单独给女儿准备的。

“你终究还是不爱我，是不是？若是卫微言，你就巴不得这样做了，是不是？”

“你果然还是爱着卫微言。我就不明白了，卫弱智到底哪一点比我强了？”

…………

他不知道已经播放过多少次这段录音了。这手机，是他在出事现场捡到的。

年子被甩出去的时候，包包里的东西也全部飞了出去。他当时只捡到了两部手机，其余东西，则是警察后来全部收集了交给李秀蓝夫妇的。

其实他一直在警惕云未寒，只不过没有料到云未寒终究会出此下策。

毕竟在业界名声那么大的人，一个那么骄傲自负的男人，谁料到他会这样？

事发之前，年爸爸也单独找过卫微言，忧心忡忡地告诉他：年子看起来很不对劲儿，绝对不是正常的“劈腿”那种行为，就好像中了邪似的，他怀疑女儿被云未寒下了药，希望卫微言能想想办法。

终究，他还是信任这个年轻人的。

卫微言当然比年爸爸更加明白其中的蹊跷和厉害之处，要不然，他也不会送年子那盒巧克力了。那是一种添加了特殊镇静剂的巧克力。虽然没法完全对抗云未寒的“迷药”，至少可以让她在许多时候保持清醒。

所以年子才会发现一个问题——每当靠近云未寒的时候，她总觉得难以自拔，可一旦离开他，就不觉得他有什么吸引力了。这便是那巧克力的功效。

到年子一口气把剩下的巧克力全部吃完时，人其实已经彻底清醒了。清醒了，她当然知道自己上当了。

她本是为着揭开云未寒的真面目才去他那里的，岂料云未寒索性撕破脸，揭开了一切伪装。

一步错，步步错。

事发当天，年子感受到云未寒狰狞的一面之后，已经偷偷地拨通了电话录音……她原本是想告知父母自己所在的地方，但是不知怎么的，却直接联系了卫微言。

尤其是上那辆七座商务车之后，年子更是明显感觉到不对劲儿，索性直接拨通了卫微言的电话——那是一种本能，危难的时候，向信任之人求助。

因为当时她只有一个想法：父母找不到玫瑰农场，但是卫微言熟悉云未寒！

她只是拨通了电话，却没有发出声音。那时候卫微言就知道大事不妙了，这是报警的信号。

遗憾的是，尽管他飞速赶去，还是迟了一步，只来得及拉她一把，免去了她被两车对撞成一摊碎肉的可能，但她还是被撞飞了……

卫微言知道，这根本不是什么车祸。

这是人祸，是一场绑架，一场未遂的绑架。

只不过事发之后，歹徒们彻彻底底不知去向，警方也一直找不到线索。

他们说，事后他们调查了几条街的监控，只发现年子违反交通规则横穿马路，就像疯了似的乱跑……至于别的就没有了，因为有些路段是死角，监控是拍不到的。

换言之，年子出车祸是“自找”的——违反了交通规则受到惩罚而已。

至于究竟发生了什么事情，必须等当事人醒过来才能知道。如果当事人不醒来，警方很可能就此结案。毕竟他们也找不到其他线索了。

至于那辆最后撞伤她的过路车，是真的意外出现的，和绑匪一点儿关系也没有！

一场精心策划的绑架案，居然找不到凶手。

卫微言发誓，一定要把这群魔鬼彻底揪出来。

又是一夜秋雨，落叶窸窸窣窣地漫卷窗台，风一吹，又纷纷扬扬地滑落下去。

云未寒悄然站在病房门口。他没有进去，也不敢进去。

以前李秀蓝夫妻天天轮流守在病房里，但后来实在熬不住了，就请了特护。就算如此，夫妻二人也是稍稍休整，又会轮流赶来。尤其是李秀蓝，基本上每天都雷打不动地过来。

因为是云未寒及时把年子送到医院的，最初李秀蓝夫妻不明就里，对云未寒还算客气，但后来渐渐发现了一些蹊跷的地方，所以对他越来越冷淡，就算没翻脸，也明显不欢迎他了。

事发之初，云未寒在医院预缴了很大一笔钱，但一周之后，李秀蓝夫妻就强行将钱退给他了。夫妻俩的态度特别明确：我们一分钱不要你的，但是请你最好少来这里。

云未寒无计可施，只好事先打探好消息，趁着夫妻俩都不在医院的时候偷空来看看。饶是如此，他也不敢轻易进病房，毕竟特护也是被交代过的，不可能让他进去。

今天和往常一样，他在病房外面徘徊了一阵子，又去主治医师那里了解了一下情况，然后就准备回去了。

电梯停在地下停车场，他走过去开了车门。

一个人风一般冲过来，直接就是一拳打过来。

云未寒猝不及防，顿时鼻血满脸。

他大怒："卫弱智，你是不是活腻了？你要想坐牢我就成全你！"

卫微言冷冷地说："你买凶杀人都还没坐牢，我怕什么？"

云未寒后退一步，擦了擦脸："卫弱智，我今天不跟你计较。再有下次，我保准让你知道牢饭是什么滋味！"

"你吓唬谁？你这厚颜无耻的绑架犯都没伏法，怎么就轮到我了？其实这句话该送给你自己！云未寒，你要是不尽快交出绑匪，我会让你知道牢饭到底是什么滋味！"

"你以为是我绑架年姑娘？"

"绑匪从你家里开始一路监控她，你说跟你无关，谁信？"

卫微言拿出一部手机晃了晃："我早知道你云未寒是个没底线的小人，

但是没想到你会这么下作。为了一己之私，你几乎毁掉了一个人的一生！”

云未寒气得脸色铁青，可偏偏无法反驳，只是恶狠狠地瞪着卫微言。

“可能你认为年子是从你家里离开之后才出的事情，这一切你就可以赖得干干净净是吧？但是我可不管你究竟和绑匪什么关系，也不在乎你到底有什么苦衷！我只是告诉你，如果你不尽快解决这个问题，那么我就不是给你一拳了……”

云未寒连连冷笑：“你能把我怎么样？”

卫微言笑起来：“我也不能把你怎么样！我会直接把你的所有秘密公开，也许你连活着上手术台的机会都不会再有！”

所有证据显示，年子是离开了云未寒的家，在很远的地方才出的事情。虽然有录音证据，但是证据显示，云未寒最后什么都没干。充其量就是一对男女发生了一些口角、拉扯而已，当然无法定他的罪。

卫微言虽然并未向李秀蓝夫妻出示过那个证据，但是李秀蓝夫妻其实早就猜到了一二，所以后来对云未寒的态度才转变得那么巨大。

众人当时忙着齐心协力地救活年子，也没心思去追究此事。

“云未寒，你记住，我给你一个月时间！如果办不到，那么你就自己顶上这个罪！”

卫微言转身就走。

一直到他快进电梯了，才听到云未寒飘忽的声音：“其实我从来没有真的想要伤害她……我根本没想到事情会变成这样！”

每个人在作恶之前都这样想——我从未想怎样——可是恶果已经造成，谁在乎过程呢？！

卫微言没有搭理他。

薇薇想出国了。

很短的时间内，她已经办好了一切手续。她看了看那几个巨大的路易威登旅行箱，里面都是一些值钱的细软，然后又拿起包包，翻了翻自己的各种证件。

前几天，她已经和闺密们相聚道别。

她告诉她们，自己要出去深造，赚了几年钱，在名利场里打拼，心力交痒，最后还是觉得读书最好。毕竟，自己最擅长的是拉小提琴、是舞台剧、是绘画……艺术才能让人心平气和，她觉得自己的世界不该只有钱，还应该有无数的诗歌和远方。

闺密们当然是大大称赞她，觉得她飘然出尘，不食人间烟火，小龙女也不过如此了。

毕竟那么赚钱的好事业，她说放下就放下。如此洒脱，几人能为？

当然，也有人打趣：人家要嫁入豪门了，收起事业心，做个好主妇，毕竟豪门人家的贵妇社交也是一项了不起的工作。

据说，薇薇和张公子婚期已定。张公子很支持未婚妻的选择，所以他们的婚礼将在薇薇求学的城市举行。

一切仿佛尘埃落定，薇薇却有点儿惆怅。

有敲门声响起，她以为是用人，这时候也不想被人打扰，只闭目养神。

可是门直接被推开了，她睁开眼睛看清楚来人，面色倏地变了，立即垂下眼睑，一副风平浪静的样子。

“云先生，你怎么来了？”

这是他第一次到她的地盘。这栋别墅是张公子送她的，云未寒站在她对面，环顾四周。豪奢的装修充满了宫廷式的风格，她坐在一把金碧辉煌的椅子上面，就像是一位过气的女王。

她站起来，小心翼翼地问：“云先生百忙之中居然会来我这里？”

这“舔狗”！难道他现在不该是像以前那样继续为了那个半死不活的女人东奔西走吗？

一想到那个可恶的女人的下场，薇薇心里就很爽，比赚钱还要爽！

可是她一丁点儿情绪也没有表现出来。

云未寒淡淡地扫了一眼那几个大箱子：“你明天坐张家的私人飞机走？”

她很意外，但还是恭恭敬敬地说：“是的。”

张公子的私人飞机很豪奢，有会客室、休息室，当然还有上等美酒……在过去的一年多时间里，她已经好几次乘坐这架豪华的私人飞机外出旅行了。

当然，她也邀请过一些“好姐妹”一起享受这待遇，好姐妹纷纷惊呼，连声称赞她真的是贵妇了。

她极其享受这些艳羡的目光。比起那些窝在经济舱里，连脚都伸不直的窘迫时光，大家都爱挤破头地嫁入豪门，不是没有原因的。

“你想方设法地弄来的几千万美元也都出去了？”

薇薇吃了一惊，盯着他，怔怔地说：“我……我不明白你的意思……”

“你不明白？你怎会不明白呢？”他笑了笑，若无其事地说，“八千万美元，对普通人来说，的确是可以痛痛快快地过完下半辈子了。可是对你来说，你真的捞够了吗？”

八千万美元，对她来说当然不够，可是她也没法了。

“好不容易攒点儿钱，又怕被人知道，所以走了地下渠道，你真的以为这样神不知鬼不觉地钱就出去了？”

薇薇的脸色彻底变了，声音都有点儿发抖了：“你……你是什么意思？”

“你的智商欠费太严重了。冷 C 一伙儿人早已是丧家之犬，你居然还对她们抱以希望？”

冷富豪倒霉之后，薇薇找到了新靠山张公子，可是私下里与冷 C 等人还是有往来的。俗话说得好：“瘦死的骆驼比马大。”冷 C 虽然大不如前了，可是由于她多方走动，和冷富豪切割得很干净，反而逃过一劫。

薇薇的钱正是通过冷 C 联系地下钱庄出去的。冷 C 一再向她保证，一定万无一失。薇薇想，云未寒一定是在危言耸听。

云未寒又瞄了一眼她的几个大箱子。几大箱的东西当然都是值钱的细软，这些年各路“土豪”送她的昂贵珠宝、奢侈品可不少。

她忽然很是不安。

“杀了人，你就想这么远走高飞？”

薇薇满脸“疑惑不解”地问：“你……你说什么？”

云未寒死死地盯着她道：“你当初绑架年小明，所为何事？”

薇薇急了，一副无辜的神情：“你说什么？我根本听不懂……”

“听不懂是吧？年小明离开玫瑰农场后，你找人一路跟随，试图绑架她，到底所为何事？”云未寒的眼神高深莫测，“你一直在监视她，甚至想将此事嫁祸给我！”

薇薇嗫嚅着道：“我虽然一直讨厌年小明，可是我哪有本事绑架她？”

云未寒哈哈大笑：“你不但有本事绑架她，还有本事监视我。”

薇薇几乎是泪眼蒙眬了：“云先生，我真的听不懂你在说什么了。我怎么敢呢？我一直对云先生忠心耿耿，我也知道其实云先生才是我真正的衣食父母，你给我饭，我才有饭吃……”

“可是，这口饭已经喂不饱你了！”

薇薇低下头，泫然欲泣，一副无法自辩的哀怨表情。

“你不知什么时候盯上了我的实验室，或者说是‘爱情药’，于是和冷C勾搭，企图通过冷C重新把这玩意儿制造出来，私下里销售出去……”

冷C当初和云未寒建立了合作关系，几乎一切准备就绪时，冷富豪却出了事情，于是这事就被搁浅了。

冷C虽然和冷富豪成功切割，无奈手上的钱财已经所剩无几，后来为了四处打点关系，更是花得几乎兜底都干净了。走投无路之下，冷C想到了这个能赚大钱的门道，然后找到了薇薇。她向薇薇详细描绘了这个项目的巨大“钱景”，二人一拍即合。

薇薇帮云未寒销售“天价玫瑰”的时候，其实早已猜到了“爱情药”的前景，私下里比冷C更渴望得到这个秘方。可是云未寒再也不对此事松口了，甚至公开声称早已停止了这个项目。

薇薇不敢惹云未寒，所以把主意打到了年小明的头上。她和冷C一直认为，只要能从年小明身上得到一些原品，那么高明的技师很快就能制造出仿品。哪怕药效达不到真品的要求，可是有个七八成甚至四五成，也已经足够了。

她们一心要做一个山寨版的“爱情药”出来，可是这山寨版也必须先有正品作为参考才行。

于是才有了花九儿和林A无数次为了“爱情药”去骚扰年子的事，因为她们从不相信年子真的会毁掉这么值钱的东西。

最初她们的确是想高价购买“爱情药”，毕竟这样风险最小。到最后她们实在是无计可施了，干脆铤而走险，直接绑架年小明，非要她交出那玩意儿不可。

“你居然连我也监视！你看到年小明到了玫瑰农场，于是派人一路尾随，然后，你以为可以神不知鬼不觉地绑架她，得到‘爱情药’的样本……”

薇薇忽然抬起头，眼中一丁点儿泪痕都不见了。事实上，她的眼神非常阴冷、凄厉，一扫昔日的娇弱无力。

云未寒长叹了一声：“我得承认，我自己都看走眼了！”

最初她经常缠着他，各种暗示希望得到一点点“爱情药”，因为她想挽回卫微言。他曾经以为她是真的一直迷恋卫弱智，走不出来，想要把那种药用在卫弱智身上。

可事实并非如此！

薇薇冷冷地说：“有了几十亿、几百亿的收益预期，谁还在乎一个卫弱智？”

这世界上的男人那么多，她有了钱，要什么不可以？

冷C和她的估算是，这个山寨项目的预期收益要在十亿甚至百亿以上。这么巨大的经济利益摆在面前，她们别说绑架一个人，绑架十个、百个都不是问题了。

云未寒听到她如此痛快地这么说，反而长吁一口气，缓缓地说：“我真是低估你了！原来你的野心这么大。”

那是当然！

她的野心从来不是什么张公子，更不是跪在他这个同父异母的哥哥面前讨生活，她要做自己的女王！

当她多次受到富家千金的奚落时，她便无数次地暗暗发誓，总有一天一定要富可敌国，为了通向这条金光大道，游艇上的“富二代”也好，张公子也罢，甚至云未寒……他们通通只是她的垫脚石。

“就算我有野心，也是被你逼迫的！你明明私下里在炼制‘爱情药’，却自私地一个人霸占，一个人发财，根本不愿意让我分一杯羹……”

“你就本本分分地做你的网红直播不行吗？”

薇薇不屑一顾地说：“你以为做这一行不辛苦吗？每天交际应酬累得要死，还得随时防备各种突发事件……”

从男人兜里掏钱，当然也没外人想象的那么容易，无数双狼一般的眼睛盯着她也就罢了，她还没法躲闪。

冷C说：“你看我，靠着男人起家，但是男人一倒下去，我也就完了。所以，我们必须靠自己。”

靠自己，她们当然需要大把大把的钱。所以薇薇一度把那个山寨品看成了最佳捷径，因此不惜孤注一掷。

现在她已经无所谓了。她甚至掂了一下自己面前的两个大箱子，脸上有毫不掩饰的扬扬自得之色：云未寒，就算你知道这一切，又能如何？反正我马上就要远走高飞了，你奈何不了我！

云未寒把她的表情看得一清二楚。

“你为了偷窃我的产品，还绑架他人，到现在却想一走了之？”

薇薇不以为然地道：“你凭什么说是我绑架他人？你有什么证据？”

“你知不知道，你差点儿害死一个人？”

薇薇对此不屑一顾：“听说你花了许多钱去国外顶级研究所求购新药，她这不是活过来了吗？再说，她当时伤得根本不太严重，就算你不多此一举，她也死不了，甚至没有断手断脚；有什么好稀奇的？！”

她的语气分明充满了遗憾之意。年小明受的伤怎么会这么轻微？她就算不死，也得断腿断手甚至变成植物人啊。

可是，居然没有，这简直是太遗憾了。

她的嘴角流露出一丝毫不掩饰的嘲讽笑容：“事到如今，你献殷勤已经毫无意义，不如省省吧。”

云未寒死死地盯着她道：“绑架他人，变相杀人，你竟然没有丝毫悔改之意？”

“先别说你根本没有任何证据证明是我绑架了她，就算有人绑架了她，她自己不挣扎，好好配合不就行了吗？毕竟人家只是为了要她的药，而不是要她的命。只要她肯配合，给她一大笔钱都可能。遗憾的是，她偏偏油盐不进，自找死路，怪得了谁？甚至她提前就配合，自己把药交出来，不就啥事也没有了吗？而且她还能赚一笔钱！”

她最后总结道：“这种不识趣的人，难道不该死吗？”

云未寒目瞪口呆了半晌，叹道：“我已经自认厚颜无耻了，可现在才知道，有些人永远没有下限！”

薇薇笑而不语，满脸鄙夷之色。

云未寒长吁了一口气：“你说得这么轻描淡写，是认为冷 C 已经走了，什么事都怪不到你头上了，是吧？”

薇薇的表情已经说明了一切。

是的，她根本不怕。她做事向来滴水不漏。

因为这事情从头到尾都是冷 C 一手操办的，事后冷 C 趁着众人还没反应过来就匆匆出国了。至于那几个帮凶，冷C早有安排，就算他们被抓到了，这账也是算在冷C头上，关她薇薇什么事呢？毕竟她从头到尾都不知道那些绑匪到底是谁，也没有跟他们有任何联系。

“我发誓我没有参与绑架的事！我也没有这个胆量！”

“你至少替冷C通风报信了，你也是帮凶。”

“你的熟人中也有杀人放火的人，难道你要替他们承担罪责？”薇薇冷冷地说，“我没有绑架任何人，所以我根本不怕！我就算曾经这么想过，这么图谋了，但是我从未动手！我也恨不得她当场死去，可是我这么想也有罪？哪条法律规定我不能诅咒别人？”

云未寒摇了摇头：“你机关算尽，但最后你也什么都得不到！”

“哈，我机关算尽？我算什么了？”薇薇冷冷地说，“同样是一父所生，凭什么你就可以继承天文数字的遗产，而我只能像一条狗似的卑微地乞讨？”

迄今为止，她甚至连公开随父姓的资格也没有！

云未寒沉默了一下，淡淡地说：“谁叫你母亲是‘小三’呢！”

薇薇恶狠狠地瞪着他。

云未寒的眼神也不友好。

何来的什么手足情？两人对彼此的憎恨溢于言表，已经连伪装都被彻底撕碎了。

薇薇拎起那著名的鳄鱼皮包包，满不在乎地说：“云先生，如果没有别的事，那我就先走一步了。”

她径直往外走去，走路的姿势很美，就像是一朵会移动的白色花朵……可是走到门口时，她停了下来，脱掉了雪白的外套。

她内里穿的是一件烈焰一般火红的长裙。她毫不在乎地把雪白的大牌外套踩在了脚下！她早前并非那么爱穿白色裙裳，和许多少女一样，她其实热爱色彩艳丽的高定，而不是死人一般的素洁颜色。

是遇到他之后，打探到了他的喜好，明白了他的心意，她才开始投其所好。

可现在，她已经用不着讨好他了。此刻她发誓，往后的半生绝对不会再买一件白色的衣物了。那晦气得令人憎恶的死人色，就像云未寒这个死人脸！

她的一只脚就要踏出门了。

“你走不走都没意义了！”

她蓦然回首！

“那八千万美元已经被地下钱庄全部黑了，一起被黑掉的还有冷C的那点儿私房钱。她可能认为那些地下钱庄还会像以前那样给她面子，不敢黑她，但是她可能忘记了，冷富豪早已倒台了……”

以前人家迫于冷富豪的淫威，不敢黑她。可现在，她算老几？

薇薇惊呆了，浑身开始发抖。

她待在原地好一会儿，忽然几步跑回来，指着他的鼻子，颤声道：“是你干的？是你通风报信？是你出卖了我们？”

他一把打她的手，冷冷地说：“这世界很小，除了我，还有很多人盯着你们。薇薇，你已经一无所有！”

她几乎把这几年捞来的全部财产折算在那八千万美元里了。她很清楚，钱出去了，才是自己的。至于这栋豪奢的别墅，那是有限制的——只要自己和张公子的婚龄没达到十年以上，她是根本得不到这栋别墅的。

而且事到如今，张公子也根本不可能再和她结婚了。事实上，冷C跑路的风声一传出来，张公子就已经开始疏远薇薇了。这半个月，张公子从来没有跟她联系过！若不是看在云未寒的分儿上，可能张公子早就让她搬出豪宅了。

薇薇浑身发抖地道：“怎么会这样？云未寒，你怎么可以这么毒辣？”

“是你自己没那个命！”

不义之财来得快，当然也去得快。

“你知不知道当初那个死老头儿给了你母亲多少钱财？整整一条街的商铺、两栋别墅、九位数现金。可是，你的母亲又是赌，又是吸毒，又是养小白脸，居然不到十年时间，就把那么巨大的财产折腾得一干二净……”

有一大半钱财是她在牌桌上输的，比如那一条街的商铺；而现款，是被小白脸们陆陆续续骗完的；到最后，她索性破罐破摔，黄赌毒样样都来，连最后一套容身的别墅都被人拿走了。

因为这些钱来得太容易了，所以她挥霍起来也不心疼。就像那些忽然中了大奖暴富之人，据追踪资料表明，一大半人要不了几年便会重新陷入贫困状态。

如果一个人的品行、能力不足以和他突然所拥有的天大财富相匹配，那么这个世界就会通过其他方式，将这一切收回去。无数人暴富暴穷，不是没有原因的。

薇薇十五岁之前，锦衣玉食，过得如小公主一般；十五岁之后，跟着赌鬼母亲东奔西走，流离失所，一度差点儿衣食不继。

她无数次发誓：自己绝对不能走母亲的老路。但凡抓到手的财富，她一定不能让它再度飞了。最后，两人居然还是殊途同归。

她忽然一把抓住云未寒的衣袖，嘶吼道："你不能为了那个该死的年小明这样害我，年小明根本不爱你，她对你毫无用处，而我是你的亲妹妹！"

哭着哭着，她扑通一声跪了下去，泪如雨下："云未寒……大哥，求你了，帮帮我吧，求你了……大哥……"

这是她第一次叫他"大哥"。

沉默了许久，云未寒才摇了摇头："我也办不到了！"

薇薇忽然跳了起来："你怎会办不到？你那么有钱，凭什么办不到？"

"这世界上，没有人真的可以一手遮天！"

"年小明一家都是普通人，我早就调查过了，她父母也是普通的知识分子，他们能把你怎样？就算她死了，他们一家人也动不了你分毫！而且年小明也没死，过段时间，这件事情就会被淡化。"

"你忘了卫微言！"

"卫微言？"薇薇面色苍白，"该死的卫微言！我恨死这家伙了！"

云未寒暗忖：自己总算和这个"妹妹"有一丁点儿共同之处了。

他也恨卫微言，比薇薇还恨。

如果没有卫微言，自己还有赎罪的机会，至少看在新药和天价医药费的分儿上，自己还有一点儿机会。

可是自己能做到的事，卫微言都能做到，于是自己的这点儿优势也彻底消失了。

李秀蓝夫妇便再也没有给他半点儿机会，他永远无法替自己赎罪了。

第十九章
爱情原本的样子

那是一个秋高气爽的艳阳天。

整座城市的芙蓉花全部开了，金黄色的银杏叶子在阳光下闪闪发亮。一丛茂盛的月季沿着窗户攀爬，悄悄地从开着的窗子探进来一朵红色的花，好奇地打量着雪白的病房里的一切。

年子睁开眼睛，第一眼便看到了这朵月季。月季和玫瑰其实是有区别的。

有人又在讲故事，声音低低的，很好听。

若不是看在声音的分儿上，年子早不让他讲了。实在是他讲得太差劲了。

“……反反复复的道别都是没有诚意的。真正的道别，都是在一个风和日丽的下午，一句话也没有说，便消失在茫茫人海中……”

这是一个老段子，年子甚至知道最佳回复是：失信名单上的老赖都是这么干的，一声不吭，然后你再也找不到他。

她看到那朵月季在微风中轻轻地摇头晃脑，呵呵地笑了起来：“这花……这花……”

“年子，年子？”

“拜托，哥们儿，换一个段子好不好？每天你都讲那些老掉牙的东西，我真的是笑都笑不出来……”

卫微言惊呆了。

他放下手机，声音微微颤抖地问："年子……年子？你听得见我说话吗？"

"嘿嘿，你已经讲了几百个段子了，可是真的没有什么有创意的东西。拜托，你以后下个量大一点儿的段子 App 吧……"

卫微言伸出手，紧紧地抓住了她的手。不知怎的，这一刻他忽然仰起头，一言不发，恍如亲眼见证着一个奇迹。

反而是她，好奇地凝视着他。

嘀，卫微言变了。

美少年卫微言居然如此憔悴，可还是挺干净的，灰色衬衫一尘不染，绝对没有一丝臭味。

臭男人，臭男人，天下男人都很臭，卫微言例外。

闻讯而来的医生们笑逐颜开，一边检查，一边谈笑风生。

李秀蓝夫妇反倒是最后来的。自从女儿出事起，李秀蓝就请了长假，每天在医院里陪护女儿。尽管请了特护，但是她除了偶尔回家梳洗、拿东西，或者做别的小事情，基本天天守在病房里。

只有卫微言来的时候，她会出去散散步，买点儿小东西。今天她原本是要去买水果的，忽然又想起该回家给女儿拿一个她以前最喜欢的小玩意儿。可是她还没到家，就接到电话了。

她马上给丈夫打电话，二人几乎同时赶到医院。他们走进病房时，医生们都已经围观良久，纷纷散去了。病房里只有两个人。

他们一进去，就看到女儿睁大眼睛，脸上笑嘻嘻的。

"年子？"

二人异口同声地叫道，可是又没了下文，就那么傻愣愣地看着她。

"天哪，老爸、老妈，你们怎么了？你们的头发怎么白了？"

老夫妻俩泪如雨下。

年子清醒之后的第三天，警察来了一趟医院。

警察告知他们，抓到了两名嫌疑犯，除了那名"小偷"自杀之外，还有那个司机模样的人处于外逃之中，正被全国通缉。

年子一看照片就认出来了，两名嫌疑犯正是那对学生情侣模样之人。

这二人真的是一对大学生。他们就读于一所还算过得去的二本学院，而且平素从无不良记录。这对小情侣说，某天下午他们出去看电影，遇到一个司机，司机叫他们帮忙上演一场“英雄救美”的戏码。司机告诉他们，自己想追一个女生，求他们帮个忙客串一下——当然，这忙不是白帮的，司机给了他们一万元钱。

看在这一万元好处费的分儿上，二人欣然同意配合司机演一出戏。

他们发誓，自己没有任何歹意，也没有再受到其他任何人的指使——他们只是做梦也没想到，这件事背后还有别的原因，也不知道还有其他更多、更大的阴谋……警方反复审讯了两人许多次，发现他们是真的不知情，于是只好按照相关法律进行简单处理。

关键在那个潜逃的司机身上，可是他逃得无影无踪。警方不抓住他，真相就很难解开。

警察说，一旦有了线索，会立即通知他们。

李秀蓝夫妇向警察道了谢，并送他们出去。

年子躺在床上，慢慢地回想起当天所发生的一切，一幕一幕那么清晰，不是什么巧合，也不是什么“小偷”，那是绑架，赤裸裸的绑架。

只是，不知道主谋是谁，对方意图何在。

或者，主谋就是云未寒？

可无论她从直觉还是常理来判断，主谋都不可能是云未寒。云未寒再坏，也不至于如此。

车子撞过来那一刹那的画面，慢镜头似的一遍一遍地回放，还有自己被“喝醉了”的云未寒抓住时的那种恐惧……竟然令年子微微战栗。

那种挥之不去的恐惧，只怕将与这一身伤痕，伴随自己一生。

一双大手轻轻地放在她的肩头。

“年子……”

年子勉强露出了一丝笑容。

“年子，别怕，以后我一直陪着你。”

她呵呵地笑起来。其实这世界上从来没有任何人可以真正陪护另一个人一生——别说夫妻朋友，就连父母、子女都做不到。

可是某些时候，我们还是乐于听到这话：别怕，还有我呢！

这话其实是一种精神抚慰。

这一刻，她特别感激卫微言。

她需要这种精神抚慰，这甚至超过了爱情。

年子很快出院了。

她再次站在小院里时，恍如隔世。

年大将军站在花架下大呼小叫：“参见大王、参见大王……”

金毛大王奔过来，特别亲热。

这忠实的老狗，分明在说：主人，你去哪里了？怎么这么久才回来？

年子很庆幸自己还能回来。

她抚摸着它的头，就像抚摸一位货真价实的老朋友。是的，这老狗真的是一位好伙计。可能正是它最早嗅到了云未寒身上的迷药的味道，所以才拼命狂吠，好多次将他吓退。

而年子也是因为它这极其反常的狂吠，对云未寒一直有放不下的戒心。云未寒的阴谋最终没能得逞，这老狗厥功至伟。

那天晚上，李秀蓝夫妇做了一顿极其丰盛的晚餐。那是女儿出事以来，他们第一次做这样的晚餐，也是第一次有心情吃大餐。

六菜一汤摆好的时候，年子端着汤碗，看到父母的白发，不胜唏嘘。

尤其是母亲。母亲满脸笑容，但是头上有了明显的白发，额上有了明显的皱纹。而仅仅在这之前的几个月，母亲还是一个极其精神的中年妇女，常年保持着苗条的身材，梳妆打扮一丝不苟，服饰也极高雅得体。所以，五十来岁的人，走出去大家都以为她才三十几岁。

那是一个高级知识分子的生活态度，对自己的外形和事业从来都一样认真。

可现在她瘦了一大圈，眼眶深陷，差点儿老得惨不忍睹。可以想象，年子出事以来，她是多么悲哀绝望。

年爸爸也好不到哪里去。可是他终究比妻子坚强，一直硬挺着，直到现在方觉得如释重负。

年子端着汤碗，低声道：“老爸、老妈，真是让你们操心了，唉……我、我以后再也不做傻事了……”

李秀蓝真的是眉开眼笑，原本的苍老和阴郁几乎一扫而光：“年子，你好了就好，一切都好。”

年爸爸也打趣道：“只要你好了，我们心情高兴，很快又会年轻回去。”

但愿如此吧。

年爸爸却看着卫微言，举着杯子，由衷地说：“其实，我们最应该感谢的是小卫。”

李秀蓝也举起杯子：“小卫，感谢的话我们没法多说了……小卫，以前我有得罪之处，请多谅解。”

当初卫微言主动提了分手之后，年子的情绪变得很差，不久就出事了。急怒绝望之下，李秀蓝的一腔怒火全部撒在了卫微言身上，她认为卫微言和云未寒都是一样的骗子。而且若不是这骗子主动提出分手让女儿失望，也许女儿就不会在冲动之下发生这样的事情了。

人一失去理智，那是很可怕的。李秀蓝把卫微言当成了罪魁祸首。相当长一段时间，她不许卫微言踏进病房半步，只要看到卫微言，立即毫不客气地驱逐对方。

现在想来，她当然无地自容。尤其女儿清醒之后，他们才知道，当初最先赶到现场的人是卫微言，根本不是云未寒。至于年子出事，完全是云未寒导致的，和卫微言一点儿关系也没有……反而是因为卫微言最先赶到，绑匪们怕暴露真面目，所以有所忌惮……

李秀蓝极其认真地再次道歉：“小卫，对不起。”

卫微言肃然道：“阿姨言重了。”

卫微言其实也憔悴了一大圈。不过现在他精神抖擞，容光焕发，笑嘻嘻地看着年子道：“年爸爸早就约我上门吃跳水兔了，不料等了这么长时间才得偿所愿。这不，今晚我一定要大快朵颐。”

年子立即夹了一块兔脑壳给他：“我爸做的麻辣兔头超级好吃，你尝尝。”

年爸爸也立即把一大盆跳水兔端到他的面前：“来、来、来，小卫，不要客气，多吃一点儿……”

卫微言真的没有客气：“你们放心，今晚的菜再多，我也能包圆了。”

他也很久没有好好吃饭了。

大家都闷头大吃，除了年子。可能是躺太久了，胃口还没恢复，她只喝了一点儿汤，吃了两个小点心。

另外三人则是真的大吃大喝，一桌子菜风卷残云般就要被吃完了。她想：能好好吃饭，真是太好了。

那天晚上，卫微言留在了年家。

李秀蓝夫妻很早就收拾了一切，给卫微言泡了一杯清茶之后，各自找借口先去休息了。他们也真的是太累了，没有余力再去管别的事了。

卫微言是第一个留在年家过夜的男子。但是此刻他坐在椅子上，笑嘻嘻地看着躺在床上的姑娘，毫无别的想法。

她很苍白，很瘦弱，外伤早已痊愈了，但是粉碎性骨折的左腿尚未痊愈，里面用新材料重塑了骨骼，外表看起来虽然没什么异常，但是此生她都没法再做剧烈运动了，甚至连自如地行走，也还需要一段时间。

饶是如此，所有人都已经很开心了——只要人没死、没废、没傻掉，已经是意外之喜了。

年子靠着枕头，把玩着那个锦囊。锦囊里是红红绿绿的宝石，还有好些黄色的小宝石，摇晃时叮叮当当，煞是好听。

年子觉得自己富可敌国。

她把宝石拿出来，一个个地摆好："卫微言，你看，像不像九星连珠？或者聚齐了这么多，是不是可以召唤神龙了？"

卫微言大笑，尤其见她玩得那么高兴，自己也觉得很欢乐。

"年子，以后我再得到什么宝石，全都送给你，好不好？"

她扬起长长的睫毛："真的吗？"

"真的！"

她咯咯大笑："卫微言，那以后我就吃定你了。"

"好呀。"

他见她闭着眼睛，轻轻问："年子，你睡着了吗？"

她含混不清地说："这么晚了，你也回去休息吧！"

"你妈妈在隔壁给我铺好了床，说我可以留下来过夜……"

"哦……好吧，那你早点儿去歇着。"

“你有什么需要，可以叫我。”

她应着，呵呵笑起来：“卫微言，真没想到，有一天你会这样照顾我啊……”

他默然，好一会儿才轻叹了一声：“如果可以，我宁愿没有这么照顾你的机会……”

她已经睡着了，根本没听到他的话。

睡了一会儿，年子睁开眼睛。看到他依旧坐在旁边，她轻轻地说：“要不，你上来吧。”

两米大床，两个人当然不会拥挤。

他好生意外，低声道：“一起睡？”

她扑哧一声笑了出来。

他也笑起来，真的脱了外套，很自然地躺了上去。

他轻轻地环抱她，她居然没觉得有什么尴尬的，而是很自然地依偎着他。但是，他也没有别的出格举动，毕竟她尚未痊愈。

那天晚上，她睡得特别熟。他也睡得特别熟。

他已经很长时间不曾这样安然入睡了。

睡到半夜，听得窗外淅淅沥沥的秋风秋雨，他感觉到怀中的人散发出来的温暖，忽然觉得特别踏实，于是又沉沉地睡过去了。

年子出院之后，年爸爸终于恢复了正常的上班作息时间。李秀蓝则还是处于半退休状态，每天的主要工作是给女儿准备美味可口的滋补饭菜以及各种汤料。

本来她是打算在家贴身照顾年子的，但是，年子坚持自己早已可以自理了，天天被人这么照顾，反倒像个废物似的。李秀蓝尊重女儿的意思，于是还是坚持上班，但每天下午会提前一点儿回来，也不再去参加任何应酬了。

卫微言则天天都来，有时候早一点儿，有时候晚一点儿，但是每天必来。

他说他休假，有大把时间。可年子暗忖：这个大忙人，怎么会休这么长时间的假呢？

她怀疑他可能是旷工太多，被炒鱿鱼了。可是他这么牛的人物也会被炒鱿鱼吗?

她没问，也不知道该怎么问。

他有时候会带来一些特别奇怪的药，叮嘱她如何服用，如何外用，或者干脆自己帮她涂抹，有时候又带来一个小玩意儿，或者一些稀奇古怪的东西。

最重要的是，他每天都带来一束花。他送的花跟别人的不同。他送的是“花果”。这些花，全是各种大樱桃、金橘、草莓、小番茄、桂圆，甚至小的花菜等拼凑而成的。年子不知道，有花店居然专门出售这样的“花”!

有一次他甚至拿了一束奇大无比的“花”来。年子细看，惊呆了，一束毛茸茸的类似蒲公英的包围圈里竟然是一颗硕大无比的榴梿!

她张大嘴巴，好半晌，傻傻地问:“这个也算花?”

卫微言板着脸道:“这是独家定制，价格很贵的。为了不浪费钱，所以你最好赶紧把这束花吃了。”

年子当然没有吃掉这一束“榴梿花”，而是把这束花拿去小院子里，摆放在金毛大王的狗窝旁边。

阳光下，“榴梿花”被晒得金灿灿的，煞是好看。

卫微言稀奇地问:“你摆在这里干什么?”

年子:“我想看看什么时候能把它晒爆了，爆了后会不会把金毛大王臭晕过去。”

卫微言:“……”

年家已经很久不买水果了。每次吃掉“水果花”里面的水果之后，年子都会把四周作为点缀的各种康乃馨、玫瑰、满天星、香水百合等全部收集起来，陆陆续续地放到阳光下暴晒。晒干的花，有若有似无的香味。

年子还从网上买回许多精美的包装纸，把这些干花分门别类地全部扎起来，然后小院的一排墙壁就被干花装饰成了一个独特又别致的景点。

年子管这面墙叫“花墙”。

一个人在家的时候，她就搬个懒人沙发，很长时间待在花墙下面，有时发呆，有时打盹儿。

年子只要见到卫微言，就特别高兴。有一天，她忽然又想起，他可能不是被炒鱿鱼了——他不是早已决定去国外某研究所做那个什么“联盟主席”了吗?

莫非这段时间就是他离开之前的准备期?

迄今为止，她都没搞懂那是什么机构，但有一件事情是很明确的：他是要离开的。至于他究竟什么时候离开，她又没有勇气问。

她甚至忘了他早就主动向自己提了分手。她就像一只鸵鸟，觉得自己躲在一个沙堆里，只要不发出声音，许多事情就可以迎刃而解。

柏芸芸来看她，带了特别多的水果。年子看看自己家茶几上早已堆积如山的各种水果，乐了。可能自己家里几个月都不用买水果了。

柏芸芸本来打算国庆节结婚的，但是拖到了来年的劳动节。她说：“年子，你知道吗？我看到你躺在医院里，完全没有心情准备婚礼。如果你和你爸妈不能参加我的婚礼，我会觉得非常遗憾。”

所以，她只和方胖子领了结婚证，婚礼延后了。

年子笑嘻嘻地说：“你延后了我也不给你做伴娘，我从不喜欢做伴娘。”

“做不做伴娘无所谓，最主要的是，我希望我的婚礼那天你能在现场。”

这就已经足够了。

方胖子第一次去柏芸芸家，印象极好。他回来告诉父母，他父母也松了一口气。毕竟方妈虽然觉得准儿媳本身是重点大学毕业，长得也不错，但还是暗暗担心是个“扶弟魔”。后来她听儿子说起准老丈人的态度，这才彻底放心了。

两个人几十年的婚姻，说到底是几个家庭的事情，如果有一方特别难缠，那就会很难受。也正是因为老丈人的态度，方胖子第二个月就痛快地去送了彩礼，而且在约定的数额之外，还给小舅子单独包了大红包，给老丈人买了好烟、好酒，给丈母娘买了平常舍不得穿的羽绒服、羊绒衫之类的东西，七大姑八大姨也都打点得周周到到。一应花费下来，总数早已超过了二十万元，可是他无所谓。毕竟他已经工作多年，收入一直不错，这对他来说根本不是什么大问题。

小舅子见姐夫这么上道，简直对其崇拜得五体投地。他一力主张给姐姐陪嫁上好的棉被，床上四件套之类的东西也全部比照贵的买，但凡老婆私下里嘀咕什么，立即顶回去。就连柏芸芸的大爷（大伯）也获得了丰厚礼品，两口子简直对这个侄女婿赞不绝口。

一家人都对方胖子满意得不得了。

年子听到这个结果，也满意得不得了。

她觉得方胖子简直是个谈判高手。毕竟现在农村很多地方要彩礼成风，许多家庭张口就要二十八万八千元或者三十八万八千元，还要房子等，攀比之风相当严重。据说彩礼越多，女方的身价才越高。

这一次，方胖子花出去的钱其实在当地并不算多，可是绝对让所有人都感到超级满意。当然，方胖子的态度也很让人欣赏：能力范围内，但凡能用钱解决的事，都不是什么问题。他从来没有让柏芸芸因此感到为难过，甚至没有让她主动开过口。他自己把这些事办得很完美。

柏芸芸笑嘻嘻地说："方胖子的妈还主动给我买了三金，给了大红包，说举行婚礼的时候，婚宴他们全权负责，但是我们自己收礼金。"

这礼金当然就是变相地给柏芸芸的私房钱。双方态度好，当然就可以互相谦让着完成婚礼，根本不必撕扯。

末了，柏芸芸压低声音说："遇到方胖子，我才知道，真正恋爱、结婚是什么样的……"

是的，两个人有爱情，什么都可以彼此体谅，彼此宽容，而不是像她以前遇到的渣男，她免费做他的保姆，他还挑三拣四。

年子很替她高兴。毕竟女人找到一个靠谱的男人，比找到一份靠谱的工作还要难。

更出人意料的是，柏芸芸家真的要拆迁了。按照现在的情况，她家可能分到三到四套房子。

老妈子和儿媳妇的口径当然是一致的：这房子一套也不能给柏芸芸，毕竟给了姑娘就是便宜了女婿这个外姓人。柏芸芸和方胖子自然不会去和弟弟争什么房子，问都没问一句。

但上周小两口回家看望父母时，老头儿在饭桌上宣布，无论如何要给女儿一套房子。老太婆自然马上反对，但是老头儿心平气和地告诉她："女婿是外人，儿媳妇也是外人。既然可以便宜儿媳妇，那为什么不能便宜女婿？再说，众所周知，妇女待在家里的时间，远远比男人多得多，说到底，房子是更便宜了女人（女儿），而不是男人（女婿）。凭什么儿媳妇可以享受房子，女儿反倒不能呢？而且，女儿、女婿对我们这么好！”

婆媳俩居然无言以对。

事就这么成了。

年子听得哈哈大笑：“你爸怎么忽然有这种觉悟了？”

“因为我大爷告诉他，女儿再不济，生的孩子也能保证和自己血脉相连，可孙子、孙女就不见得一定是你的。你的房子不想便宜女婿，但没准便宜了隔壁老王……”

这杠抬得年子拍腿叫绝！

可不是吗？现实中，许多重男轻女的人生怕房子便宜了外姓人，可谁说留给儿子、孙子就真的万无一失？没准儿这都是便宜了隔壁老王！

林A也来看过年子一次。

林A带来了一大堆高档营养品，都是燕窝、鱼翅、阿胶之类的，年子看得吓了一跳：“你送这么多昂贵的礼物，我怎么敢当？”

林A眉开眼笑地说：“怎么就不敢当了？年小明，你已经是我有限的朋友之一或者唯一了。”

她是真的把年子当朋友了。

年子注意到，她笑容灿烂，有掩饰不住的喜悦之色。年子以为林A找到第二春了，结果林A说了另一番话。原来，林A的前夫和“小三”生的双胞胎儿子生活在一起之后，居然乐极生悲，两个儿子都得了白血病。经检查，说是他们的新别墅装修过度，甲醛等污染严重超标，小孩子抵抗力弱，很快病倒了。

“年小明，你知道吗？那栋别墅是渣男变相转移婚内财产时偷偷买的，‘小三’急于住进去，又要显示奢华，所以被装修公司坑了。据说，污染特别严重……”

“小三”爱攀比，装修一定要极尽奢华，结果装修过度，污染严重超标。而且，“小三”太急于住别墅了，装修完没多久就搬进去了。

大人也就罢了，新生儿哪里受得了？

“小三”经此打击，加上产后抑郁，有一次居然抱着一个儿子从二楼跳了下去。因为只是二楼，母子当然都没有摔死，但是小孩的脑袋被摔坏了。林 A 的前夫一怒之下暴揍“小三”一顿，“小三”又是报警又是割腕，闹得不可开交。闹的时间长了，林 A 的前夫肯定就不乐意了，对“小三”也彻底失去了耐心，二人又开始扯离婚的事情。

林 A 哈哈大笑：“报应啊，这都是报应。按理说，我不该对小孩子幸灾乐祸，可是我真的忍不住啊。我听到这个消息，心里极度舒适。”

年子也笑起来。是的，这消息谁听了都“极度舒适”。

“年小明，你说得对，我真的早就该离婚了，不应该拖这些年的，简直是白白浪费时间啊。狗屎就是狗屎，怎么都变不成黄金。‘小三’不择手段地得到了渣男，渣男就会对她很好吗？并不！‘小三’替他生了两个儿子，他当然高兴。可是‘小三’稍不如他的意，他照样暴揍她，哪管她是不是什么产后抑郁。听说，他们虽然还没有离婚，但是他借口‘小三’发病会再度伤害孩子，直接把‘小三’一个人扔在别墅里，他带着两个儿子回他父母家里住，甚至禁止‘小三’前去探视。很可能，他又继续找别的‘小四’‘小五’去了……”

有钱的男人，最不缺少的就是美人。别以为你是人家的最后归属，其实，你永远成不了最后那一个。

一次不忠，便可能百次不忠，无论男女，一旦出轨，基本上就刹不住了。所以，遇到这种事，另一方不要给他们机会——除了让自己一次次地失望，一次次地被羞辱，不会有任何更好的结果。

“年小明，你知道吗？我以前从不相信报应，总觉得那些坏人一直那么嚣张得意，可现在，我觉得冥冥之中还是有天意的，对吧？”

是的，冥冥之中总是有天意的。

林 A 忽然压低了声音说：“你知道冷 C 吗？”

冷 C？

“我怀疑，就是她和薇薇私下里策划绑架你……”

花九儿多次找林 A 要“爱情药”，林 A 碍于情面不得不敷衍。她虽然不知道花九儿要这东西的真实用途，但是私下里留了一个心眼儿。年子出事之后，卫微言私下里找过她一次，于是她一五一十地把这事全部告诉了卫微言，顺便把自己打探到的一些东西也都讲了。卫微言听完，只是感谢她，什么都没说就走了。

“冷 C 已经跑路了，但是薇薇还在国内，不过，我听说她企图转移的大笔资金，全被地下钱庄黑了，而且张公子已经和她分手了。她以后再要大把捞钱只怕没那么容易了……”

当然，林 A 并不知道，张公子之所以和薇薇分手，是因为薇薇最后还是姓不了云——云未寒因为薇薇的野心和背叛行为，自然不可能再让她姓云！这个姓氏，对张公子的家族来说很重要。如果没有这个姓，那么薇薇就没有任何价值。尤其他们已经知道了云未寒的态度，就更加决绝地放弃了薇薇。

“我怀疑是卫先生举报了她，不然她的钱早就跑了。哈哈，一想到这个小贱人现在一无所有了，我就觉得特别爽！”

年子忽然想起自己的大学室友节衣缩食，结果被男友全部拿去打赏女主播的那二十万元——也觉得特别爽。

是的，她也希望薇薇她们一无所有，并不仅仅因为薇薇是自己的情敌。

林 A 走后，年子一个人正出神，忽然听到花架上扑簌簌地响。

她急忙站起来，看到年大将军扑棱着翅膀，彩色的羽毛一根根掉了下来。

年大将军很生气，后果很严重。年大将军在拔自己的羽毛。这只老鹦鹉，一旦生气就会拔自己的羽毛，有时候甚至会把自己扯得鲜血淋漓。

今天不知道谁又把它惹毛了，它火冒三丈，一口气扯掉了七八片羽毛还不罢休，嘴里犹自发出尖锐的叫声。年子赶去的时候，看到它嘴里叼了一根毛，嘴壳子上有一丝血迹，一双鸟眼里满是不安的愤怒和焦躁情绪。

年子吓了一跳。她想伸手摸一摸它的背脊，安抚一下它，可是年大将军差点儿啄了她。

“老天，这伙计怎么了？”

年子头也不回，嘘了一声：“它每次发脾气，都会这样自残，每一年都会这样爆发两三次……”

“不是吧？鹦鹉也有更年期？”

“……”

嘴壳子上的羽毛掉了，年大将军又开始去啄另一片羽毛。

卫微言大叫：“哇，老伙计，你这停不下来了还是咋的？”

年子也着急了。

“年子，你看这架势好瘆人。你说，它会不会直接把自己身上的毛拔光，然后把自己架到火上烤成烧烤？”

年子：“……”

“我要不要去抓一把盐巴或者胡椒粉等着？”

年大将军仿佛听到了这话，顿时停下来，不拔毛，也不叫了，冷冷地瞪着卫微言。

你想吃我？做梦！

卫微言哈哈大笑：“老伙计，你怎么不赌气了？我们还等着你自我烧烤呢！”

年子也哈哈大笑。因为她顺着年大将军的视线，终于一脚把那个裂开的榴梿踢了出去！

没想到榴梿真的爆了，不是被晒爆的，是被金毛大王啃爆的。老狗老了，闲得无聊，没事干就天天玩那个榴梿，不知怎的就将它弄爆了。虽然榴梿只是裂开了一道口子，可慢慢地，臭味四溢。年大将军很可能就是因此生气了。

她好生奇怪地问：“难道鹦鹉也能嗅到这股臭味？”

“哈哈，鹦鹉会的东西，可能多到你想象不到。”

“可金毛大王就无动于衷啊。”

“你见过狗会对屎恶心的吗？”

年子暗暗嘀咕：“也没见金毛大王吃榴梿啊！”

卫微言一把拎起榴梿，疾步走出小院，远远地将它扔到了垃圾桶里，折回来的时候，年大将军总算平静了下来，站在花架上，舒展了羽毛，咕咕地冲着他叫：“参见大王……参见大王……”

它分明是在感激卫微言。哥们儿啊，你总算把这臭玩意儿拿走了，否则我会被熏死啊。救命之恩，以身相许，不、不、不，是没齿难忘啊。

年子笑得前仰后合。

这家伙！

晚餐他们吃的是自助烧烤。菜品当然全是卫微言带来的。

烧烤架很久没用过了，摆在小院里，散发出浓郁的烟火气。

一人一狗蹲在一边看大厨操作。烤兔在火架上嗞嗞作响，排骨、羊肉以及各种素烤串也慢慢地散发出油滋滋的香味。

年子很是好奇："卫微言，你居然还会做烧烤？"

卫微言抬头看看天空，高深莫测地说："搜索一下，什么都会了！"

年子："……"

"其实，这些烤串全是我的钟点工阿姨提前给我准备好的。"

年子："……"

会做饭的男人，自带柔光滤镜，年子觉得，卫微言的颜值又上了一个台阶。她抱着膝盖，悄悄地盯着他的侧影，心想：啧，这哥们儿真是帅呆了。

"年子……"

年子哦了一声。

"我感觉你的眼神毛毛的……你是不是觉得我比烤兔还好吃？"

年子站起来，急忙拿起一只兔腿，咬了一口："哇……"

"你难道不知道刚出炉的烤兔是绝对不能吃的？"

年子含混不清地问："为什么？"

"烫嘴啊！"

年子真的被烫到了，急忙放下兔腿。

"心急吃不了烤兔腿，但是呢，也别等太久。你等太久，别人就吃光了，比如现在……"

年子眼睁睁地看着他大言不惭地拿起另一只兔腿大吃起来，忽然扑哧一声笑出来。

卫微言放下兔腿，也笑起来。

落日余晖下，她的笑脸终于有了血色，一如初见时那么热烈、活泼、充满了生命力。

他如释重负。

那日午后，阳光慢慢地西斜，秋风一阵寒过一阵，银杏的叶子随着一阵一阵的风铺满了小院的地面。

金毛大王捡起一片银杏叶，扔下去，又捡，又扔……如此反复，年子看得兴起，伸出手抓了一大把叶子撒在它的头上。这老狗居然嗷嗷地叫着，仿佛觉得特别好玩。

年子大乐，反复地抓起叶子撒在它的头上，正玩得高兴，听到一个熟悉的声音："年姑娘……"

雪白人影，金色落叶，就像是夕阳下的一幅剪影。他站在原地，不知道站了多久了。

金毛大王腾地站起来，可是并未狂吠，只是警惕地看着他，眼里满是戒备的神色。年子也立即发现了，他身上已经没有了那股香味——那股沁人心脾、淡淡的玫瑰香味——其实那就是"爱情药"。

现在他身上不再有任何味道，干干净净，就像她刚刚认识他时那样。

"年姑娘……"他一步一步地走过来。

她忽然举起手，无声无息地制止了他——别过来！不要靠近我！

她竟然心有余悸。

那暴力行为，那狰狞的眼神，对她来说都是尚未远去的烙印。

甚至那场精心策划的绑架案，这些真的跟他一点儿关系也没有吗？

金毛大王站在年子旁边，就像一名忠诚的卫士。这令年子稍稍安心。

云未寒停下脚步，距离她一丈多远。她低下头，并未看他，而他一直盯着她。

她膝头搭着一块小小的羊绒毯子，颜色、花纹都极其可爱。她的脸也是雪白的，衬得一双眼睛更大，睫毛更长，十分清秀。

也许是休养了这么长时间的缘故，她不再是病房里干瘪的模样，就像一朵花，春风一吹，慢慢地又恢复了活力。

他凝视着她，内心竟然一遍一遍地哀叹，满是遗憾。

沉默了许久，他才缓缓地说："年姑娘，对不起……"

她还是没有看他。

"真的很对不起！"他的语气是由衷的。

"那天晚上我是真的喝多了，失态了，做了错事。可是，年姑娘，请你相信，我真的不是故意要伤害你的，我从来没有想过真的去伤害你……"

不要相信喝酒的男人——一个人清醒的时候，总是不好意思那么不要脸，可若是有了三分醉意，就真的敢肆无忌惮地行事。

我喝多了——我当时做什么已经无法自控了。

我喝多了——我的脑子已经控制不了行动了。

我喝多了——我当然就可以为所欲为。

我喝多了——便是他们最好的遮羞布。

其实，那时候他们心里都明白着呢。兽性一直在，只是如果他们不找个借口，怎么好随便放出来呢?

“年姑娘，我知道你已经很难原谅我，可我还是要向你道歉。我……我……我真是对不起你……”

我当然不会原谅你。

我凭什么要原谅你?

把一个人害成这样，你有什么值得被原谅的?

年子的双手放在毯子下面——只有她自己才知道，毯子搭着的左边膝盖，只要有一点点风吹过，就会隐隐作痛。

这一辈子，她也许都会这样。

还有里面的钢板。这一辈子她再也没法跳跃、奔跑。说到底，她还是有些残疾了。

他把一个人害成这样，怎么还有脸来求原谅?

而这些还不是最重要的，最重要的是，她临死之前的那种绝望感——没有任何人知道她当初眼睁睁地看着车子撞过来的刹那是怎么想的：我要是死了，我爸妈怎么办?

那天自己要是死了，也许不少人会感到悲伤难过，但是他们都不会绝望。因为自己只是他们人生中的一小部分内容而已。属于友情的，他们以后会有别的朋友；属于爱情的，他们以后会有别的爱人。

据说七年是一个坎，在七年之内，每一个人身上的细胞都会彻彻底底地更换一次。也就是说，无论多大的痛苦，七年时间都可以彻底将其治愈。因为那些曾经记忆着一个人的细胞，早就彻底死掉了。新生的细胞，只会开始新的生活。

唯有父母，自己要是死了，他们的世界就彻底崩塌了，连替代物都没有!

失独之惨，惨绝人寰。

哪怕浑身上下的细胞再更换几个七年，他们也摆脱不了这种痛苦，而且，人越老越痛苦。

这些，云未寒怎么会知道呢？他不过以为那是一场小小的车祸，反正她又没死，有什么大不了的？除死无大事嘛。

她根本看都不看他一眼。

云未寒孤独地站在原地。

两人之间保持了很长很长时间的沉默，就像两个世界的人再也没有任何交集，连话语都变得多余。

半晌，他又长叹了一声："冷C死了……"

年子还是没有抬头。

"当初策划绑架你的的确是冷C。她和薇薇想山寨'爱情药'，绑架你的目的是逼你拿出'爱情药'的样品。事发之后，冷C立即带着大笔现款跑路了，可能正因如此，她招惹来了杀身之祸……"

冷C逃到了南亚一个小国，警方的跨国追捕行动尚未展开，就接到当地警方通知：冷C被一伙儿抢劫犯杀了，他们从当地的小别墅里抢劫了一整箱的现款，然后杀人灭口，逃之夭夭。

冷C的死亡也充满了戏剧性——她其实是被她的情夫害死的。冷富豪之外，她当然也有相好的男人，尤其是冷富豪倒台之后，她更是迅速找了别的男人。她担心被小白脸骗钱，所以勾搭上了一个鳏夫。这个老鳏夫是个富商，是她的仰慕者之一，早前多次承诺一定会娶她。

冷富豪当道的时候，冷C红得发紫，自然是看不上这个鳏夫的。可是冷富豪倒台之后，树倒猢狲散，早前奉承她的男男女女散得精光，只有这个痴情的老鳏夫对她不离不弃，冷C自然很是感动。

老鳏夫对冷C嘘寒问暖，送昂贵首饰，送花，天天催婚，还说希望和冷C再生几个孩子。后来，冷C竟然真的有点儿爱上这个鳏夫了。

人人都说老鳏夫是绝对的痴情种，冷C自己也这么认为。冷C走的一切地下钱庄，都是通过他之手。

岂料小白脸只是要她的钱，老鳏夫不但要她的钱，还要她的命。这个鳏夫的确利用关系把冷C的钱安全地转移了一部分出去。冷C对他深信不疑，于是动员薇薇也走了他的关系网。岂料薇薇的这笔钱还没出发，就被查获了。

老鳏夫本想把两个女人的钱一网打尽之后远走高飞，少了薇薇的这笔钱，自然很不爽。

冷C见出了问题，也慌了。老鳏夫说，自己在某小国有一套很安全的别墅，是冷C最好的容身之地，以后自己和冷C可以在那里白头偕老。

冷C当然不知道自己的眼光这么差，事发之后，马上带上最后一点儿私房钱启程去投奔他。冷C本以为抵达小国之后，二人从此能隐姓埋名，等风头过后再出来。就算不出来，他们凭借那些钱也可以安度下半生了。

不料她这一去就是死路。老鳏夫在当地早已有了别的相好的女子，哪里真的看得上冷C这个半老徐娘？他贪图的无非是她最后那点儿现款而已。钱到手后，他岂能再容她？骗了一辈子男人的钱的冷C，就这么死在了老男人的手上。

云未寒顿了顿，继续说道："冷C绑架未遂，心怀不轨，死有余辜。"

他没再提起薇薇。

年子还是一声未吭。

"年姑娘，我知道现在我说什么都无法自辩，可是我真的发誓，我绝对没有要伤害你的意思。那天我只是一心想求婚成功……我早早准备了婚戒，实在是太希望你能嫁给我了……"

敢情他是做了两手打算：你乖乖答应我的求婚，那就水到渠成；你要是不识趣，那我就用强制手段，等生米煮成熟饭，你就别无选择了。

年子还是没搭理他。她早已决定不再和这个人说一句话。

只有他一直在自说自话："年姑娘，我靠近你，最初的确是源于实验目的或者某种庞大的经济价值，因为只有你才能激活那种'爱情药'，你能带给我的经济价值，其他女人都比不了……"

她听不懂，但是当然也不会去问他。这是他的核心机密，他也不可能说。

"后来，卫微言横刀夺爱，我当然不甘心。我希望你和他分手，希望你嫁给我，我们若是成了夫妻，许多事情完全可以水到渠成，而且对你自己也有好处……"

这是他第一次将自己的想法直言相告。年子想，他终于撕下了那温情脉脉的面纱，也撕下了所有灰姑娘的白日梦——如果一个“高富帅”无缘无故殷勤备至地追求你，那么你得想一想，自己到底哪一点能把人家迷得如痴似醉？

年子下意识地垂下了眼睑，忽然有点儿惊悚——自己就像一个怀璧之人！

就因为她有这双眼睛，几度引来杀身之祸。

云未寒没有继续说下去，只是凝视着她，又沉默了很久。

他抬起头看了看天空，声音很空洞：“其实，有一件事情我并没有骗你，那天你看到的脑瘤检查是真的……”他指了指自己的头，“我自知可能时日无多，所以才急于成婚，而不是为了实验目的或者经济利益。但是我不想胡乱成婚，希望找一个自己最喜欢的姑娘。”

他一字一顿地道：“年姑娘，我想要娶你，后来真的完全是出于喜欢！”

他又沉默了一会儿，笑了笑道：“我和我母亲一样，其实是一个很多疑的人，毕生就想找到一个忠诚、美丽，又永不背叛我之人。我希望她会温柔地陪伴我，跟我有共同语言，能逗我开心或者陪我欢笑，也许我们还会有一个可爱的孩子。当我面临死亡危险时，我希望得到这些更胜过得到几十亿或者几百亿的资产……”

年子依然无动于衷，丝毫不觉得这有什么好感慨的。

“年姑娘，唉，其实我知道现在无论说什么都没用了，你永远不会原谅我了……”

我不原谅你跟你有关系吗？你内心其实早就原谅自己了吧？

你已经给自己找了那么多理由，何须我来多事？你无非一定要我亲自说出原谅的话，好让自己心安罢了。

可是，我为什么要成全你？

年子没有搭理他。自始至终，她都没有和他说半句话。

金毛大王可能是觉得这危险分子待太久了不是好现象，于是很不耐烦地汪了一声。

云未寒苦笑，似在自言自语：“唉，我居然一直没发现，这里的一草一木都不欢迎我。”

何止一草一木？

“恭送大王，恭送大王——”连年大将军都跳了出来。

云未寒长叹一声，转过身去，但尚未迈步又停了下来。

“对了，有一件事情我必须告诉你，年姑娘，以后你可能再也没有什么透视的能力了。”

你出了车祸，你的特异功能就消失了——年子等着他说这番鬼话，就像三流肥皂剧的情节那样。

“你原本天赋异禀，可这种天赋是需要条件刺激的。你某一天突然具有了透视功能，那是我在你身上投放了特殊药物的缘故。后来我终止了这种实验，而且决定永远封存这项实验，所以你就再也不会有这个能力了。”

原来如此。

她就说嘛，后来看任何男人都是正常的——还以为他们本来就是正常人。她没想到，是自己变得正常了。

可是年子并未因此感到惋惜——把每个人的丑恶一面都看得清清楚楚，反而是跟自己过不去。

人生如此艰难，所以大家才讲究凡事睁一只眼闭一只眼，要不然怎么熬得过漫长的一生？

“年姑娘，你要好好保重。以后我再也不会打扰你了。”

他说罢，离去。

从他来到他走，直到身影彻底消失，年子都没看他一眼。

云未寒走到转角处，停下了脚步。

他回过头去，远远地看到从小院墙壁伸展出来的大片大片金黄色的凤凰花，耳畔隐隐地还听得到年大将军的叫声：“恭送大王，恭送大王……”

一个人，一段景，皆已成为过去。

就像几年前自己第一次悄然踏足这里，看到骑着自行车飞扬而过的少女，左大狗，右鹦鹉，飞扬跳脱，青春无限。

那时候，她还不到二十岁！他认识她的时间，远远超出她的想象。

后来他再也没有见过任何人有这么不羁的青春，这么张扬的生命力。她美得比几万亩红玫瑰更加任性。

如果那时候自己就付诸行动，现在会是怎样的情形？

可是，已经过去的事情永远没法假设了。他想，以后自己可能再也没有机会故地重游了。

一抹灰色人影施施然从一棵法国梧桐后面闪出。云未寒冷冷地盯着对方，眼中有毫不掩饰的厌恶和痛恨神色。

这个后来居上者。

这个无耻的掠夺者。

是他破坏了自己的一切计划，甚至包括爱情。

卫微言也冷冷地盯着他，半晌，先开口道："云未寒，我要是你，就永不再踏足这里半步！"

"你不是我！"

"我当然不是你！我干不出你这种不要脸的行径！"

云未寒恶狠狠地瞪着卫微言。

卫微言也瞪着他："你自以为很无辜，是吧？可是你把一个人害成那样，无辜在哪里？"

"……"

"罢了、罢了，看在冷C已死的分儿上，我就不再追究你的责任了。否则，你就算马上躺到手术台上，我都要亲自动手……"

"你追究？你算老几？"

卫微言转身就走，走了几步，将手举过头顶挥了挥："云未寒，你还是好好求求上帝吧，没准儿你还有活着下手术台的机会！"

云未寒没有搭理他。

云未寒走过街口。司机等在僻静处，见了他，立即开了车门，恭恭敬敬地说："云先生……"

车上赫然坐了一个人。

云未寒的眼神一下变得冷厉起来。司机支支吾吾地道："薇薇小姐她……"

她一直求他，软硬兼施，一般的男人哪里拒绝得了这么娇美的女人？于是，司机不惜违背主人的命令让她上车。

云未寒一挥手，司机忙退下。

薇薇赶忙下车，对着云未寒泪如雨下："大哥，求你再给我一次机会！我都看到了，那女人既没死也没残，她好端端的，根本没什么损失……你就原谅我一次不行吗？"

过往的经历早已让薇薇彻底明白：那些公子哥儿跟她玩玩是可以的，但是要跟她结婚，就不太现实了。如果没有"云"这个姓氏支撑，自己无非从一个"土豪"身边流落到另一个"土豪"身边。她年轻时尚好，可青春有限，再过几年上不了岸，一切就完了。她会变成残花败柳，无人问津，就像她中年后的母亲那样。

"大哥，求你了，至少让我公开姓云吧。求你了，我就只有这一个要求……"

她需要他在合适的场合，在重量级的嘉宾面前，正式宣布：这是我亲妹妹！这世上，唯有他才能抬升她的身价。

"大哥，求你了，以后我全都听你的，决不会再乱来了。"

云未寒沉默。

"大哥……"

他忽然笑起来。她停止了哭泣，诧异地看着他。

"薇薇，你真的只有这一个要求吗？"

"……"

"你是打听到我马上要做手术了，认为我很可能快死了，一定要得到这个身份，好继承我的遗产吧？"

是的，薇薇的确得到了准确的消息，云未寒罹患绝症，跟他们共同的那个浑蛋老子一样，很可能将不久于人世。他从未结婚，既没有婚生子，也没有私生子，他的母亲也早已去世——如果他正式承认了她的身份，那么自己这个妹妹将成为他货真价实的遗产继承人，而且是唯一的合法继承人！

这比什么都重要！比她能否嫁入豪门更重要一万倍！

云未寒上车。司机也赶紧上车。

薇薇急了，一把拉住云未寒的手："大哥……"

云未寒抽回手。

"德不配位，必有灾殃。你母亲当年得到那么庞大的财产，却很快败光。薇薇，你也继承不了我的遗产！别说我还没死，就算我死了，也轮不到你！”

薇薇面色惨白。

“我的律师团队已经处理好一切。薇薇，你根本是枉费心机，没有任何用处的！”

薇薇彻底怒了：“什么叫德不配位？云未寒，难道你就比我高尚吗？你以为我不知道吗？你为了讨好那个女人，非要弄死冷C！正是你的变相出卖，她才会死于非命，你手上可是欠了一条人命的！”

她连声冷笑：“可就算如此，那女人领你的情了吗？那女人会感激你吗？她压根儿就不会搭理你，对不对？云未寒，你拍马屁拍到马腿上有意思吗？你就没有自尊心吗？”

云未寒笑了笑，眼神很是奇怪：“绑架他人，死有余辜。这难道不是天理昭昭吗？”

“哈，你跟我谈天理？真要有天理，你早下地狱了！”

“就算我下了地狱，我的财产也轮不到你继承！开车！”

车子一溜烟儿地远去。

薇薇待在原地浑身发抖。这么多年来她做事不择手段，到头来居然还是一败涂地。

自从年子出院之后，大部分必要的后续护理事宜是卫微言在负责。

李秀蓝夫妻自然很关切女儿的病情，但很少插手，因为卫微言告诉他们，已经没有任何大碍，而且复诊几次的结果都非常良好。卫微言是医生，是专业人士，他们本能地觉得他所做的一切都是对的。

当然，夫妻俩也有自己的想法：女儿都这样了，有卫微言的安慰，肯定胜过父母的陪伴。

久而久之，年子自己竟然也习惯了这种陪伴。

一天下午，卫微言拎着一个大袋子再次来到年家。

金毛大王见到他，老远就摇头摆尾，好生亲热。年大将军也跳来跳去：“参见大王，参见大王……”

他笑着拿出一大袋鸟粮，又拿出一袋狗粮：“嘿，老伙计们，这是最新款式、最好味的零食，你们喜欢吗？”

鸟粮也就罢了，那袋狗饼干是真的超级美味，金毛大王接连吃了好几块，很是高兴，伸出舌头舔他的手，一再地表示亲热。

年子却盯着那个巨大的袋子，有点儿意外："你今天怎么带了这么多东西？"

"里面都是药。我把你下个月要吃的药全部开回来了，免得以后跑来跑去的麻烦。"

她一直在服药，内服外敷的都有，医生说，至少还得坚持用一个多月的药。可是她自觉已经好得差不多了，只不过医生这么说，她当然无所谓，照着做就行了。

但今天她忽然有些不安，因为卫微言这话听起来有点儿怪怪的。

他还拿出一份复检报告："年子，你看，你真的差不多要痊愈了。虽然以后你不能做剧烈运动，但是行走自如毫无问题……"

年子哦了一声。

卫微言笑了笑："我明天有点儿事情，就不来了，所以提前把这些东西全都带来。年子，你要记住按时服药。"

难怪！她惴惴地想：他是明天不来，还是以后都不来了？可是看着他带来的那么多东西，她忽然意识到，应该是后者！

她眼睁睁地看着他把那些药都拿出来分门别类地放好。做这些事情的时候，他也并未如往常一样边做边聊，而是匆匆忙忙，好像时间很紧迫，急着赶工好快点儿离开。

年子忽然低声问："你赶时间吗？"

"算是吧。"

"你是有急事吗？"

"嗯，也算是吧。"

她又问："你……你是要出国了吗？"

"嗯。"

年子顿时心里一颤。

"什么时候走？"

"他们希望我今晚就去，但我必须准备一点儿东西，明天上午再说。"

这么仓促？难怪他这么急急忙忙的样子，想必是要赶回家收拾东西？

可是他明天就要走了，为何此刻才告诉自己？

年子又问："你是去做那个什么联盟主席吗？"

他还是笑笑，不置可否。

她却微微颤抖起来，好一会儿，才能说出一句完整的话来："你什么时候再回来？你还回来吗？"

"不清楚。"

可是她知道，这种科研项目，没有十年八年甚至二三十年或者更长时间，根本不行……别说二三十年，好多项目需要科学家、医学家穷其一生，甚至是几代人的一生去进行研究。

她脸色煞白地问："你真的不回来了吗？"

"反正我在这里没几个朋友，也没什么特别值得惦记之人，所以就犯不着跑来跑去了。"

可是我呢？难道，我不是"特别"值得你惦记之人吗？年子在心里呐喊，却不敢这么说。她只是拼命地把手搭在自己的膝盖上，生怕毛毯掉下去失了态。

是啊，卫微言的父母都在国外，他有什么必要经常回来呢？而且他性格孤僻，朋友也真的不太多。

甚至到现在她才想起一件事——自己早已和卫微言分手了！以前他们每次分手，都是自己主动提出来的。只有上次，是他主动提的分手，是他说：年子，我们早已结束了，以后各走各路吧。而她竟然差点儿忘了这个事实。

从在病房里醒来，从第一次听到他讲段子，直到现在……她自动忽略了那个早已发生的事实。

人家同情你、照顾你，只是良心好或者念旧情，其实并不是还想要和你怎么样啊。

年子低着头，过了很久才小声说："很抱歉，我……我没法去送你了……"

他凝视着她，似笑非笑地说："千万别送来送去的，麻烦得很。我无论是来是去，都不喜欢被人接送！我自己也不喜欢接送别人！"

她的声音很虚弱："呵呵，都不见面了，送来送去的，的确也很那啥……"

"没错！没必要徒添麻烦。"他态度明确，没有拖泥带水。

年子一直低着头。

她想起他曾经讲过的那个笑话：反反复复的道别都是没有诚意的。真正的道别，都是在一个风和日丽的下午，一句话也没有说，便消失在茫茫人海中——失信名单上的老赖都是这么干的，一声不吭，然后让人再也找不到他。

可是她笑不出来，只觉心如刀割，比任何一次自己主动提分手的时候还难受。

仿佛这时候她才真正意识到一个问题——她会彻底失去他。最终，她还是彻底失去了这个男人。而这些时间他对她的帮助、照顾、陪伴……仅仅是因为他们曾经的情谊和他对她的义务。

年子，是你自己想多了。别人对你好，你就别得寸进尺了。

她悄悄地从毛毯下伸出手，想按下汹涌的心跳，可是又悄悄停下，不敢有任何动作。任何动作，都会暴露她心底的绝望情绪。

卫微言还是轻描淡写地说："年子，你好得差不多了，我也就放心了。"

年子本来该说一句：你放心吧，你也要好好保重。

可是，她说不出来。

她只是低着头，一言不发。因为一开口，她就会哭出来。她一点儿也不愿意失态。这种时候，她哭哭啼啼，岂不是为难人家？

她甚至不敢问一句：你是和唐婉婉一起去吗？

她什么都不敢问，只是心碎欲裂。

"年子，你怎么了，是不是觉得冷？需要我再给你拿一条厚点儿的毯子吗？"

"不用了……"她的鼻音已经很浓了，所以"我不冷"三个字也缩在喉头里，她再也说不下去了。

卫微言还是云淡风轻地说："好吧，年子，天色不早了，我们就这样告别吧。"

其实现在才下午，时间还早，只是对任何执意离开的人来说，任何时候都急不可耐。

"来吧，像朋友一样告别吧。"

他真的像朋友一般伸出了手。年子迟疑着，也伸出手去。

他握了一下她的手。她的手很白皙，以前也很柔软，但现在因为太瘦，摸着已经有点儿干干的了。

“年子，你太瘦了，以后多吃点儿吧。”

嗯，我会多吃的，好好吃饭，长得壮壮的。

可是年子说不出口，只想笑一笑，就像每一次自己主动跟他说分手那样，至少看起来要随意洒脱、云淡风轻。

可今天她居然洒脱不起来，装都装不出来。她像她以前最看不起的那些女人一样，马上就要哭哭啼啼了。

卫微言松开了手。他主动放开了她的手。

一阵风吹来，有两片金黄的叶子飘到她的头发、肩膀上。她原本乌黑的头发，曾经在病危的时候变得干枯，现在才恢复了一点儿光泽。他随手替她拂掉叶子，微微一笑，语气极其友好：“年子，再见了啊……”

年子仓促地回了一句：“嗯，再见。”声音如蚊蚋一般。

他转身离去，没有犹豫。她眼睁睁地看着他的背影越走越远。

他没有留步，甚至没有回一次头，态度决然又洒脱。

年子一直目送他的背影彻底消失。

金毛大王慢慢地走过来，这忠实的老伙计凝视着她，目中竟似充满了同情。

她终于想起来：自己又忘记还他宝石了。他每次都把宝石落在这里，只要他不主动拿走，她连还他都没有办法。

可是她没有主动追上去，浑身上下已经失去了力气。

她慢慢地趴在自己的膝盖上，泪如雨下。和他分手那么多次，这是她第一次失声痛哭，哭得上气不接下气。

年子哭了很久很久，直到一双手轻轻抚在她的头顶，一声轻轻的叹息传来。

“傻瓜！年子，你真是个大傻瓜……”

年子跳了起来。她真的是跳起来了，毯子滑落在地上，膝盖也没感到疼痛，她本能地扑在他的怀里，死死地抱住他的脖子号啕大哭。

他也轻轻地抱住她，可是并未像往常那样柔声安抚她，相反，他忽然忍无可忍，直接封住了她的哭泣声……

浑身的燥热就像早已远去的秋老虎，忽然卷土重来，年子觉得气温嗖嗖地上升，却没有想象中那么害怕，相反，她更加用力地紧紧抱住了他。

这明目张胆的鼓舞行为，让他彻底肆无忌惮了。他抱起她，直奔她的房间。轻柔的床单、她泪痕未干的脸、从窗外吹来的干花的香味……他前所未有地心猿意马起来。

其实他曾有无数次想这样做了，可无数次都未能得偿所愿，不知为什么，总是因为各种各样的事情被打断。

他想起来，真是觉得不可思议，以至于后来只能自我解嘲：可能是时机不成熟吧。

可现在，他觉得再也没有任何理由可以打断自己要做的事了。她躺在他身下，安静得就像是一只胆小的兔子。她苍白的脸上有了深深浅浅的红晕，就像是一朵夜里渐次开放的红花。

他竟然心跳加速，本能地俯下身去。

而她一直默默地配合，默默地接受。

他忽然停下了笨拙的动作，慌慌张张地说："那啥……我是第一次，请多多包涵……"

若非紧张过度，年子几乎要笑场了。可是她根本笑不出来，不但笑不出来，哭都哭不出来了。

秋日斜阳早已消失，深秋的初冬，天已经黑得很早了。窗外黑漆漆的，没有亮灯，竟不知道时间的流逝，如胶似漆的二人停下来时，早已分不清楚现在是白天还是黑夜了。

"年子……"

"嗯？"

可能是太疲倦了，也可能是太安心了，年子枕在他的肩头上，很快就呼呼大睡起来。

软玉温香，第一次将人抱得紧紧的，卫微言也没有多话，呵欠连连，很快就睡着了。

李秀蓝跑去郊外买了三只据说是"纯正的土鸡"，想着给女儿炖鸡汤，一回家就觉得有点儿不对劲儿。她看到了小院里掉落的毛毯、药袋子，还有卫微言的一些东西……然后，听到了一些奇怪的声音，那奇怪的声音是从女儿的卧室里传出来的。

过来人都知道那是什么意思，她当机立断，转身走了。

走了！

走了！

很久之后，年子还在奇怪，怎么今天晚上爸妈都没回来呢？这不科学啊，他们没打电话来，也没提前说一声，怎么忽然都没回来？

好奇怪。

小雨淅淅沥沥地下了一夜，冬天真的来了。

天气寒冷，舒适的被窝就更让人留恋了。

年子慢慢地睁开眼睛，看到一个熟悉的人。自己躺在这个人的怀里睡了一整夜。这简直是一种陌生的经历。可是她并未受到惊吓，只是忽然红了脸。尤其想到昨晚的疯狂举动，她整个人立即就发起高烧来。

他也睁着眼睛，看着她红彤彤的脸，居然也有点儿不好意思了，声音也弱弱的："那啥……年子，你有什么感觉？"

这问题好奇怪！难道我还要写一万字的心得体会，谈谈读后感什么的吗？

某人可能也觉得这个问题很奇葩，没有表达清楚，于是又弱弱地问："你不觉得这事很好玩吗？"

年子哪敢回答？她拉了被子蒙住头，却咯咯地笑起来。

她忽然想起以前和"癞蛤蟆"的聊天：人生那么长，尽量不要滥竽充数，一定要找一个可心可意的人，才能让后半生充满乐趣。要不然，早早结婚毫无意义。

生而为人，来这世界走一趟不容易，凡事不能凑合，必须认真对待，尤其是婚姻。

二人又躺了一会儿，他抱着她，轻轻抚摸着她额前的乱发，只觉那红彤彤的脸简直就像是这秋夜里开出的一朵桃花。

"要不，我们换一个地方？"

为什么他们要换一个地方?

他支支吾吾地说：“我老是担心你爸妈突然回家，这就尴尬了……”

年子居然很认可他的说法，因为她也有这个担心。毕竟有些事情真是无法描述。

“走，我们换一个可以随心所欲地玩的地方……”

“可是，我不知道该怎么对我爸妈说啊……”

“没事，我给他们打个电话，告诉他们我们要去玩几天就行了。”

简单地收拾了一点儿换洗衣服，又带了药物，二人“私奔”一般走出了小院的大门。直到上了车，年子忽然觉得有点儿不对劲儿，嗫嚅着道：“我妈到处去买土鸡，要炖鸡汤，可我就这么跑了，他们一定寒心死了。”

卫微言悠然地说：“那不见得。女大不中留，没准儿他们觉得好不容易甩掉了一个包袱……”

话音未落，年子看到妈妈发来的消息。

“宝宝，你和小卫好好去玩，想玩多久玩多久，什么都不要担心。”

卫微言凑过来看了一眼，哈哈大笑：“你看、你看，他们巴不得你快点儿跟我走。”

年子：“……”

一进自己家门，卫微言立即就不客气了。刚放下东西，他拉着年子的手就直奔卧室。

年子觉得，这厮真的是兽性大发。而且自己羊入虎口，在他的地盘上，再也不怕被任何人打扰了，他自然更是为所欲为。

老光棍儿的大床，终于派上了用场。

许久许久后，年子都精疲力竭了，某人还是兴致勃勃的。

年子躺着，有气无力地说：“卫微言，你都不干正事的吗？天天在家里玩？”

“这世界上，再也没有比这个更‘正’的事情了。”

年子：“……”

又过了一会儿，她问：“卫微言，你不是要走了吗？”

他神秘地笑了笑。

年子急了，他明明说今天上午就要走的，可是，这都快晚上了。

他狡黠地笑了笑道："你是不是担心我旷工太久被开除？"

难道不是吗？难道哥们儿你想怎么旷工就怎么旷工？

如果年子没记错的话，最近他几乎都不务正业。如果说他休假吧，哪个医院会允许他休这么长时间的假？

年子："莫非你辞职了？"

"辞职不行吗？"

他笑嘻嘻地拉住她的手，她的手特别软，特别暖和。

国外之行回来后，尤其是年子出事之后，他本来打算辞职的，一度也真的打算出国了。但是院方百般挽留，建议他休一段时间的长假。毕竟这种级别的天才不好找，院方也是爱惜人才。可最后他还是辞职了。

他其实很多年没有休过长假了。众所周知，医学院的学生要想混日子轻易地毕业，那是不可能的。从中学到大学，到博士毕业，再到十几年的工作……某一天他忽然发现，自己从来没有休过三天以上的长假！

他就像一台不知疲倦的机器，不分昼夜地工作，谈恋爱、吃个饭，都是草草来去。而且这些年他发现自己从来没有和年子一起去度过假，当然，更没有和任何别的人去度过假。

所以，他觉得自己太有必要休息一段时间了。

一个人若是不停下来，永远不知道自己走到哪里了，或者是不是走错了，自己走得南辕北辙也未必会发现。比如现在，他觉得休假真是个太明智的选择。不然，他怎么会有这样乐此不疲的享受日子？

年子却狐疑地看着他。

他搂着她道："干吗用这种眼神看我？"

她低低地说："那啥……我……我总觉得你最近变了……"

"怎么变了？"

"你有成为一个荒淫暴君的倾向。"

"哈哈，荒淫就罢了，暴君那是不可能的，现代社会，顶多是个人耽于享乐，危害不了其他任何人。再说，我们这其实是为了人类的繁衍传承做出伟大的牺牲和奉献……"

年子："……"

他舒展了双臂，悠然地躺着，特别惬意。年子躺在他的怀里，也很惬意。

“年子，我们一直躲在这里，天天荒淫无度，你看如何？”

她红着脸，假装闭着眼睛睡着了。

过了一会儿，卫微言的手机响了。他看了看来电，接通电话，只说了一句话：“我说了这几天不要打扰我，你为什么不听？”

“卫微言，你……”

电话那端的人声如洪钟，气急败坏，年子都听得清清楚楚。

“别说了，让我清静几天不行吗？”

“你到底还要清静多久？”

卫微言直接挂了电话。

年子吓了一跳：“是卫一鸿找你？”

卫微言若无其事地说：“别理他。”

“他找你干什么？”

“无论他要干什么，这时候都滚远点儿，不要打扰我们！”

年子弱弱地说：“他会不会是有什么急事？”

“再急的事有现在急吗？”某人悠然地说，“我好不容易度个蜜月，谁要是打扰我，就是跟我过不去。”

年子：“……”

整整七天二人都没出门，吃饭都是叫外卖。

以至于终于穿戴好，看着镜中衣冠整齐的自己，年子简直觉得“恍如隔世”，好像终于做回一个正经人了。

再看卫微言，她觉得卫微言适合另一个成语——衣冠禽兽。

因为这厮实在是太衣冠楚楚了。

她有点儿诧异，只见这厮今天打扮得特别齐整，灰色衬衣，灰色西装，皮鞋都擦得锃亮。她以前很少见到他穿得这么齐整过，就好像要去出席什么重要场合似的。

她再看他替自己选的衣服：蓝色裙子、蓝色大衣、高跟鞋。

两人的衣服都是新的，是他在网上买了送来的，尺寸居然都很合适。

她觉得有点儿不对劲儿："我们今天是要去哪里吗？"

他神秘地笑了笑："我带你去一个更好玩的地方。"

更好玩的地方？这话听起来怎么怪怪的？她小心翼翼地问："出去开房？"

卫微言不笑了，一脸严肃地道："年子，你满脑子这种……那啥……很要不得啊。"

她弱弱地问："那你要去干吗？"

他一把拉住她的手，笑嘻嘻地说："去了你就知道了。"

车子停在了一条林荫道上，周围是矮旧的居民区。小巷尽头有一家很著名的网红炒货店，排队买瓜子花生的队伍拉得很长很长，吆喝声此起彼伏。

"这是单行道，过不了，我们走过去吧。"

车子停在临时停车处，年子跟着卫微言下车，有点儿狐疑地问："我们这到底是要去哪里啊？"

卫微言拉着她的手，还是神神秘秘地说："去了你就知道了。"

那是一道灰扑扑的大门，门口挂着很多灰扑扑的长条形白色牌子。第一眼，年子就看到了一个无比醒目的牌子：某某扫黄打非办。

年子大惊失色，低声道："天哪，哥们儿，你这是要自投罗网吗？"

卫微言也盯着那个牌子哑然失笑。

年子再看一眼，看到了旁边另一个并列的牌子：某某婚姻登记所。

年子的眼睛瞪得老大老大，她暗暗嘀咕：扫黄打非办的牌子怎么和婚姻登记处的排在一起了？

卫微言却拉着她，飘然进去。

他们去得早，而且不是什么网红日子，人不多，不用排队。

办事员程序化地道："身份证、户口本原件，先填写这两份表格，然后去二楼照相……"

卫微言自己拿了一张表格，塞了一张给年子。

年子立即傻乎乎地开始填写：姓名、籍贯、性别、学历、身份证号码、住址……一个人的前半生，就这么被浓缩在一个个狭窄的小方格或者一条条长长短短的下划线上面……

"年子，我写好了，你写好没有？"

年子傻乎乎地回道："写好了。"

"你还没签名呢，你看……"

年子又赶紧签上大名。

"写工整点儿，这可不是给'粉丝'签名，一定要写得清清楚楚，不能龙飞凤舞。"

她小声地说："难道还怕被人冒充不成？"

"那可不一定！"

年子只好将名字写得清清楚楚。

"好了，我们去二楼照相吧。"

二楼的照相师傅就明显热情多了："来，二位靠近一点儿，再靠近一点儿……笑一下嘛，这么严肃做什么？你们是结婚的嘛，要一脸喜庆，对，笑一下……对、对、对，就是这样……好了，二十五元，马上打印出来。"

年子感觉脸都快笑僵了，终于好了。拍摄立取的两寸彩照，分分钟就打印出来了。最神奇的是，照相师傅的那个小助手在出图的时候居然还顺手给他们修了一下。

年子拿着寸照，觉得这简直是有史以来最上镜的一次"证件照"了。

工作人员接过照片，核对手工填写的表格、户口本、身份证……然后拿出两个红色的小本本，将照片贴上去，钢印盖了下来。

好了，江山已定。

除了寸照的钱，其他都免费，工本费工作人员都不收了。

工作人员把小本本递给了他们："门口有一堆叶酸，免费发放，你们自己拿一盒。"

"好的，谢谢。"

进门的角落，真的有一大堆整整齐齐的袋子，每个袋子里有两本优生优育的宣传手册，还有一瓶叶酸，是当地民政部门免费发给新人的福利。

卫微言拿起叶酸看了看，笑嘻嘻地说："真是不错，结婚不要钱，还发小礼物。所以大家有什么理由不快生多生呢？"

年子："……"

一直到上了车，车子开出去老远，年子还是拿着结婚证傻乎乎地看着。看来看去，她总觉得还是卫微言好看一点儿。相比之下，自己就稍微差一点点了——因为笑容看起来怪怪的，很不自在。

她自言自语道：“我的照片怎么没你好看呢？”

“因为你本来就没有我好看啊。”

她想了想道：“那是我不上相罢了。”

卫微言悠然地说：“真美人，怎么都好看，不上相这种事情，是不存在的。”

年子：“……”

车子又开出一段距离后，年子放下结婚证，觉得更不对劲儿了，傻乎乎地问：“为什么这么仓促地结婚？”

卫微言板着脸说：“不结婚总是夜长梦多。”

所以，他干脆一劳永逸！

年子沉默了一下，总是觉得怪怪的，又弱弱地说：“可是，你不是要走了吗？既然你要走的话，我们真的没有必要结婚啊……”

“正因为我要走，更得结婚。”

“可是……”

他意味深长地说：“现在你是真的怕我走了，是不是？”

年子竟然真的很惊恐。是啊，两人一结婚，他就出国……然后，自己怎么办？

自己独守空房，过漫长的分居生活？还是说跟他离婚？

一想到“离婚”二字，年子更是不安。想当初自己为了整卫微言，结婚前夕告知亲友他出车祸死了，后来自己就遭了恶报，差点儿真的被车子撞死。

可见心怀不轨地诅咒他人之人，最后诅咒往往会反弹到自己身上。

她惴惴地问：“那啥……你该不会是要结婚后马上出国，然后宣布我出车祸死了，跟我离婚吧？”

这一次，卫微言是真的生气了：“年子，你胡说八道什么？”

年子第一次见他发怒，也自知失言，赶紧道歉：“对不起，我是开玩笑的。”

“有这么开玩笑的吗？真是的。以后你再也不许这样乱说话了。”

年子点头如捣蒜，再不敢吭声了。

她低着头，又翻开自己的那本结婚证，反反复复地看着。看了好久，她还是弱弱地问："真的就这样结婚了吗？"

"不然你还想怎样？"

"可是，你都没有求婚啊。"

"还要求婚的吗？我不是已经送了聘礼吗？"

原来，那些宝石早就算聘礼了？而且这厮好阴险，老是把宝石放在她家里，这样自己只要看到宝石，就不好意思"出轨"。毕竟他就像真的下了聘礼似的：此人我先占着了，你们不要觊觎了！

卫微言真是个阴险的家伙。

好吧，就算他已经下了聘礼，求婚这事先不提了，但是彩礼这些呢？开玩笑，聘礼和彩礼可是分开算的——不要欺负我读书少。

"对了，你都还没有送过彩礼这些呢。"

"彩礼？你还要彩礼？那我发一个五毛的红包给你嘛……"

忽然年子又觉得有一点点委屈，彩礼这些也就算了，可是婚戒他也不准备一个吗？还有，婚礼这些也都没有吗？他们真的要彻彻底底地裸婚吗？

"卫微言，我们这是裸婚吗？"

"裸婚？"卫微言点了点头，"这还真的是裸婚。不裸的话，我们也没法结婚，你说是吧？而且，我们都裸那么多次了，你还要怎样？"

年子觉得好委屈，低着头又不吭声了。

某人察言观色，老神在在地说："你以为我想仓促地裸婚吗？我还不是迫不得已……"

年子忍无可忍地道："你怎么迫不得已了？是我逼你的吗？"

"可不是吗？你不逼我，我能这么慌慌张张的吗？"

年子恼羞成怒了："我怎么逼你了？我什么时候逼你了？"

"喊，那天我一走你就哭，而且哭得那么可怜，我要是不回来，真的担心你会哭晕过去，那样的话，人家还以为我怎么你了。"

年子："……"

"你看，我是不是根本就没法一走了之？这不，我只好赶紧结婚，负起责任啊。年子，这可是你变相向我逼婚啊……"

年子再次恼羞成怒地道："这么说来，我反而该买戒指向你求婚了？"

卫微言十分干脆地说："有何不可？"

"……"

"难道你不是一直暗恋我，想嫁给我，主动拿戒指向我求婚吗？现在为什么就不行了？你不信去买个戒指试一试？我保证马上就痛痛快快地答应了。"

好吧，自己先喜欢他，就得被他欺压一辈子。

罢了罢了，年子低下头去，把结婚证摊开放在自己的膝盖上。她不但不吭声，头都快埋在膝盖上了，肩膀也微微抽动，看起来……嗯……好像在哭泣。

"年子……年子？"

不要理他，不要理他。

"年子，你该不会这么小气吧？"

"……"

"不是吧？年子，你真的在哭？你这么小气真的好吗？"

她还是低着头，慢吞吞地说："卫微言，其实，你根本不必同情我的。"

卫微言："……"

"你现在同情我，以后你会后悔的。"

两个人因为同情而结婚，其实根本没有任何意义。同情只能是一时的，时间长了，怜悯之情消失，又何以支撑漫长的柴米油盐生活？

卫微言心平气和地说："你倒是说说，我为什么要同情你？"

年子悄悄地摸了摸自己的膝盖。他当然没有忽略她那微小的举动。

"你既没有伤也没有残，更没有被毁容，要求还挺高的，又不愿意裸婚，谁敢同情你？"

年子不知怎的，忽然想起一部狗血剧里的台词：你失去的只是一条腿而已，而人家失去的可是爱情，你说谁的损失大？如果可以选择的话，可能没有任何人愿意拿一条腿去换所谓的"爱情"吧？

"被同情的人还敢狮子大开口地要聘礼和彩礼吗？"

年子："……"

"其实，我一直在同情自己呢！我还在为彩礼的事情发愁呢，为了筹集彩礼，搞不好我还得去卖身，以后没准儿会有一条社会新闻：某男为了高额彩礼铤而走险……”

年子低着头，肩膀抽动得更厉害了。

卫微言冷冷地说：“年子，我警告你，你不要太过分哈……”

年子：“……”

“我过过嘴瘾也不行吗？我都这样了，你还想怎样？”

年子：“……”

“该被同情的人是我好吗？老早以前我就开始同情自己了！我好多次都想那啥，欲火攻心，却次次都半途而废……好多次，我都觉得自己衰到家了。”

你活该。

但年子没这么说。她还是低着头，一副泫然欲泣的样子。

“喂，年子，你知道那种滋味吗？”

谁知道呢！

“而且，你还多次向我提分手，分分钟都可以分手似的！！！我真的随时有一种偷鸡不成蚀把米的挫败感啊，小姐，你明白吗？你真的是一个作天作地的人啊……”

这就是你急着先领证的原因？

“现在，我好不容易可以名正言顺地寻欢作乐，你还不许我过过嘴瘾？难道你非要我亲口承认：我早就巴不得跟你结婚，巴不得可以名正言顺地尽情寻欢作乐？”

年子抬起头，忽然就咯咯大笑起来。

她哪里有丝毫泫然欲泣的表情？她分明是一副大获全胜的样子。

卫微言瞪了她一眼，敢情这厮早前全是在装可怜？肩膀抽动得那么凶，敢情她一直是在偷笑？

年子哈哈大笑：“卫微言，我就知道是这样，一定是这样。哈哈哈，你熬不住了，所以迫不及待地想跟我结婚，哈哈哈……”

我去，这狡猾的家伙。

“喂，年子，你敢玩我？”

年子弱弱地说：“我怎么就不敢玩你了？这不，天天都玩，玩了好多次了。”

这厮竟然这么“污”，简直学坏了。

卫微言瞪着她，瞪着瞪着，笑了起来，悠然地说：“算了，让你得意。

不过，年子，你可记清楚了，是你主动追我的。一开始就是你苦苦暗恋我，一直是这样。这一条，过去、现在、今后都不许反驳。”

谁理他？

年子摇晃着结婚证，笑嘻嘻的，一脸“我不跟你一般见识”的表情。

可是，过了一会儿她又苦着脸说：“卫微言，你到底什么时候出国啊？”

“你干吗老问这个问题？”

“我可不想远嫁，我不能离开我爸爸妈妈。我以前都打算找结婚对象不能出三环的……”

而且，哥们儿，我认识你的时候，你是在本市工作的！现在，你说走就走？

卫微言：“你是‘妈宝女’吗？真是的。”

“是啊，我不但是‘妈宝女’，还是‘爸宝女’，怎么了，不行吗？”

卫微言的确从来没有见过这么依赖父母的成年人，所以无话可说了。

她还是苦着脸道：“如果你真的要出国的话，就太可怕了。我不想和爸妈分开，更不想和你分开……这……可怎么办啊？”

这个“更”字，令卫微言暗爽了一下。可他还是板着脸道：“我从来就没真正打算出国！”

不是吧？上次他明明说了要走的。

“我回国之后，就没打算再出去了。这里好好的，我干吗要走？”

年子小心翼翼地问：“那个什么唐婉婉，她出去了吗？”

“她早就出去了，而且不会回来了。”

唐婉婉当然会出去，因为人家一开始就打算出去。为了争取这个名额，她还花费了好多心思。

“她去是她的事情，不代表我就必须去。”

年子热烈欢呼，一把抱住了他的脖子：“哇，真是太好了！卫微言，你真的太好了，我太喜欢你了！”

这善变的家伙，简直跟个小孩子似的。他却伸出手，轻轻摸了一下她红彤彤的脸，内心无限唏嘘。一个人受了那么大的伤害，还能若无其事，永远保持这样天真欢乐的心态，这才是最难得的。

嬉笑怒骂，都“形”于色，天真烂漫，毫无保留，这才是从最初到现在，她一直令他着迷的地方。

卫微言很认真地解释道："其实我上次出去，只是应一个科研机构的邀请，当然主要是为了看看云未寒到底想干吗，而且那时候你跟我分手了，我很难受，也想出去走走。"

年子："……"

卫微言慢悠悠地继续说："当然，如果知道你早就想跟我复合，对我的暗恋之情一直没变，那我都不必白走一趟的……"至于那个什么联盟主席，都是云未寒的一番鬼话，谁会在乎他？

年子欢乐无比。这一刻，她觉得卫微言简直是名副其实的男神，就像自己第一次见到他的时候那么帅。不、不、不，他简直比那时候还要帅一万倍。

她双眼亮晶晶、水汪汪的，长长的睫毛忽闪忽闪，脸上满是得意和狡黠之色："只要你不出去，以后我什么都听你的。"

"真的什么都听我的？"

"呃……"

他压低了声音说道："那说好了，今晚，我们……"

她红着脸啐了他一口。等红灯的时候，她凑过去，飞快地在他的唇上亲了一下。

"喂，这里可是有摄像头的，搞不好以后你这镜头会被公布出去。好多出轨男女，就是这样被曝光的。"

年子红着脸，摇了摇手里的结婚证，笑嘻嘻地说："我才不怕呢，我们又不是出轨男女。"

过了一会儿，她又神神秘秘地说："卫微言，我要告诉你一个秘密。"

"什么？"

"我真的是一直暗恋你，分手后都忘不了……呵呵，自从第一次见到你，后来无论我看到什么样的男人，心都跳不动了……"

卫微言笑起来，真的是喜笑颜开。

他感觉简直是三伏天吃了冰棍儿，数九寒天喝了一碗热腾腾的燕窝粥，太爽了，爽爆了。

可他还是老神在在地说："其实我早就知道的，我一直知道！"

车子在拐角处停了下来，年子有点儿奇怪：“停这里干什么？”

他神神秘秘地抓住她的手，从衣袋里摸出一个小盒子。

“哇，钻戒！你什么时候准备的？我为什么一点儿都不知道？”

闪闪的钻石不是很大，可是很美，切割、质地都是一流的。他轻轻地拿起她的手，将戒指戴在她的无名指上。

年子越看越是喜欢，咯咯大笑：“真是太漂亮了，卫微言，你什么时候买的？”

他也笑嘻嘻地说：“我上次出国就买了。反正用得上，早点儿准备着呗。”

好家伙，他真是瞒得滴水不漏啊。

年子兴高采烈地戴着戒指，这一路简直欣赏个没完，越看越喜欢。她还以为他会随便拿颗小宝石套一个黑铁环就算戒指呢，原来这厮也不真的是弱智嘛。

下车的时候，年子看到爸爸妈妈都在家里，立即明白了——要不是这样，卫弱智还在装呢，戒指都不拿出来的。

毕竟结婚就得有个结婚的样子，在父母面前，他可不能太草率地应付。

二人推门走了进去。

李秀蓝好几天没见女儿了，极其热情地迎了上来。年子也几天没见妈妈了，和妈妈好生亲昵，毕竟从小到大，她很少长时间地远离妈妈。

“呀，年子，你俩怎么瘦了一大圈？”

其实年子没怎么瘦，主要是卫微言瘦了一大圈，而且不是那种病态的瘦，是……

二人你看我，我看你，心里都是同样的想法：那些天没日没夜地那啥，实在是渴了、饿了，就点外卖。外卖他们都是有一顿没一顿地吃，吃什么都不重要，两人一门心思地扑在那事情上面……不瘦才怪。

可是这话他们怎么好意思说呢？二人都是满脸通红，神色慌慌张张，不可描述。

李秀蓝立即什么都不问了，很自然地转移了话题：“金毛大王生了个小病，我带去打了两针，总算好了。”

年子立即走过去，只见那老狗委顿地趴在狗窝里，见了小主人，虽然亲昵，但是有气无力地摇了摇尾巴。她有点儿着急：“妈，兽医怎么说？”

“说它可能吃错了东西，拉肚子，虚脱了，我已经喂它吃了药，养养就好了。”

动物和小孩儿差不多，一生病就恹恹的。卫微言也跟过去看了看：“老伙计，你没什么大碍，放心吧，很快就会好起来的。”

金毛大王汪地叫了一声，极其亲热地伸出舌头舔了一下他的手。

李秀蓝转过头，忽然看到女儿手上的婚戒，这才真的意外了：“年子，这是？”

年子红着脸，拿出小本本，低声道：“妈，你看嘛。”

李秀蓝翻开结婚证，看清楚后哈哈大笑：“老头儿、老头儿，你看、你看……”

年爸爸立即从厨房里走出来，拿起小本本看了看，也哈哈大笑起来：“不错、不错，真是不错……”

老夫妻均是同样的心思：真的好不容易，如释重负了。他们一直看好卫微言，却因为种种事情两人又分开，不料峰回路转，这结局当然令他们超级高兴。尤其是女儿出事之后，卫微言跑前跑后地照料她，许多事情亲力亲为，二人一致认为：再也不会有比卫微言更合适的女婿人选了。所以，这喜事当然值得庆贺。

年爸爸放下小本本，擦了擦手，笑道：“你们快洗洗手，吃饭了，幸好我今天多准备了几道菜。”

那可不是几道菜，是满满一大桌子菜。因为年子早已打了电话告知他们要回来吃饭，所以年爸爸准备了一大桌子丰盛的饭菜。

只是二人都没料到，这顿饭竟然还有这么大的惊喜。

年爸爸还特意拿出了一瓶红酒：“这是我前年去法国出差买回来的，今天高兴，来、来、来，我们大家都喝一点儿。”

一家人都举起了酒杯。

二人超热情地招呼着卫微言：“小卫，你多吃点儿！来、来、来，先喝一碗汤，这个土鸡汤特别好……”

年子眼睁睁地看着爸爸拿起卫微言的汤碗，先给卫微言舀了一碗金黄色的鸡汤。过了好一会儿，她才想起来，以前爸爸都是最先给她舀汤，现在她的地位严重下降了。

李秀蓝也超级热情："来，小卫，多吃点儿炸酥肉，趁热才好吃。"

相比之下，年子觉得自己成了小透明，于是只好给自己夹了满满一大碗酥肉。

卫微言恭恭敬敬地说："爸、妈，我和年子先领了结婚证。至于婚礼的日期，还得劳烦你们二老帮着参考一个黄道吉日，举行婚宴的酒店这些，也拜托帮着看一下。当然，下周我爸妈就回来，两家人坐在一起商量一下，彩礼什么的你们尽管提……"

卫家父母是专门为了儿子的婚事回来的，这一次要待相当长一段时间。年子听到神秘的"准公婆"终于要露面了，暗忖：这厮终于不装了。

年爸爸眉开眼笑地说："两家人坐下来一起吃个饭，商量商量婚期是极好的。不过彩礼这些就不用了，现在早就不讲究了，小两口又不是跟着任何一方的父母居住，而是单独组合成一个独立的小家庭。新家根基未稳，正需要扶持，所以我们打算把两套小户型的房子送给你们作为婚后生活的补贴，你们收点儿租金什么的，生活宽裕一点儿。现在年子住的这个老房子也送给你们，婚后你们想住哪里自行安排即可。"

李秀蓝："你们年轻人工作忙，婚宴酒店这些事就全部交给我们好了，我们的时间充裕一些，你们只需要去拍摄婚纱照就行了。"

年爸爸："是的，这些杂事，你们都不要担心，我们全部会办得妥妥当当的。"

李秀蓝："我也计划着退休了。你们小两口先快快乐乐地过几年二人世界，等你们哪天想要孩子了，我还可以帮你们看几年……"

卫微言在桌下轻轻碰了年子一下，得意扬扬。

看看，看看，岳父、岳母不要彩礼，还附赠三套房子，而且带孩子的人选都有着落了，这简直是超划算的买卖！

是吧，是吧？岳父、岳母这么喜欢我，哪里会问我要彩礼呢？而且我这么帅，娶老婆还要彩礼吗？

年子偷偷地踢了他一脚，也笑嘻嘻的。

唉，瞧瞧自家老爸老妈，简直了，上赶着的不是买卖啊。

一周之后，年子终于见到了传说中的卫爸、卫妈。丑媳妇见公婆，心里自然是有点儿紧张的，而且这是双方父母第一次见面，还是商讨婚礼细节这些事。

基于种种原因，年子有些不安。

双方会面的地点是卫微言选的，那是一个很幽静的饭店包间，菜品、环境都是一流的。

精心打扮的年子，端端正正地坐着，就像一个小学生。

四老会面，倒没有那么紧张，很快就谈笑风生了。

卫微言的父母都是七十岁出头了，但是绝非想象中那种老态龙钟的样子，事实上，卫妈看起来相当年轻洋气，卫爸也行动自如，神采奕奕。

“哈哈，我前几年得了一种慢性病，你们也知道，肌体就像器械，年限久了，就自动磨损了，必须得时常维护。治疗了一段时间，我现在好得差不多了。尤其忽然听到这小子说要结婚了，我简直就是不药而愈，哈哈哈……原来人家说冲喜什么的，我还不相信，这一次亲身体会到了……”

这爽朗的笑声，令亲家会面的气氛立即就活跃起来。

卫妈看着年子，也是满脸笑容：“年子啊，你的大名我们早已如雷贯耳，不过今天才见到，真人可比照片漂亮太多太多了。”

他们当然是如雷贯耳，毕竟这女孩儿曾经群发消息告知亲友卫微言出车祸死去的事情……

年子是第一个加入卫家亲友群的女孩儿，也是唯一一个，二老自然很早就开始关注她了。可是儿子不提，他们自然也就不问。他们从不公开过问儿子的私事，毕竟儿子早就成年了，谈恋爱分手都是正常。可是这几年下来，这二人分手又复合，复合又分手，某一天他们甚至听说那姑娘出了车祸。儿子为此东奔西走，不但出钱出力，还让他们老两口帮着在医学界刷脸，到处去问人家有没有相关的顶级新药出来。

从那时候起，老两口就明白了，儿媳妇一定就是这个了，没有别的候选人了！

果然，兜兜转转，这二人先斩后奏，直接领证了。所谓婚礼这些，二人也就是给家长一个面子，走走过场而已。

做家长的当然识趣，配合着就行了。

年子想起自己过去的所作所为，红着脸，不敢作声。也因这“过去”，她一直是惧怕见到卫家二老的。

二老当然绝口不提往事，尤其是卫妈，一看儿子满脸春色，喜气洋洋，神采奕奕，就知道家长更没必要多半句话了。

每一对夫妻，恩不恩爱，其实都写在了眉梢眼角之间，隐藏不了的。

“哦，我差点儿忘了一件事情……”卫妈忽然站起来，去拿自己的包包。

众人不明就里，都看着她。

她带了一个大包，大包放在沙发上，早前大家也没在意。只见她拉开大包的拉链，居然……拿出一沓现钞。

那真的是厚厚的现钞，还有一个小盒子。

她把现钞和小盒子都拿到桌上，看着年子，笑道：“那小子给我们打电话，反复叮嘱我们，说第一次见面，按照这边的‘江湖规矩’，怎么都得给女生一个红包。我和他爸一合计，万里挑一嘛，感觉不太恰当。你们也知道，这小子是个死心眼儿，折腾了这么多年，好不容易真的娶老婆了，我们都觉得怎么也得是百万里挑一了。”

卫老头儿：“哈哈，我们本来想的是百万里挑一，可是这百万现钞太重了，不好带，所以折中，变成十万里挑一了。”

那一沓现钞果然是十万零一元，一毛不差。

卫微言大笑：“哈哈，谢谢爸妈，这可真是给足我面子了。”

卫老头儿：“我们敢不给你面子吗？你天天打电话叮嘱，简直是强行摊派啊！这不，我们只好临时去了一趟银行，你妈还再三告诉柜员小妹，最好拿新钞，说是给儿媳妇的见面礼，新钞好看点儿。”

卫微言笑嘻嘻地说：“年子，快拿着，这是见面礼，也是改口费，二合一，不要客气。”

年子赶紧道谢：“谢谢爸妈。”

年子真的收了，崭新的一摞钞票，看起来特别带感。她当然不是因为钞票高兴，而是公婆的态度令人很轻松、很释然——这是一种认可。

她被人喜欢，被人认可，自然是极好的。

李秀蓝夫妻对视一眼，自然也都很满意。

双方亲家彼此又客气地说了几句场面话，卫妈又把那个小盒子推到中间。

卫微言："哇，老妈，还有别的礼物啊？"

卫老头儿："你小子强行摊派了那么多次，现在装什么意外？"

卫妈绘声绘色地说："强行摊派都不足以形容他的行为。臭小子前段时间忽然隔三岔五地给我们发消息，问候我们，别提多殷勤了。我还在想，儿子终于懂事了，变得这么孝顺，没想到这小子拐着弯问我们，'妈，我们家有什么传家宝之类的吗？比如，可以留给儿媳妇的那种'……"

卫妈打开小盒子，年子伸着脖子一看，好家伙，盒子里是五个硕大的金镯子。

卫微言欢呼道："老妈，你还真的带传家宝来了？"

卫妈："我的父亲经历过战乱时代，多次告诉我们乱世里黄金才是王道，其他东西都是虚的，所以，他后来几乎把家里的财产全部换成了金条。这几个镯子就是当年他给我的嫁妆。"

这些金镯子没有任何特色，也没有任何工艺，就是大，又大又笨拙！

可是镯子金灿灿的，居然很美！因为再笨的黄金，也是黄金！

年子想起卫微言送的那些笨拙的大宝石，暗忖：原来，卫微言的审美是祖传的。

卫微言顺手拿起一只镯子，沉甸甸的，笑道："哇，好重，一只起码半斤。"

卫妈慢悠悠地说："小子，你还真说对了，这五个镯子，每个都是半斤，所以根本没法佩戴，只能收起来，偶尔拿出来欣赏欣赏。"

卫微言："哈哈，看来我外公当年真是英明啊。来、来、来，年子，你也把这传家宝给收起来。"

年子慌慌张张地说："谢谢妈……可是，这怎么好意思？"

卫微言："婆婆的东西给儿媳妇，有什么不好意思的？再说，这东西我们也只是代为保管，以后还不是要给我们的孩子？你快拿着，不要客气。"

年子还是红着脸，不太敢伸手，毕竟是这么大一份礼。

卫微言把小盒子推到她面前，笑嘻嘻地对老妈说："年子很胆小，可能第一次见面不太敢讲话，老妈，你别介意，等你们熟悉了就知道了，她其实特别好相处，善良又大方。"

卫妈笑而不语。是啊，一个男人喜欢一个人，总觉得她胆小又软弱，啥都不会干，随时都觉得可能别人要欺负她；可要不喜欢一个人，就会说：别担心，她强悍得很，谁敢惹她？

公婆对你的态度如何，三分取决于你的家境和实力，七分取决于你老公对你的态度。你老公罩着你，公婆怎么都对你礼让三分。否则，自己可以“脑补”。

深谙人情世故的李秀蓝夫妇原本也对素未谋面的亲家有些“忌惮”，生怕自己的女儿婚后多多少少会受些委屈，可是一看亲家这个架势，立即就放心了七分。

亲家靠谱加三分，女婿靠谱加一百分。

亲家尊重女儿，自然就是尊重自己，所以李秀蓝夫妻立即对卫爸、卫妈有了好感。

年子本来很不好意思，但见双方父母都笑容满面，于是便坦然地把这两份大大的见面礼收下了。

给了见面礼，双方才进入了正题。卫微言笑嘻嘻地看着四老：“婚期、婚礼什么的，你们定好日子，我们会直接配合的。”

卫妈啐了一口：“臭小子，你是顺杆往上爬了？你的婚礼，你把责任全部推给我们？你自己配合一下就行了？”

卫微言干咳了一声，一脸严肃的样子：“老妈，你这样说是不对的。其实父母嘴上不说，但暗地都担心自家孩子娶不到媳妇或嫁不出去，子女要是一直不成家，你们的心事就一直放不下。所以我这是给你们机会，让你们放下这桩心事，以后就彻底高枕无忧了。”

卫妈哈哈大笑，众人也哈哈大笑。何止卫家父母？天下父母都这样，一代一代皆如此，谁也别觉得谁吃亏了。

卫爸笑着，看着年爸爸说道：“说真的，我们有段时间一直担心这小子会打一辈子光棍儿。”

毕竟外界盛传卫弱智不怎么喜欢女人。而且儿子这么多年来也从未认真地交往过什么女友，更不要说带女孩子回家见父母了。卫家父母在国外多年，虽然思想早已西化，可是要完全痛痛快快地接受自己的儿子不喜欢女人这事，还是不可想象的。

卫妈绘声绘色地说：“何止呢？早些年医学圈子里一直盛传这小子可能

‘出柜’了，说某某教授喜欢他，某某又热烈捧他，某某和某某又为了他争风吃醋，小道消息满天飞，我和他爸又不好意思直接问他，可私下里还是担心。”

卫微言诧异地道：“天哪，原来你们还有这种莫名其妙的担忧？”

“我们担忧了好多年，这不，现在终于放心了。”

众人哄堂大笑。年子也笑得前仰后合。因为她忽然想起传说中的李汤姆，那个老是“故意”输宝石给卫微言的家里有矿的医学天才……

卫微言看到她面上暧昧的表情，偷偷掐了她一下。她也笑嘻嘻地悄悄掐了他一下。

酒过三巡，双方家长已经熟稔起来。

卫老头儿这才进入正题：“抬头嫁女低头娶媳，亲家，你们有什么需求尽管开口。我们就微言一个儿子，又长期在国外，对国内这些年的风俗不是很了解，所以有不当之处，还请你们多多包涵。”

年爸爸道：“亲家客气了。其实国内外的风俗都差不多。孩子们结婚，是组建一个新的小家，新家刚立，可能根基还不那么牢固，双方父母能帮衬一下就帮衬一下。至于未来的路，还是得他们自己走。我们的初步打算是，给两个孩子两套小户型的房子收租金，这样他们以后有了孩子，也可以缓解一下经济压力。至于年子现在住的老房子，就当他们的一个度假屋，随便他们怎么处理。而车子嘛，年子是有代步车的，小卫也有，所以就无须准备其他什么了。”

好了，房子、车子都齐活了，他们光举行婚礼、办酒宴就行了。

卫家啥都不用出，出个人就行了。

卫爸也笑起来：“亲家果然是个爽快人。既然如此，我们也按照‘江湖规矩’办，毕竟是儿子娶媳妇，婚房还是要提供的。微言自己买的那套房子小了点儿，以后有孩子根本活动不开，而且现在好像提倡二孩、三孩了，是不是？要是他们有两三个小孩子，就更活动不开了。”

卫妈：“的确，微言的房子太小了，别说几个孩子，一个孩子都嫌太小了，做婚房显然是不合适的。”

卫爸转向儿子说道：“城南的那套老宅子，就送你和年子当婚房了。虽然距离市区远了一点儿，不过那里早已通了地铁，各种商业区也都很发达了，昨天我和你妈还专门回去转了一趟，发现医院、学校什么的都有，比以前方便多了。以后你们有了孩子，就有足够活动的区域了。”

卫妈：“你们就算生十个孩子，也绰绰有余了。”

年子一家人也就罢了，卫微言却喜上眉梢地道：“哇，老爸，你真的把这房子给我？”

卫爸瞪眼：“难不成我还骗你？”

“以前你不是说你要把房子留给你的几个兄弟，作为你们老兄弟几个聚会喝茶的场所吗？现在你送给我，我怎么好意思？”

卫妈：“得了吧，臭小子，你嘴里说不好意思，心里乐坏了，是吧？”

“哈哈，知我者，妈妈也。”

卫妈忽然很是感慨：“其实微言自从上大学起，就再也没有花过我们什么钱。房子也是他自己买的。儿子自立是好事，可是父母该给的，还是得给。”

卫爸：“可能是我渐渐老了，想法改变了，觉得再好的兄弟还是不如自己的儿子。当然，最重要的是，我要是把这房子给兄弟几个分了，可能我未来的孙子也会不高兴。”

卫妈：“那是！孙子、孙女什么好处都得不到，凭什么叫你爷爷？你以为爷爷那么好当啊？”

众人：“……”

卫爸：“你看、你看，就算我想分，你妈也不同意。罢了、罢了……”

卫妈：“要是我不反对，你还就真的分了！”

很显然，老两口在这件事情上已经争论过很多次了。

“不分、不分，真的不分了……”

他为了兄弟和自己的妻儿怄气，当然不值得。

“你的几个兄弟，条件都很不错，根本不需要你的任何照顾。再说，哪有把大房子分给兄弟不留给自己儿子的？就算是王位，也是给儿子，何况是区区一套房子……”卫妈一锤定音道，“而且哪有儿子结婚，父母不出婚房的道理？家家户户都这样，我们凭什么例外？难道你要自己的儿子吃软饭？”

“哈哈，还是老妈英明！老妈真是太英明了！”

卫微言对妈妈眨眼：“宫廷剧果然不是乱演的，看，皇位果然还是需要母后鼎力相助才稳当。”

众人都笑起来。

卫妈又拿出一张卡递给年子，笑道：“这上面有点儿钱，算是我们对你们婚礼的支持。钻戒、首饰什么的，你们想买什么就自己买，蜜月地点也随你们挑。毕竟老人的眼光和年轻人不同，我们买了，你们不见得喜欢，所以你们自己看着办吧。另外，婚宴的一切费用，我们全部支付，礼金则你们自己收着。”

卫微言哈哈大笑：“发财了、发财了！年子，快拿着卡。”

年子红着脸道：“这怎么好意思呢？”

卫微言不以为然地说：“傻瓜，这有什么不好意思的？这是我们最后一次名正言顺地啃老了，不多啃点儿，以后就没辙儿了。”

结了婚，他们就是大人了，大人哪里还好意思厚着脸皮继续啃老？

结婚是两个年轻人最后一次名正言顺地啃老的机会，万万不可错过！

双方家长哈哈大笑，能被子女啃，其实是一种能力，也是一种福气。

再说，这小两口除了结婚，基本上从大学起就不怎么啃父母了，已经算是超级让人省心省力的好孩子了。这一次是他们主动让小两口啃，当然很乐意。毕竟这之后，父母最大的一个责任就完成了，从此就高枕无忧了。要不然，一直挂着个尾巴他们放心不下。

两位爸爸谈得很投机，你来我往地敬着酒，气氛很热烈。两位妈妈也谈笑风生，彼此之间很亲切地拉着家常。

卫微言也和年子说着悄悄话。

“年子，你知道那个老宅子有多大吗？”

年子当然不知道。她从来没有去过他家的老宅子。卫微言自己都好几年没回去了。

“那老宅子是我爷爷留下来的，指定留给我父亲，因为我父亲是他的几个儿子中长得最帅的。”

这理由，好奇葩！

“我父亲有四兄弟。卫一鸿他们几个人的父亲得了现金，我父亲得了宅子。后来我父亲花了很大一笔钱，把老宅子彻彻底底地翻修了，加上那个地段忽然开发变成了商业中心，于是，那房子就变得很值钱了。”

这二十年，再也没有比房地产升值更快更稳的资产了。

“其实，真相是，当年我爷爷有很大一笔现金，而房子根本不怎么值钱，加上这宅子又老又破，修缮需要很多钱，所以几个叔叔、姑姑都主动选择了现金，而我父亲一毛钱也没得到，只得了房子，当时大家都觉得他傻透了。”

当时卫老头儿主动选择房子，当然不是因为他未卜先知地认为房地产会猛涨，而是因为谦让。毕竟他是长兄，不好意思跟几个弟弟妹妹争夺利益。尤其是几个弟媳妇，态度很明显：我们不要老房子，就要钱，有了大笔钱，我们才可以做许多事情。

那已经是三十几年前的事情了。三十几年前，房子真的不那么值钱。而且，当时那个地方属于“偏僻”地段，就更不值钱了。周围好多人低价处理了房子，想方设法地把自己一家人的户口“买”成城镇户口，搬到了附近的镇上。

弟媳妇们也早就想分家搬走了，所以争抢着拿现金。那几个兄弟拿了现金，有的做生意，有的开诊所，有的在市中心买房子……后来，他们都发展得不错，尤其是卫一鸿的父亲，从诊所到医院，现在他家已经有好几家相当有规模的私人医院了。

而卫微言的父母都是医学教授，很早就出国了，先是做医生，后来自己也在国外开诊所。这几年，卫爸虽然已经淡出了管理层，但还是随时会回去看一看。

至于那套老宅子，卫爸虽然早已修缮好了，但由于宅子太大了，人气不足，二老根本不在国内，卫微言不可能一个人跑去那里住，干脆自己在市区买了一套小房子凑合着住。

可随着这些年的发展，所有人都明白了，其实最值钱的就是那套大宅子了。可能许多人做了几十年生意，也赚不到这么大的一套宅子。

卫爸某一次回国的时候，兄弟们聚会，大家都明里暗里地羡慕他，说他当年真有眼光。尤其是弟媳妇们，语气更是酸溜溜的，说：老大，这么大的房子，你只有一个儿子，你看看，是不是让你的亲侄子们跟着沾点儿光呢？

老头子心知肚明，就随口说：这老宅子那么大，我就一个儿子，以后老兄弟们随时可以来喝茶闲聊。你们要是喜欢，都可以住这里，自己挑一个房间就行了。

这客气话，大家当然都只是听听而已，毕竟房本上可是白纸黑字地写着他一个人的名字。谁敢真的以为他会把房子分给兄弟们呢？

毕竟人家还有孩子，而且大嫂也不是吃素的。

那时候起，卫妈就留了心眼儿，私下里和卫爸争吵了好几次，让他不许“乱说话”。可卫爸总觉得兄弟情深，自己独占房子仿佛亏心一般。

尤其一个特别精明的弟媳妇天天旁敲侧击，说希望“借”一块儿地给她的儿子修一栋独栋别墅，因为她的儿子第二胎生了龙凤胎，三个孩子两个保姆，住市中心两百平方米的大平层，实在是“太拥挤”了。

现在的房价，他们想买独栋别墅肯定是不现实的。可要是有免费的地，自己修一栋就简单多了。反正老大家那么多地空着也是空着，免费提供给侄子不好吗？毕竟他是做大伯的，长兄如父，老大照顾兄弟姐妹以及兄弟姐妹的子女甚至孙子、孙女都是天经地义的，难道不是吗？

卫妈肯定知道这是刘备借荆州，有去无回。他们说是借，其实就是白占。再说，卫爸答应了这个侄子，下一个侄子怎么办？那么多侄子、侄女，每个人都要求“借一块地”修独栋别墅，到时候卫爸是拒绝还是继续同意？

于是卫妈死活不同意，勒令卫爸装聋作哑。卫爸就更觉得为难了，毕竟在老一辈的观念里，觉得侄子和儿子也差不多。自己无情地拒绝他们，是不是显得没有亲情？以后，他哪里还有脸回老家见兄弟们？

卫爸很想答应这事，口口声声“好儿不受爷田地”，还搬出曾国藩的家训，说什么：“养儿胜过我，留钱干什么？养儿不如我，留钱干什么？”意思是，有出息的子女，根本不必巴巴地指望父辈的遗产，自己奋斗，白手起家不好吗？

卫妈可不吃他这一套，也不管这到底是谁的家训，反问他：“如果好儿不受爷田地，那你的兄弟不是将家产留给他们自己的子女吗？他们的子女就是孬种不成？你这样瞧不起侄子、侄女真的好吗？再者，人家自己也有私人医院，还有别的产业，人家会分给你的儿子继承吗？既然人家都不分给你，你为什么要这样欺负自己的儿子？你是圣父不成？最关键的是，儿子已经结婚了，也要生儿养女，没个大房子，你让儿子吃软饭不成？亲家都给了三套房子，你好意思装聋作哑地软饭硬吃吗？

“再者，别人的爷爷奶奶都在处心积虑地为自己的孙子、孙女争取住大别墅的机会，为什么你的孙子、孙女享受不了你的任何好处？如果是这样，人家还不如喊隔壁老王叫爷爷……”

卫爸撕不赢卫妈。

几次枕头风吹过之后，卫爸彻底败下阵来，最后还是决定宁负兄弟莫负妻。

对这片老宅子，卫微言自己以前也是没什么野心的。老头子对叔叔们许诺的时候，他也在现场。他听到父亲这话，自然也就不再想这房子的事情了。回国工作之后，他自己买了一套房子，根本懒得回去了——男人都一样，结婚生子之前，钱财如浮云，房子什么的更是无所谓。

可是他结婚生子后，那就不同了，几张嘴巴嗷嗷等着他养呢。

一如卫妈，生怕老公真的糊涂了，把这房子分出去，所以趁这机会，快刀斩乱麻，早点儿断了老头儿不切实际的想法。毕竟在任何女人眼中，亲儿子肯定比七大姑八大姨亲多了。

卫妈看卫爸的脸色，知道他终究还是觉得亏心，很是不以为然地说：“老头儿，按理说当着亲家，有些话我不该说，可我忍了几十年，还是不吐不快。”

卫微言笑嘻嘻地接话：“其实，我知道我妈要说什么，老爸，我妈的意思是，你就是个‘老凤凰’！”

卫爸：“……”

原来，卫妈和卫爸成家之后，因为他俩都是大学教师，于是，兄弟姐妹的孩子纷纷找上门，有的要求辅导功课，有的要求找关系，有的要求换学校……到后来，夫妻俩都出国了，卫妈以为好不容易可以松口气了，终于摆脱那一大家子了，可新的问题来了。侄子、侄女渐渐大了，出国留学的热潮也来了。侄子、侄女出国举目无亲，不住大伯家住哪里？住大伯家当然是免费吃免费喝。卫妈他们不但不能收一毛钱，还必须管教侄子、侄女，帮他们找学校，训练语言，顺带“赞助”个学费什么的，时不时还得给点儿零花钱……

长嫂为母，卫妈他们又是知识分子，当然不好意思撕破脸。而且孩子们留学读书也算是正当理由，于是，卫妈只好睁一只眼闭一只眼。

几十年下来，卫家的孩子几乎挨着来了一遍。直到这些年，孩子们彻底成年自立，老两口才松了一口气。

卫妈身为大嫂以及大婶娘的责任，绝对是超额完成了的。可超额完成，决不代表很爽，卫妈早已牢骚满腹，一想到弟媳妇们居然还想打老宅子的主意，怎么咽得下这口气？

卫微言笑嘻嘻地说："其实我早就知道老妈很不爽了，有时候我回家看到家里那么多人，乱七八糟的，我也不爽。老爸，你记得不？有一年我用自己的零花钱买了一个游戏机，卫一鸿这家伙一来就嚷嚷着要玩，你二话不说就送给他了。当时，我差点儿没气死……"

卫妈："可不是吗？微言只要有点儿好的玩具，甚至是好的衣服，要是被你的侄子看中了，问都不问一句，就可以直接拿走、穿走。别说是孩子，我都受够了！"

卫微言："所以我回国之后，每次都白吃卫一鸿的，从不买单。"

卫一鸿是在他家待得最久的人，前前后后合起来近十年。

年子哑然失笑。她就说嘛，每次聚会从未见这厮买过单，还在奇怪卫一鸿他们怎么能忍这么久。敢情卫一鸿是根本不敢叫卫微言买单啊。

卫爸听到妻子、儿子一起吐槽，满脸蒙了："我竟然一直不知道你们母子都这么不高兴……"他问老伴："你既然这么不高兴，那当时为什么不说？"

卫妈没好气地说："人人都说长嫂如母，我那时候年轻，脸皮薄，以为这是应尽的义务，压根儿不好意思公然抱怨。其实，当时我真的说了又有什么用？"

卫爸长吁了一口气："你要是当时就说了，我以后可能就不会让他们来了……"随即，他又补充："毕竟侄儿、侄女哪有老婆孩子重要？"

众人哄堂大笑。

这老头儿，求生欲好强。

卫微言冲年子眨了眨眼，悄悄地说："哈哈，现在好了，卫一鸿那几个家伙得妒忌死我了。这可真是躺赢，哈哈哈……躺赢！知道吧，人要发财，挡都挡不住的。"

年子被他逗得笑起来。

“要是我那几个堂兄弟知道老头儿把这老宅子彻彻底底地送我们了，绝对气惨。哈哈哈……一想到他们失望透顶的样子，我就爽爆了！”

年子：“……”

没有见面之前，年子多多少少对公婆有点儿怕怕的，可现在觉得那两位老年人很接地气，很靠谱。

卫微言贴在她耳边悄悄地说：“看看，结婚多划算，平白无故就得到四套房子，还有一笔钱。早知道结婚这么划算，我们真的该早点儿结，就像中了彩票似的，哈哈……你有没有一种暴富的感觉？”

卫妈不经意地瞄到儿子春风得意的笑容，又见那二人私下里嘀嘀咕咕的，就笑道：“臭小子，你们两个说什么说得那么开心？”

卫微言立即干咳了一声：“没什么、没什么……”

年子却红着脸道：“他说，早晓得结婚这么发财，真该早点儿结婚的。”

四位爸妈面面相觑。

卫微言哈哈大笑：“你们看，这个老实人！真是的，结婚要是不能发一笔，为什么那么多人热衷于结婚？”

众人：“……”

第二十章
云末寒的生死劫

连续几天，两家人一起吃喝玩乐，喝茶、打麻将，玩得不亦乐乎。这天傍晚，四个老人继续玩麻将，卫微言和年子早早地溜回了家。

在小区门口，二人被拦住了。卫一鸿老远就大叫："卫老大，我可终于把你逮住了！"

他对卫微言说话，眼睛却一直瞄着旁边的年子，神色满是好奇。

卫微言笑嘻嘻地说："你得改口喊'大嫂'了。"

卫一鸿："……"

年子红着脸，客客气气地说："你们聊着，我先回去。"

卫一鸿瞧她走远，才一把揪住卫微言："老天，你还真的跟她结婚了？"

"你准备好大红包就行了，其他无须赘言。"

卫一鸿打量他半晌，冷冷地道："这就是你从此君王不早朝的理由？卫老大，你决定此后就这么荒淫无度、无所事事地度过后半生？"

卫微言不以为然地说："是又怎样？"

卫一鸿气急败坏地道："那天说好了等你开会，见一个重要人物，可是你放我鸽子临时不来就罢了，这都一二十天过去了，你还不来。若不是我今天堵着你，你是不是要一直躲着我？"

那天卫微言告诉年子，说自己"第二天有事情不来了"，其实是要去和卫一鸿他们开个会。

卫一鸿子承父业，接手了父亲的私人医院，又新开了一家脑科医院，急需人手，极力邀请卫微言加盟，并许以高薪职位。新医院当然要招募许多医生，于是卫微言就成了卫一鸿的活广告：你们看，卫弱智都来了，大家还不快点儿来？

有高薪，还有高水平的同事，于是，卫一鸿真的招募到了一大批业界精英。为了慎重起见，卫一鸿召集了一大帮子朋友来捧场——也就是变相地给第一天上班的卫微言一个盛大的欢迎仪式。毕竟卫弱智可是自己的代言人。

可原本他什么都谈好了，卫微言居然临时说自己有事情，要休息一段时间，以后再来。卫一鸿气得要死，又无可奈何，因为那些天卫微言干脆把手机关了，人影儿都见不到。卫一鸿好不容易联系上他，这家伙又说自己要去度蜜月，还要继续休假。

卫一鸿以为他是随口胡扯，但随即就得知大伯、婶娘都从国外回来了，双方已经在忙着订婚宴酒席什么的，这才明白卫弱智是真的结婚了！

于是卫一鸿就更焦虑了。这厮该不会从此陷入温柔乡里，不思进取了吧？毕竟自己早已把他的广告打出去了，他要是一直不来，那同行肯定以为自己言而无信、吹牛……在商言商，信誉是很重要的啊。

这不，卫一鸿终于堵住卫微言，恶狠狠地说：“卫老大，你天天这么无所事事，都不看看你卡上的余额吗？你可是已经辞职几个月的人啊！”

一个大男人，闲了几个月，你好意思吗？

卫微言根本不生气，笑嘻嘻地说：“我还真的没有关心过我的余额，因为我的账户都是年子在管理。”

卫一鸿：“……”

卫微言见他生气，继续笑嘻嘻地说：“你知道我爸妈回国了吧？”

卫一鸿恨恨地道：“我已经打电话跟他们约好了，这个周末请他们吃饭。”

“这不重要。”

“那什么才重要？”

“老头子已经把他早年投资在你家医院里的股份全部转让给我了，说是给未来孙子、孙女的一点儿见面礼。”

卫一鸿："……"

卫一鸿的父亲创业之初需要钱，于是求助大哥，毕竟当年在国外做医生的大哥、大嫂经济条件是相对较好的。于是卫老头儿给了兄弟三百万元人民币，算自己入股医院，占了一部分股份。

卫老头儿所占的股份虽然不是很多，但是随着卫家医院的规模扩大，慢慢地收益自然也是相当可观的。

"哈哈，躺赢你知道是什么意思吗？卫一鸿，我根本不必关心我自己的账户余额，关心老头子给的账户就行了。毕竟运气来了，挡都挡不住，是不是？"

"我去，卫老大，你这样做啃老族真的好吗？你的自尊呢？"

"你不做啃老族，开得起医院？"

"我……我这是自己创业……"虽然他创业的本钱是家里给的。

"结婚生子，传宗接代，难道不比创业更应该啃老吗？"

卫一鸿真的很想一拳砸烂这厮的脸。可是他没法，也不敢，只是长叹一声道："卫老大，求你了，别再忽悠我了。这样吧，等你度完蜜月之后，你马上来医院走一趟，至少露个脸，让我有个交代啊，不然有些同事会认为他们是被骗来的。"

"好、好、好，别烦我了。等我休息一段时间自然会去。"

"一段时间是多长时间？"他问，"卫老大，你次次都说一段时间，可是你得告诉我这'一段'到底是多长，一两天？三五天？"

回头你给我弄个十天半月或者三五个月，那也是"一段时间"！

卫一鸿根本不给卫微言开口的机会，直截了当地说："这样吧，卫老大，你好不容易结婚了，我也理解，那就再给你三天休息时间。三天之后，你就来医院报到，至少先来刷个脸。"

卫一鸿催得这么紧也是有原因的，因为有些检查的日期马上就要到来。

"如果三天不够……"卫一鸿看他的脸色，咬紧牙关道，"那就五天！只能五天，不能再多了！你已经休息这么长一段时间了，继续休下去整个人就荒废了。"

这时间，卫一鸿也是算好的，各家轮流宴请大伯、大婶，礼仪走完，卫微言也绝对该干正事了。

"好了，卫老大，我们就这么说好了，五天后，你准时来医院报到！我等你！”

卫微言似笑非笑地说：“卫一鸿，你知不知道我还没跟你签约？”

卫一鸿大怒：自己天天叫他签约，他就是不签。看吧，现在给自己来这一套。

可是他明明怒火中烧，又不敢表现出来，还是强忍着一口气道：“卫老大，你可不能在这时候给我甩死耗子啊……”

“我一个月之后再去。”

一个月之后？黄花菜都凉了好吗？

卫一鸿拼命压抑着怒气，说道：“要不这样吧，我再给你加一点儿股份。”

卫微言满不在乎地道：“你以为我是为了钱？”

你不为了钱是为了啥？卫一鸿几乎要哭了。可他还是耐着性子，苦口婆心地说道：“卫老大，钱也是很重要的，虽然你不缺钱，可是等你有了孩子，你马上就会明白，钱比你想象的重要多了。”

你虽然不缺钱，可你就几个小钱，充其量就是个中产阶级，距离有钱人的世界差得老远，你就这么不思进取，真的好吗？你知道一套独栋别墅多少钱吗？一辆顶级豪车多少钱吗？在世界各国想置业就置业要多少钱吗？

好吧，我们先不谈这些，那谈谈孩子的花销吧，有钱人的孩子喝国外定点采集的矿泉水，私人飞机直送，你知道要多少钱吗？一架上等钢琴，一对一的私教，寒暑假游学，潜水、马术、滑雪这些下来，你知道要多少钱吗？还有，你知道那些世界顶级名校读下来要多少钱吗？

卫一鸿很想把自己内心的想法暴露给他看，可还是强行忍着说道：“我家医院的盈利能力你是很清楚的，我这次给你的股份也是很可观的，卫老大，这样吧，如果你三天后就来医院报到，我再给你加五个点。”

他这简直是下血本了。可卫微言还是摇头：“别说五个点，你就是把整家医院送给我，我也得一个月之后再去。”

卫一鸿怒极反而冷静下来，满脸狐疑地问：“卫老大，敢问你惫懒这么长时间的原因到底是什么？结婚真的那么有意思吗？你天天和女人腻在一起，真的就那么好玩吗？”

“当然！”卫微言拍了拍自己的衣服，笑嘻嘻地说，“你看，我从头到脚穿的都是年子给我新买的。如果你没老婆，就没人帮你操心这些事情……”

“羊毛出在羊身上！你交出所有财政大权，就换这仨瓜俩枣，你还以为占了大便宜？”

“可是，羊也高兴啊！”

卫一鸿眼睁睁地看着他走远。

可卫微言走了几步，偏偏又停下来，笑嘻嘻地说：“屎壳郎的理想在于屎球越大越好，蟑螂的理想在于下水道越臭越好，至于阴沟里的老鼠则认为偷到的油水越多越好。你看，人类和它们有啥区别？人总觉得钱越多越好。”

卫一鸿：“……”

“人类的最大弊端就在于本末倒置，为了挣钱，牺牲其他一切。所以，你能看到许多人二十岁的时候其实就已经死了，只是到了七八十岁才埋葬而已！”

直到他的身影彻底消失，卫一鸿才破口大骂：“该死的卫弱智，简直不是个东西！”

真正视金钱如粪土的人是不配结婚的，他结了婚，弄一大堆拖油瓶，现在跟我说钱没意思？

悄然现身的乔雨桐也满脸失望地说：“微言还是要继续甩死耗子？”

“可不是吗？这该死的家伙。要不是一时真的找不到取代他的人，就算他倒付钱给我我也不要他了。”

乔雨桐长叹了一声：“我看他真的是魔怔了。他自从遇到那个女人，就从来没有正常过。”

卫一鸿没好气地说：“可能那女人就是传说中的狐狸精吧。”

乔雨桐苦笑一声，神色复杂。其实她已经很清楚了，自从卫微言认识那女人的第一天起，自己和他就不可能继续做朋友了。这以后他们更没法做朋友了。她只是觉得，卫微言这么耽误“自家”的生意，让自己少赚钱，真是太可恶了，比不能做朋友更可恶！

在小区的花架旁边，卫微言停下了脚步。

他接到了李汤姆的视频电话。

李汤姆的神情极其严肃：“卫，我很希望你能参与这次的手术……”

这其实已经不单单是一场手术，而是一场大型的医学实验活动了——云未寒自己签下了生死书，邀请了上百名业界精英参与手术，全过程会成为医学界的一次盛事。

云未寒的意思也很明显，无论生死如何，他也算是为医学界贡献了一次相关的科研素材。云未寒能如此看淡生死，倒有点儿超出卫微言的意料。

卫微言看到视频中李汤姆的私人科研所里围了一大堆熟悉的面孔，他们很显然为了这件事情已经反复讨论，激烈争执。

“卫，我知道你新婚，按理说不该在这时候打扰你，可这是非常难得的机会，而且意义重大。不过你若没有时间的话，那就……”

“我有时间！”为了这件事情，他已经空出了一个月的档期。

李汤姆大喜过望：“那可真是太好了。”

卫微言还没回家，年子独自窝在懒人沙发上打游戏，正在兴头上，手机响了。

这年头，打电话的人，不是卖商铺的就是放高利贷的。年子本来不想接听，奈何手机响个不停，她只好接听，“喂”一声就停了下来。

“年姑娘……”

年子沉默不语。

“年姑娘，你不要挂电话，听我说完。我叫律师准备了一份文件，他会发副本在你的邮箱里，如果有必要，他会亲自去见你一面。”

“不用了！”

“年姑娘……”他的声音极其虚弱，隔着手机年子都能感觉到他已“奄奄一息”。

年子忽然爹毛了：“林教头，你不要搞得跟立遗嘱似的好不好？就算你真的死了，你要交代我什么，我也不会听的。我绝对不会为你做任何事情，给钱也不做，你讲那些大道理我更不会听。”

“……”

“还有，我知道你不会死的！你绝对不会死！你就算死了，也得诈尸回来。我掐指一算，你至少还可以活一百五十年！”

年子不等他回答，直接挂了电话。

她又气又怒，又有点儿难受。云未寒这厮，简直是阴魂不散。

不一会儿，电子邮箱提示收到了新邮件，她长叹一声，还是点开了邮件。

那是一份极其详细的慈善项目计划书，正是云未寒让他的团队启动的“重点名校视频录播下乡”活动。此外，云未寒还成立了一个新的慈善基金会，在里面注入了很大一笔钱，而这个基金会的负责人就是年子，不过年子只是挂名监督，另有专业团队负责操作。

年子看完文件，怒火中烧：这家伙，弄这么一个“遗嘱”算几个意思？他要真想做这件事情，自己活着去做不好吗？他倒好，万一自己死了，将事情推得干干净净。

她正想回拨一个电话大骂他一顿，还没动手，新的消息又来了。

年子点开一看，是个八百年不联系的大学男同学发来的。

“年子、年子，呼叫年子，你在吗？”

“在。”

“哇，女神，你可终于回复了。对了，你还记得我是谁吗？”

年子记得，对方是一个满脸青春痘、个子挺高的男生。不过大学时代，二人好像压根儿没怎么讲过话。

“年子，你知道我上大学的时候曾经暗恋过你吗？”

年子：“……”

“年子，你可是我们班上的学霸，当时大家都觉得你很高冷，可能很难追。唉，好遗憾，我错过机会了……不过，我现在追你还来得及吗？”

年子很少发朋友圈，也不发任何私事，婚礼也还没有举行，可能不那么熟悉的故旧都以为她还是单身。

但这不是重点，重点是年子觉得这哥们儿有点儿蹊跷。

“对了，年子，听说你现在成了著名作家，年入几百几千万，好羡慕你……是这样的年子，我们有个区块链项目，区块链你知道吧？现在最火爆的东西，赶上了这个风口，比二十年前买房还赚钱。不过我还差一点儿启动资金，你能不能借我一百万？其实，也不算是借，我可以让你入股，有钱大家一起赚嘛。我原本可以找别人合作，但是想来想去，不如把这个机会给自己的同学……”

果然！无事献殷勤的人，不是借钱就是放高利贷。

男生又唠唠叨叨地描绘了很大一通美好的“钱景”，还搬出了和一些大佬儿的饭局合影，当然，少不了百般“洗脑”，说他真的是当初暗恋年子，才给年子这么好的“投资”机会！她投资的不是一百万，而是未来的几亿、几十亿，甚至几百亿！这人的洗脑水平，强过微商！

年子：“我没钱！”

男生：“不是吧，别的同学都说你年入几百万，我听说上次你们寝室的女生去找你玩，全程都住你提供的五星级酒店。你挣那么多钱，怎么会没钱？”

年子：“我挣得多，也花得多啊。”

“你一个女生，能花那么多钱吗？你怎么花的？”

“我一半的钱用来大吃大喝，另一半的钱用来减肥。”

…………

卫微言悄悄凑过来，看到这聊天记录，哈哈大笑：“这家伙简直了，都这样了，还要厚着脸皮借钱吗？”

年子呵呵笑着放下手机。卫微言坐在她身边，很自然地搂着她的肩头：“年子，要不要提前出去度个蜜月？”

“去哪里？”

“瑞士。”他笑嘻嘻地说，“李汤姆在瑞士有一家顶级的私人医学研究所，下周有一个极其重要的手术，邀请大家去观摩。”

“围观云未寒的手术全过程？”

卫微言满脸诧异地道：“你居然知道了？”

年子把手机递给他：“你看。”

卫微言看完那份详细的文件，咕哝着骂出声来。云未寒这家伙真的是阴魂不散，都要死了，还来这一手。他这是变相给年子留遗产吗？

他就算死了，也不让人自在，总会在人心中扎一根刺。

因为每一对夫妻结婚久了，难免会争吵拌嘴，没可能一辈子都恩爱如初。卫微言甚至脑补了一下云未寒的得意表情：只要你俩之间有了裂痕，那么年子多多少少会想起我，甚至会暗暗后悔当初明明有别的更好的选择，为什么偏偏选择了卫微言？

而且，人性都是相同的——死者为大。因为那个人死了，过了很久，大家想起的便总是他的好，而不是不好。

卫微言熟谙人性，对云未寒的这一套手段当然一看就明了。

他骂了几句，又笑嘻嘻地说："算了，这家伙这么可恶，我倒要看看他要是根本死不了，该怎么办？为此，我坚决不能让他死！"

年子："……"

那天晚上，年子居然失眠了。

折腾到半夜，她好不容易睡着了，又做起梦来。梦中，白衣的云未寒就像一个阎王，想去天堂，天堂拒收；想去地狱，地狱也将他拒之门外。无可奈何之下，他跑到年子家的小院子里一把揪住金毛大王，大喊："饿死了，饿死了，我得把这条老狗炖来吃了！"

"快放开金毛大王……快……"

"不让炖狗，那就撞死你。"

年子大叫，然后惊醒了。她迷迷糊糊地坐起来，睁开眼睛，看到窗外惨白的月色就像秋日的风霜。她下意识地摸了摸自己的膝盖，隐隐还有疼痛的感觉。

"年子，你怎么了？"被吵醒的卫微言也坐了起来。

她瞅着月色，心里竟然微微战栗，也许是时间还短暂，浑身上下的细胞来不及更换，所以昔日的恐惧依旧挥之不去。

她想起朋友圈中一个素未谋面的作者朋友说的：他于一场大灾难中侥幸存活，但得救之前曾经在封闭的空间里待了长达三天三夜。正是这三天的绝望和恐惧感给他烙印上了永生的阴影，以致后来他得了抑郁症，多次想自残，甚至自杀。

年子出院之后，本来已经很少想到这段经历了，可今晚这种感觉又卷土重来。只要她一闭上眼睛，就会不经意地想起在马路上奔逃的场面，仿佛分分钟会被车子轧成肉泥。

"年子，你做噩梦了吗？"

她点了点头，不经意地擦拭了额上的冷汗，随口问道："你说，云未寒的这个手术，是不是类似换头术那种？"

"换头术？"卫微言摇了摇头。

若这是换头术就简单多了，毕竟换头术已经是一个相对成熟的案例了。理论上来说，一个人的躯体损坏了，只要找到合适的健康躯体，把头移植过去就行了。可云未寒的情况是相反的，他的问题出在脑部，而躯体完好无损，换头是没有用的。

大脑是人体的指挥部，大脑死了，人就死了，完全没有更换的余地。所以，云未寒的手术难度才特别大。

适应了月色后，卫微言渐渐地看清了她额上的涔涔冷汗，一股怜悯之情油然而生。

卫微言轻轻抱住她的肩头，声音温柔得出奇："年子，你跟我走一趟，也算是出去玩一下。"

她沉默了好一会儿，摇了摇头："不！我不去！我虽然不至于希望他死，但是也真的没想要为他祈祷！"

顿了一下，她又道："我只是不想和你分开，因为我怕你一走又要很久才回来。"

他呵呵笑起来，贴在她耳边柔声道："你放心，我快去快回。"

距离云未寒的手术时间还有两天，无论是官方还是私下里，大家都对这场手术充满了好奇。

因为这是云未寒自签生死状，拿自己做的一场医学实验。

云未寒选择李汤姆的医学研究所也是出于精心考虑，因为李汤姆的这个私人研究所几乎可以算得上是当今世界顶级的脑科研究所。

在这里，不仅有顶级的各种医学设备，更有一群医术精湛、见识超群的业界精英。他们的各种医学成果，已经远远走在了同行的前列，如果公开出来，绝对会让世人震惊。

经过综合考虑，云未寒主动选择了这里，李汤姆也欣然同意。

下午，李汤姆的会客室里济济一堂。先期抵达的各界医生聚在一起，高谈阔论着。

云未寒也在场。他依旧白衣如雪，面色镇定，单从外貌，竟然看不出什么死亡之色。和众人简单地打招呼之后，他就坐在旁边，没事人一样听着他们激烈争论，时不时还会补上一句。

他这种置身事外的态度，让一群医学者浑然忘记了他才是当事人，就更加畅所欲言。就连李汤姆都暗暗佩服，毕竟他从未见过如此看淡生死的人，云未寒的这场手术的成功率并不高。

到后来，众人因为三套备选方案发生了激烈的争执，某位专家忽然愤愤地说：“我敢说，你们要是用这套方案，那么病人必死无疑。”

这就像一个段子说的一样：如果你去医院，医生拿起报告随便看看，语气很凶，态度很恶劣，就像你欠了他几百块似的，巴不得立即赶你走，那么恭喜你，你基本上没什么大问题。可要是医生仔仔细细地看你的报告，客客气气地和你拉家常，亲切地询问你各种情况，那么你很可能就悬了……

按照惯例，医生对绝症病人怎么都要遮掩几分，哪能这么直截了当地大谈特谈“如果是采取这种方案的话，我敢说病人必死无疑”？

李汤姆悄然看去，只见云未寒还是面不改色，只微微闭着眼睛，如在假寐。李汤姆忽然很是好奇：云未寒现在到底在想些什么？

可惜，李汤姆看不透云未寒的内心。

忽然，有人大叫了一声：“卫，你怎么才来？”

正激烈争论的众人都停了下来，就连假寐的云未寒也睁开眼睛看向门口。当二人视线交会的那一瞬间，云未寒的目光忽然变得特别犀利。

李汤姆大喜：“卫，快来这边坐。”

卫微言向众人挥了挥手，笑嘻嘻地对李汤姆点了点头，径直走过去，不经意地坐在了云未寒的旁边。

大家可能也已经争论得口干舌燥，纷纷趁着这个时间去喝咖啡，吃点心，补充能量。

云未寒懒洋洋地说：“卫弱智，你跑来凑什么热闹？”

卫微言脸上笑嘻嘻的，却压低了声音说：“实不相瞒，我看了你给年子的‘遗产计划书’，如果我没猜错的话，你通过慈善基金的方式，把你七成以上的遗产变相托付给了年子……可是，这必须在你死亡之后才会生效。我今天来就是想证实一下，你其实根本不会死，只不过是假装在临死之前做个弥补，好让你自己心安一点儿而已，对吧？”

云未寒：“……”

卫微言的语气不知多么亲热：“人之将死，其言也伪善！云未寒，我赌一包辣条，你死不了。所以，你别再用那些没用的东西去骚扰年子了。毕竟你知道，我也不缺钱！”

不等云未寒开口，卫微言笑得更“亲热”了：“对了，你知道我结婚了吗？其实新婚宴尔的感觉真的超级爽。我猜你还没享受过这种乐趣，是不是？所以，你要是这次就死了，那简直是白活一场了。”

然后，卫微言很亲热地拍了拍云未寒的肩头：“所以，老伙计，这次你一定要好好地活下去啊。你真要是死了，就太划不来了。”

云未寒一口血差点儿喷出来。

这时候，侍者端着饮料过来，卫微言顺手拿了一杯咖啡喝了一口，看云未寒不动，眉毛一扬：“你不喝？”

云未寒尚未回答，侍者问：“云先生来一杯白开水吗？”

卫微言：“给他咖啡吧。”

侍者面露难色。

“你放心，他是脑袋进水，又不是其他地方有毛病，喝咖啡不影响的。”

侍者：“……”

卫微言笑嘻嘻地说：“身为医生，按理说我该告诉你们休养生息才是王道。可现实绝非如此，许多保养良好的人很快就死了，但那些长寿者往往抽烟喝酒，吃糖果、大肥肉，样样都来。其实，长寿之道不在于生活习惯，而在于心态。没心没肺者，方能得享高寿。”

侍者：“卫医生真会开玩笑。”

你以为这是开玩笑？卫微言笑而不语了。

云未寒真的拿了一杯咖啡。侍者看看他，又看看卫微言，小心翼翼地走了。

咖啡是好咖啡，是李汤姆特意为贵宾准备的顶级咖啡豆，由专业的咖啡师手工研磨制成，味道香浓可口。

卫微言一口气把一杯咖啡喝了个精光。

云未寒冷冷地说：“牛饮这么烫的东西，你不怕得食道癌吗？”

“哈哈，我喝的可能是最先出来的一杯，温度刚刚好。”

“年子……她还好吗？”

这句话在此时显得很突兀，可云未寒终究还是憋不住，非问不可。

卫微言放下咖啡杯，脸上的笑容慢慢消失了，语气很平淡：“不好！”

云未寒也把咖啡杯放在一边，一口都没喝。

“她当初受伤很严重，虽然现在外表看起来没什么异常，可是已经无法进行任何剧烈运动……”

就连她坚持了二十余年的散打也无法坚持下去了。

可这都不重要，重要的是她内心有了看不见的伤痕：一回想起当初被连环追杀、亡命奔逃的情景，她就会从噩梦中惊醒。所以，经历过大灾难的人，侥幸逃生后很容易得抑郁症。

年子倒没有抑郁，只是偶尔会沉默下来，不愿触及内心最恐惧的一幕。她从未提起这一点，但卫微言不是瞎子。

好几次在夜里，他都看得清清楚楚，睡着睡着，她忽然浑身发抖，而她自己毫不知情。

那是一个劫后余生者被吓破了胆，不知道要多久才能淡化这可怕的阴影。

云未寒沉默，面上的神情很复杂。好半晌，他低低地说：“所以，我一直想要弥补我的过错。”

卫微言冷笑一声，毫不掩饰自己的怒意：“得了吧，你弥补的方式就是给钱。可是我告诉你，这世界上，钱不能买到一切！”

“……”

“你那么有钱，那么牛，那好，你直接还她一双健康的腿，行不行？别说她了，就说你自己吧，你那么有钱，看能不能花几百亿给你自己买一颗健康的头颅？”

钱买不来生老病死，至少，目前还主宰不了这点！这一辈子，云未寒从未受过如此犀利的奚落和嘲讽。可现在，他居然一句话也反驳不了。

语气已经变得非常勉强了，他道：“可是除了钱，我也没有别的东西可以给她了！就像薇薇，到现在她都还在咒骂我为何不多留一点儿钱给她。”

“她不是薇薇！她有我！我有钱！”

云未寒：“……”

“说那些虚的没用，云未寒，你还是好好活着吧，活着才能赎罪。”

“……”

“我这次赶来的目的，就是让你活着。活下去，你才好用你的那些臭钱设法多研究点儿新东西，至少你得负责把年子的双腿彻彻底底地治好，要不然，你以为谁会在乎你的死活？”

云未寒："……"

卫微言居然笑起来，慢悠悠地说："我的要求其实也不高，只要让她能恢复到可以随便暴揍你的水平就行了。"

云未寒欲言又止，李汤姆已经走过来，兴致勃勃地打量着卫微言："你俩谈什么谈得这么高兴？卫，你今天怎么穿得这么精神？以前很少见你穿这种色彩鲜艳的衣服啊？"

今天卫微言的灰色毛衣里多了一件赭红色的衬衣，所以李汤姆一眼就发现了，很是惊讶。

卫微言笑嘻嘻地说："怎么样，这搭配不错吧？我浑身上下的衣服都是我老婆给我搭配的。"

"可是，这和你以前的风格不符啊。"

"我以前是懒得挑，随便什么衣服一样买十来件就够了。现在有老婆代劳，你不觉得偶尔换一个新的风格也很好吗？"

李汤姆上下打量着他，笑道："卫，你整个人精神抖擞，容光焕发，新婚的感觉真的有那么好吗？你不怕时间长了，就进入不自由的坟墓吗？以后天天听老婆的唠叨、孩子的吵闹，你不会觉得很烦、很耽误正事吗？"

卫微言兴致勃勃地说："那是因为他们娶老婆的方式不对，本来就随便找了个人凑合，毛病多也正常。"

"这么说来，你不是凑合了？"

卫微言哈哈大笑："我当然不是了！我是精挑细选，多了个志同道合的伴侣。这么说吧，我俩讲段子，我讲了上半句她马上就可以接住下半句……"

"哈哈，原来你俩都是'老司机'啊。"

"我是告诉你们，婚姻对大多数人来说其实毫无意义，但如果你遇到了合适的人，绝对就很有意义，会大大提高你的生活质量和幸福指数。"

李汤姆："……"

"对了，李汤姆，你帮我留意一下适合小娃娃玩耍的宝石。"

"不是吧，卫，你这么快就有小孩儿了？"

"迟早会有的，对不对？先准备着也无妨嘛。"

云未寒微微闭着眼睛，仿佛对二人的"鸡同鸭讲"充耳不闻，一如他刚刚听到的嘀嘀的信息声。那是薇薇发来的，薇薇还在苦苦哀求他，希望他能在最后关头更改一下遗嘱，免得他死之后，她真的一无所有。

他内心又是凄恻又是茫然：钱真的不重要吗？要是钱不重要，人类几千年来为何一直在前赴后继地做发财梦？可钱要是真的那么重要，为何自己几百亿的身家，连一个健康的头颅也买不来？

就像卫微言嘲讽他的：你那么有钱，最后还不是要留给别人！

手术终于正式开始了。

不知怎的，盯着屏幕的卫微言忽然很紧张，甚至隐隐有些不安。

上百名专家提出了三套方案，云未寒自行定夺了最后一种方案——也是最多人反对的方案。

因为，施行手术的是一队 AI，全都是 AI。

怎么治疗、怎么操作都是固定的——只是执行者变了。

云未寒认为：精英专家的治疗方案确定下来就行了，具体执行，交给 AI 最可靠。毕竟人都有缺点，某些医生在关键时刻因为各种情绪影响，会犯下一些致命的小错误。但是 AI 就不同了，它们无情绪起伏，也不会被某些人为的思想扰乱，反而能百分百地执行一套完整的方案。

当然，出动的这一 AI 医疗团队，也是业界顶级的。据说这是云未寒自己参股的某器械集团的最新产品，尚未正式推出。云未寒敢大胆使用，虽然出乎大家的意料，但是专家们也爽快地答应了。

对许多身经百战的脑科专家来说，对云未寒的这个选择是不以为然的。可生命是云未寒自己的，生死状也是他自己签的，为此他强大的法律团队还详细地为他规避了各种可能出现的法律方面的风险。

当然，更主要的是他有钱，其他人没法反对。毕竟有钱人在某些时候是有资格任性的。

此时济济一堂的观察室里，每个人都很紧张。许多人心中有相同的疑问：AI 的确可以百分百地执行整套方案，可是手术过程中临时出现的变故怎么解决？

也正因此，三套方案中有一套就是相关的应急方案。可大家都明白，真的到了需要启动应急方案的时候，基本上就意味着手术已经失败了。

卫微言一直死死地盯着屏幕，注意着每一个细节。他可能是因为太紧张了，手心里竟然渐渐捏出一把汗来。他不经意地瞄了一眼对面，李汤姆也满头大汗，一只手捏着眼镜，差点儿把眼镜腿捏断了也没意识到。

卫微言慢慢地站起身，忽然不想看下去了，甚至不想再在这里待下去了。

大门口有激烈的争吵声传来。

两名保安几乎连拉带拖地将一名擅闯者拦住。

擅闯者又哭又闹，连连号叫："我要进去，你们没资格拦我，我是他的妹妹，我是云未寒的亲妹妹，是他在这个世界上唯一的亲人！"

保安甲："女士，请别让我们为难。"

保安乙："没有李汤姆的许可，任何人都无法进去。女士，我们也很抱歉。"

"放屁！"薇薇歇斯底里地喊道，"你们去告诉李汤姆我是谁！他一定会让我进去的，一定会！"

巡逻的保安队长闻讯走过来，得知擅闯者的身份后，很是客气地说："女士，真不是我们拦你，我们就算放了你，你也进不去。"

这只是大门口而已，薇薇进去之后，马上就是第二道关口。第二道关口，不是刷卡也不是刷脸，是直接刷"内分泌"，没有授权，她就是抱着炸药包都炸不进去。

第二道关口后面还有安检！

这种耗资巨大的顶级私人研究所，当然不可能随意让人大摇大摆地进去。薇薇环顾四周，不再号叫，慢慢地平复了自己的情绪，变成了抽抽搭搭地哭泣，哭得梨花带雨，顿时让人心生怜悯之情。

可能是见薇薇长得很美，又自称是云未寒的妹妹，所以队长的态度更客气了："女士，你可以先去休息室等着。"

薇薇："手术已经开始了吗？"

"很抱歉，我们只负责安保问题，其他事情一概不知。"

薇薇的语气更软了："好吧，那我也不为难你们了，可是你们能不能把这份文件送进去，让云先生在上面签个字就行了，拜托了……"

她一定要让云未寒上手术台之前在这份文件上签字！这是她不远万里地追来的唯一目的。

她一把拉住了保安队长的手，苦苦哀求道："拜托，帮一下忙吧……"

保安队长盯着那双洁白如玉的手，又看看那张梨花带雨的脸，若是别的情况，他就毫不犹豫地答应这个要求了，可现在，他还是只能摇头。

“对不起，女士，真的不是我不帮你，是我办不到。我们根本没有进入手术区域的权限，而且手术区域距离这里很远，无论你怎么吵闹，他们也听不到的。”

薇薇听到这话更绝望了，捏着文件袋的双手一直在发抖。云未寒要是真的就这么死了，那自己也就彻彻底底完蛋了。

该死的云未寒，原本死一万次也不足惜，可是他不能啥都不给她就这么死掉吧？

不行，无论如何她必须让他更改遗嘱。他无权剥夺自己这个唯一继承人的权利。

保安队长也是男人，见了这么漂亮的女人伤心，总会不由自主生出同情之意，忽然道：“女士，你如果真的想进去，可以给李汤姆先生打电话。”

薇薇根本不认识李汤姆，心念一转，忽然问：“卫微言在里面吗？”

“你认识卫医生？他在的。”

“那可真是太好了。”

薇薇马上拿起手机，可是发现自己不知何时已经被卫微言彻底拉黑并删除了，连电话号码也拨不通了。

保安队长摇了摇头：“女士，要不你先坐着休息一会儿？”

薇薇颓然地放下手机，坐在一边，可绞尽脑汁也无计可施。折腾了许久，她绝望地打算离开时，忽然看到一个人从里面走出来。

她迎上去道：“微言，云先生怎么样了？”

卫微言看到她，并不意外。

她小心翼翼地问：“云先生……现在正在做手术对吧？”

卫微言不置可否。

薇薇察言观色，忽然面如土色：“天哪……云先生该不会已经死了吧？”随即她哇的一声号啕大哭起来：“不行，我要进去，我一定要进去！我要陪着他。毕竟我是他唯一的亲人，是他的亲妹妹……微言，你带我进去，你一定可以带我进去的。我就进去看看，看一眼也不行吗？”

哭闹之中，她手里的文件袋掉在地上，纸张散落一地。

卫微言低头瞄了地上的纸几眼，还是面无表情。

她已经飞速弯腰把文件捡了起来，语无伦次地道："微言，求你了，帮帮我吧，我真的必须见云先生一面。"

"云未寒死不死还不一定，你现在准备这些东西真的太急了一点儿！"

那是卫微言对薇薇说的唯一一句话，也是最后一句话。

言毕，他便大步离去。

薇薇忽然追上去，一把拉住了他的胳膊。

"云先生是不是把所有遗产都留给了那个狐狸精？"

卫微言站在原地，没有回头。

薇薇已经无法克制自己的情绪，说道："年小明这狐狸精有什么资格得云先生的遗产？她算老几？她就仗着天天装可怜、天天卖惨骗钱吗？而且，她到底算什么人？她是你卫微言的老婆还是云未寒的遗孀？不然她凭什么得云先生的遗产？"

"……"

"卫微言，你就不管管她吗？你看着她花别的男人的钱不觉得羞耻吗？你没有自尊心吗？"

卫微言慢慢回头，盯着薇薇那张因为气愤和嫉妒已经彻底扭曲的漂亮面孔。

是的，薇薇是个绝色佳人，就算在这种场合下，她还是很美，非常美，美得保安都不忍心赶走她。

可是，卫微言内心一阵战栗。

人性多可怕，人为了钱，真的可以这样不顾一切吗？

他没有做任何解释，也懒得多费唇舌，直接拂开她的手，大步离去。

薇薇眼睁睁地看着他的背影彻底消失，浑身忽然失去了力气，慢慢地瘫在了旁边的椅子上。

手机上有消息接连不断地弹出来，全是助理发来的："张公子已经把那套别墅转送给了妙妙。薇薇小姐，你还有没有东西需要我回去帮你收拾带走？

"张公子这个浑蛋，昨天接受采访时居然说跟你不熟，对你的事情一点儿都不了解。他这不是落井下石吗？这人简直太可恨了……还有某某人，之前一直那么巴结你，现在也说不认识你。这些男人简直太势利了，真是无耻。

“对了，薇薇小姐，某某直播平台破产，好些债主围在我们公司的过道上不走，我该怎么办？薇薇小姐，你到底什么时候回来？他们要你必须站出来给个交代，好几家已经在起诉公司了……”

林林总总，全是坏消息。

企图转移的巨款全被黑了，远走高飞是走不成了，可留下来，事业黄了，张公子又翻脸不认人了……薇薇发现自己比十四岁那年更需要钱！那时候没钱，她只不过颠沛流离，可现在没钱，要被债主四处追讨，上了老赖名单就更不好翻身了。如果张公子不公开翻脸，哪怕保持沉默，她都还可以打着他的旗号忽悠一下各位投资人，可现在，遮羞布彻底被揭开了，富豪们见她身负巨债，口碑也塌了（江湖传言她和冷C的绑架杀人案有一定关系），哪里还敢靠近她，都躲得远远的。毕竟年轻漂亮的美女那么多，她也三十岁出头了，哪个富豪真的死心塌地非她不可？

除了云未寒，她再也找不到任何别的靠山了。

可是她根本见不到云未寒，甚至连云未寒是死是活都不知道。

薇薇给乔雨桐打电话。乔雨桐貌不如她，在男人圈中受欢迎的程度也远远不如她，隐隐地一直以她陪衬人的形象存在。女人间那种微妙的攀比心理令二人很长时间不再那么亲密无间了，尤其是薇薇和张公子在一起平步青云的那段时间里，她和乔雨桐更是拉开了距离，二人更不经常联系了。

可今天，薇薇不得不硬着头皮给乔雨桐打电话。

乔雨桐倒是接了电话。

二人寒暄了几句，薇薇便迫不及待地直奔主题：“雨桐，你能借我一百万吗？我很快就还你。”

乔雨桐的声音里满是惊诧：“不是吧？区区一百万你也要借？薇薇，你被盗号了？”

薇薇还是硬着头皮长叹了一声，说道：“我的账户出了点儿问题，钱暂时动不了，没办法，先找朋友周转一下。”

账号出问题？你以为我傻呀？江湖上的人都知道你成老赖了，资产是被冻结了吧？

但乔雨桐当然不会这么直说，还是像以前那么亲热、那么客气：“原来如此。哎呀，按理说这点儿小事我是应该帮忙的，可是，薇薇，我的情况你也是知道的，我的公司和工作室早被年小明这个扫把星搅黄了，这一年多几乎没什么收入，坐吃山空，全靠卫一鸿养着。我妈也一身都是病，常年需要服用昂贵的保健药，昨天还抱怨我没能力给她买一套别墅，因为她想有一片菜地可以种菜。唉，我简直郁闷死了，也觉得自己不中用。卫一鸿虽然有钱，可是我跟他还没正式结婚，我也不好意思直接向他张口啊……”

她诉苦的语气里，满满的都是炫耀：卫一鸿又开了一家新医院，卫一鸿真的有钱……更主要的是，我很快就要嫁给卫一鸿了。终于，我找的男人胜过了你的男人!

风水轮流转。

薇薇听不下去了，草草地敷衍了几句，挂了电话。

男人靠不住，塑料闺密情更靠不住。

薇薇恨恨地放下手机，茫然四顾，没想到有一天，花容月貌的自己也会走投无路。

年子应邀去了L县举行一个讲座。

倏忽之间，距离上次她和赵理想他们一起去安装录播课程已经过去一年多了。旧地重游，她看着台下一张张好奇的面孔，内心也是百感交集，真没想到自己还可以活着站在这台上。

台下都是大大小小的孩子以及孩子们的家长。

因为早已知道台上的这个年轻姑娘是捐赠活动的最先发起人，所以无论师生还是家长都对她很是尊敬。

年子注意到，参会的家长中有好些是孕妇，应该都是二孩潮的响应者。她们中有几个人旁边坐的是小女孩。

生二孩是好事，可是年子想：这些明显为着追儿子的父母，在儿子出生之后，他们还有多少财力、精力来关爱女儿?

可这不是她今天要谈的话题。她今天谈的是有关“家”的问题——与其说是讲给在座的少年听，不如说是讲给他们的父母听。

“在座的各位，我问你们一个问题：在配偶、父母子女、兄弟姐妹、爷爷奶奶、姑姑叔叔等亲友关系中，你们认为谁才应该是你们最重要的人？”

台下的人纷纷举手。

一个年轻的爸爸说："我认为父母才是我们一生中最重要的人，没有父母，就没有我们，对吧？"

一个妇女说："我认为兄弟是最重要的。兄弟是一个家的根本，传宗接代，奉养父母，给姐妹撑腰。而丈夫，俗话说得好，一丈之内才是夫，一旦两人离婚，便什么都不是……"

另一个妇女说："我认为子女是最重要的，其他人都必须排在子女后面……"

还有一个少年举手："我认为我的爷爷奶奶才是最重要的，因为他们最爱我。"

众人哈哈大笑。年子也笑了起来。

"大家说得都有道理，不过在我的心目中，亲友之间的排序是这样的。首先，最重要的人是我自己。一个人必须先学会爱自己，如果连爱自己的能力都没有，那么很难真正去爱别人……"

"本我"要是不存在，一切都是空谈。

"其次重要的人应该是我们的配偶和子女。子女是我们的血脉，其重要性应该很好理解。可许多人会说：配偶重要？得了吧……"

果然下面有人小声嘀咕："配偶重要？得了吧。现在离婚率这么高，谁也信不过。"

年子听得清清楚楚，微微一笑道："配偶真的比孩子还重要！配偶和我们共组家庭，经济共享，情感关联，义务和权利相伴终身。婚姻稳定，家庭和睦，不但能让孩子身心健康地成长，也能让夫妻双方拥有更多的幸福感和归属感。举个很简单的例子，许多国家的法律规定夫妻财产共有。可是子女和父母的财产并不一定和你共有，对不对？你老公出轨向'小三'转移财产，你可以追诉；可要是你老爸或者兄弟养'小三'转移财产，你根本无权追诉，对不对？抛开这些不谈，就算是多子女家庭，父母的财产也经常只会倾向于某一个或者某几个子女，尤其是儿子，父母根本做不到一碗水端平，是不是？一句话，你的配偶的财产才是你的，其余人等，都跟你无直接关联，对不对？"

台下的众人又笑起来。

"第三个圈层才应该是我们的父母、手足以及其他亲友……当我们能力有限的时候，应该倾尽全力先顾着小家；当我们有余力的时候，才应该关照整个大家庭，甚至向社会上的陌生人伸出援手……”

穷则独善其身，先养好自己的小家庭；达则兼济天下，辐射一切可以辐射的需要帮助者。

许多“凤凰男”或者“扶弟魔”之所以被人诟病，就是因为他们根本区分不了这三个圈层之间的关系，以至于本末倒置。

一个年轻妇女举起手：“年老师，我出嫁的时候，我父母拿了十六万元彩礼，一分钱都没给我陪嫁，说是不能便宜了男方。现在他们又要我出十万元帮我弟弟付首付，我根本拿不出来，我老公也不同意，我父母就要我们到处去借。我很想拒绝，又怕父母说我是白眼狼，依你之见，我该怎么办？”

这便是现在最典型的社会问题，也是在座的少女长大后，普遍会面临的问题。

年子微微一笑，说道：“其实这就是我今天来开讲座的核心目的。对每一个女人来说，她首先应该是一个独立的人！和所有男人一样，人的属性必须先大于社会赋予的属性，然后她才是某人的母亲、妻子、女儿、姐妹……按照这个顺序，所有的女性应该优先满足自己的需求。然后是孩子，因为母亲对孩子有法定义务，然后才是丈夫、父母。最后，你有能力就帮一把其他亲友，没有能力，就决不能强求！”

对所有的男人来说，也该是同样的顺序。

年轻妇女笑起来：“谢谢年老师，我明白该怎么做了。”

台下掌声如雷。

年子看着那一张张幼稚少女的面孔，内心其实是很不安的。她们在这个年龄，其实应该读童话书，做公主梦，活得没心没肺……可是，她宁愿尽早告诉她们一些残酷的生存真相，而不是让她们一直被蒙在鼓里，以牺牲品的身份浑浑噩噩地度过这一生。

毕竟，我们每个人来这个世界一趟都不容易。

最后排，柏芸芸、方胖子、赵理想等人都在。他们随团来进行设备的检修，并且带来一些捐赠品——一大批新书和绘本。

方胖子低声笑道：“真没想到年小明重伤成那样，今天还可以完好无损地站在这台上侃侃而谈。回想起她刚刚入院的情景，真是不可思议。”

柏芸芸："我早就说了，年子这种人决不会轻易死掉的，否则就太不公平了。"

赵理想默默地坐着，想起这几天自己收到的无数消息，有点儿茫然。消息全是弟媳妇发来的：

"大哥，二娃没有奶粉了，你找朋友在香港给我们多买几箱嘛，进口鱼肝油、维生素这些也多买点儿嘛。还有，上次你托朋友带回来的几箱尿不湿特别好用，叫你朋友照着那个牌子再买一批……

"几个邻居都说可以在香港打一种很好的肺炎疫苗，大哥，你要不要带两个娃去打一下？虎子说班上已经有两个小朋友去过泰国了，他还哪儿都没去过，真是太可怜了，要不你休年假的时候带我们去一趟？

"大哥，你最近为什么总不回家也不回消息？是不是嫌弃你弟弟没本事，看不起我们了？"

…………

弟媳妇有个绝招：一哭二闹三离婚。

只要满足不了她的要求，她就马上丢下两个孩子回娘家，然后扬言要离婚。

因为彩礼高，小地方娶妻难，更何况还有两个幼儿……于是只要她一闹，赵家二老以及弟弟毫不犹豫地就会向赵理想施压：你收入那么高，帮忙养一下侄子怎么了？你侄子也姓赵！难道你见不得自己的弟弟过得好？你的钱凭什么不给我们用？我们不是你最亲的家人吗？你到底还有没有良心？

赵理想一直想摆脱这些人，可是发现他们已经牢牢地寄生在自己身上，就像长了脚的虱子，就像吸盘顽固的水蛭，挥之不去。他很痛苦，觉得这样下去自己一辈子也不敢结婚了。

终于，这次活动全部结束了。

年子走出了学校大门。

她没有去柏芸芸家吃便饭，当然更不会再去赵理想家吃土鸡。

她婉言谢绝了一切邀请，一个人在小街上漫步。这些年，小城市也飞速发展，到处拆迁，高楼大厦鳞次栉比。

她逛了一会儿，觉得很饿，在网上搜了一下，找了一家在当地很有名的苍蝇馆子，叫了一菜一汤。

已经是下午两点多了，餐馆里只有两三桌客人。

等饭菜上来的间隙，她收到消息：“嘿，小姐，你在哪里？”

“你猜。”

对方顺手发来一个五毛的红包：“快告诉我。”

“就不。”

“哈哈，你不说我也知道。”

“你吹吧。”

“小姐，你难道不知道我早已将你精准定位？你是不是觉得很可怕？”

这时候，跑堂的小哥儿已经端上一个小铁盆子，正是年子点的唯一一个菜。

“哈哈，哥们儿，你要真那么牛，那你说我现在在吃什么？”

对方过了一会儿才回复：“小姐，你一个人吃这么大一份仔姜鲜锅兔，真的不需要一个帮手吗？”

年子吓了一跳，环顾四周，却看不到任何熟悉的面孔。

她嘀咕一声，放下手机，拿起筷子正要开吃，忽然觉得头顶光线一暗。

“哈哈，小姐，这么大一盆仔姜鲜锅兔，我不帮你，你一个人真的吃不完啊。”

年子又惊又喜：“你下了飞机直接跑到这里找我的吗？”

卫微言在她对面坐下，眨了眨眼，低声道：“小别胜新婚，而且我们本来就是新婚，我必须迫不及待地来找你啊。”

年子红了脸，眼神却很温柔关切：“你也饿了吧？快吃饭……”

二人大吃大喝，一盆菜很快被风卷残云般消灭干净。

放下碗筷，年子才问：“云未寒的手术如何了？”

卫微言沉声道：“年子，你最好有个心理准备……”

年子心里一寒。

卫微言一字一顿地说道：“你已经没机会成为那几百亿资金的执行人了！”

年子哈哈大笑：“我早就知道，那厮根本就是忽悠我的。”

无钱一身轻，她真要担着几百亿资金的责任，那才吓死人。

尾　声

两人婚后的日子特别舒心。

年子特别喜欢卫家这座大宅子。

第一次来这里，她才明白为啥这里被称为大宅子，是真的大。房子有上下三层，内外房屋环绕，而且有很大的花园、树林，占地面积有十几亩。

若非当地土著，若非卫微言的爷爷和父亲陆续花了一大笔钱，是不可能保住这么大的一座宅院的。而且此宅院毗邻一个很小的景点，商业价值更是可想而知。当然，为了保留宅子，卫家也曾多方打点。而当地政府看在卫微言的爷爷、曾祖都是当地名医的分儿上，网开了一面。

于是，年子今天成了这宅子的女主人。

卫家人多年不住这里，只请了一个保姆和一个花匠常年看守宅子。所以，二人回去的时候，发现屋子干干净净，一切还算井井有条。

年子现在明白婆婆不是吹牛了：你们就算生十个孩子，也随便跑……

她特别喜欢那个大花园，初一看，杂乱无章，也没怎么刻意规划，无非有许多大大小小的树木、野草，可是有成片盛开的野花，紫的、黄的、红的、蓝的……随风起伏。

尤其是在暖冬的午后，艳阳高照，金色的蝴蝶飞来飞去，风一吹，毛茸茸的蒲公英也跟着飞来飞去。她特别喜欢坐在草地上发呆，就像小时候和小伙伴躲猫猫一样。

不过，因为这里距离市区远了一点儿，生活不方便，所以她和卫微言一般都是周末才回来，算是度假。

某一个周五，天气晴朗，她心血来潮，一大早就跑到这里来了。

午后阳光灿烂，她按照惯例躺在草地上晒太阳。

草地上铺了厚厚的一层毯子。

蓝天、白云、摇曳的花，让她觉得特别惬意。

在这里码字也特有灵感，她决定躺一会儿就起来一口气写一万字。

可是躺着躺着，她就睡着了，这一睡就是两三个小时。直到一双大手合在她的脖子上，一股热气吹在她的脸上："懒猪，你又要睡到天黑？"

她笑呵呵地坐起来："你今天怎么这么早就下班了？"

"我回来看你有没有偷懒。"

她笑嘻嘻地正要说什么，忽然有点儿头晕，紧接着就是一阵干呕。

卫微言急忙扶起她："年子，你怎么了？"

年子摇了摇头："不知怎的，这几天老是有点儿恶心、干呕，可能是吃错了东西，但是又没有拉肚子。"

"你该不会是怀孕了吧？"

年子吓了一跳，本能地摇头："不可能！"

"怎么就不可能了？对了，你'大姨妈'多久没来了？"

"这……四十来天吧……可是，我以前也经常四五十天才来，你知道的，我'大姨妈'不调是常事。"

卫微言仔细看了一下，问了几句，她分明就是怀孕了嘛。而且结婚大半年了，她怀孕不也很正常吗？

"走，我们去医院检查一下。"

"不是吧？这都下班了，就算要去也明天再去。"

"明天去也行……"卫微言喜气洋洋地说，"年子，你先坐着，我去给你做一点儿好吃的东西。"

年子坐在椅子上，看着卫微言忙碌：洗菜、切菜、做饭、煲汤……

饭后卫微言一个人洗碗，收拾。

年子依旧躺在沙发上看着，暗暗地想：要是一直享受这个待遇就好了。

忙完一切，卫微言坐下来，也躺在她的身边，伸出手轻轻摸了一下她的肚子：“年子，现在还想呕吐吗？”

不！吃饱喝足，年子已经生龙活虎，一点儿想呕吐的感觉也没有了。年子暗忖，也许自己根本没有怀孕？可现在不怀孕，不代表她以后也不会。再说，万一她要是真的怀孕了怎么办？

她忽然很紧张：“天哪，卫微言……”

“怎么了？”

“要是我们真的有孩子了，那可怎么办啊？”

“什么怎么办？有孩子不是很好吗？”

“可是你想过没有，谁给我们带孩子呢？请保姆，我不放心，现在那么多保姆虐待幼儿，给幼儿下安眠药的新闻，了解一下？若是让双方父母带，这也是问题，你父母年龄那么大了，又在国外，根本不可能回来专门给我们带孩子嘛。至于我父亲，已经被返聘回去了，没道理叫他放弃工作对吧？而我妈，也不合适……”

李秀蓝倒是真的提出过可以早点儿退休帮女儿、女婿看孩子。但是二人结婚不久，没有生孩子的打算，李秀蓝也觉得女儿还年轻，并不急着催生……所以，李秀蓝继续上班。更关键的是，李秀蓝是业务能手，喜欢工作，收入也很不错，根本没有早退的必要！

再说，按照相关数据，人家四十岁的人才领取杰出青年奖，五六十岁是标准中年……无论男女，太早闲着根本不是什么好事。无所事事的人，很快就会从心理上开始衰老，然后蔓延到全身……真正是未老先衰。

年子觉得，让自己的母亲后半生都拴在带外孙这件事上，显然不合情理。

带孩子应该是孩子父母自己的义务。

“你看，没有人帮我们看孩子，对不？你要上班，就我一个人也搞不定啊……”

她十月怀胎，大着肚子，分娩，然后是坐月子，婴儿无休止地啼哭，父母要喂奶、换尿布、半夜起来哄睡……也许两人还会因为带孩子发生争吵，然后她患上产后抑郁症……哇，不能细想，年子越想越觉得恐怖。

就像那谁曾经说过：你看了无数生孩子的书，可最后轮到你，还是会疼。

好吓人。

而且老人带娃还有各种弊端，毕竟自己生的孩子，自己当甩手掌柜，好像也说不过去，要不然，生了干吗？于情于理，都该孩子的父母亲自带。

可是……

人生一旦遇到“可是”二字，就不好说了。

卫微言也觉得这个问题很重要。生而不养，当甩手掌柜，他们不如不生。

年子苦着脸道：“若是我们不自己带孩子，孩子长大了也不跟我们亲，你觉得有意思吗？这也太不负责了吧？”

“没错，的确该自己带。我就从未想过真的假手他人。”

“话虽如此，我一个人带得了吗？我一个人带，怕要得抑郁症。”

卫微言哈哈大笑：“有这么可怕吗？再说，为什么会是你一个人带？”

“你也带？你不上班？”

“对啊，我辞职带娃不行吗？”

“……”

“我辞职两三年，等娃上了幼儿园我再去上班。我就不信了，我们两个大人好手好脚的，带不了一个娃？”

年子诧异万分，默默地想了一下卫微言辞职带娃的画面，忽然觉得不敢想象。

好一会儿后，年子说道：“你辞职带娃，谁养家糊口？”

“不是还有你吗？你码字不是挺赚钱的吗？”

年子：“……”

是啊，这还真的不是什么问题，自己也可以养家糊口的。而且比起天天带娃，年子真觉得不如自己去养家糊口。她这么一想，内心里竟然有点儿惊喜，好像默默占了个小便宜。

年子正要说什么，卫微言又开口了：“年子……”

“干吗？”

他抱着双臂，十分悠闲地枕在沙发上：“你看看我们的账户上还有多少钱？”

“我自己的账户上是没什么钱的……”

年子受伤住院，数额庞大的治疗费几乎清空了父母的全部积蓄。事后她把自己的那笔版权费全部给了父母。虽然父母坚决不要，但年子还是执意给了他们，毕竟她觉得父母手里闲钱多点儿不是坏事。

李秀蓝夫妻见女儿态度坚决，倒也没再推辞，不过这钱他们拿着，其实还是留给女儿的。

“至于你的账户，我还没有用过，我不知道。”

简直了，这么久她居然都不去查一下的吗？

年子一直拿着卫微言的卡，但是还没开始用。毕竟自己的稿费足以支付二人的吃喝玩乐，所以她压根儿就用不着去动他的账户。

当然，最主要的是年子的手机绑定的是自己的卡，消费时特别简单，所以她就忘了去查卫微言的卡。她连他的网银账户密码都忘了，翻了半天，才在聊天记录里翻到了。

她登录网银查了一下，顺便又查了一下婆婆给的那张卡。

卫微言懒洋洋地说：“怎么样？账户上的钱可以支持我全职带两三年或者三四年的小娃不？”

年子小心翼翼地说：“那啥……你对养娃有什么标准吗？”

“标准？”

“比如，吃穿什么的，你有标准吗？”

“买得起合格的奶粉、尿布，能吃饱穿暖就行了。这么说吧，生活水准不低于我们现在就行了。”

这容易。

“那……昂贵的早教课这些要考虑一下吗？”

“早教？别扯了。那些早教机构都和老年人吃保健品的效果差不多。大多数早教老师的水平远不如你我，无非从国外山寨一些所谓的先进教育理念，随便包装一下，就敢天价卖给你。这其实是利用了许多家长过度焦虑和攀比的心理，让人交智商税而已。而且，许多所谓的外教，其实是国外找不到工作的无业游民……”

他兴致勃勃地说：“我有一个朋友开了一家国际幼儿园，一年学杂费二十万元以上那种。他私下里告诉我们，他们那里的所谓外教，全是国外来的流浪汉、厨师、司机什么的……”

年子：“……”

“早教就不必了，该教的我自己会教。”

年子又小心翼翼地问：“早教就不管了，但小学、初中、高中这些有要求吗？昂贵的国际学校这些要考虑吗？”

“小学、初中顺其自然就行了，我俩辅导孩子绰绰有余。”

理由同上，而且念书这种事情，除了自身努力，还需要一定的天赋，并不是每一个花了大把培训费的家长，都会看到自己的孩子成为学霸。毕竟重点大学是有限的，绝大多数家长再怎么花钱，自己的孩子也进不去。

“那其他绘画艺术、唱歌、跳舞、空手道、跆拳道、散打、骑马、射击什么的兴趣培养呢？”

“这点儿小钱，我们应该花得起吧。”

年子还是不甘心：“那……以后孩子大了，结婚买房这些，要考虑一下吗？或者孩子要出国留学增长见识这些，要考虑一下吗？”

“买房？这还需要考虑吗？我俩合起来不是已经有五套房子了吗？别说一个娃，两三个娃都足够分了。到时候，一人给一套不就行了？如果只有一个娃，那就更不用说了，我们自己住一套，其余的都给他就好了。”

年子：“……”

卫微言语重心长地说：“我们有这么多房子，还去买房子，那是助长地产商的嚣张气焰。你省省吧，给别人留条活路。”

年子：“……”

“至于出国留学什么的……”卫微言笑起来，悠然地说，“爷爷奶奶、外公外婆是干什么的？他们既有退休工资，又有可观的积蓄，我们两个已经没资格啃他们了，可是他们的财产总不能最后都扔了吧？到时候他们会争着给小娃花钱的，你放一万个心好了。”

年子第一次听到有人把啃老说得这么清新脱俗又理直气壮的。

她没忍住，扑哧一声笑了出来。

“好吧，恭喜你，哥们儿！如果是这个标准，你可以一辈子辞职在家带孩子了！！！”

卫微言：“……”

（全文完结）